우리 함께 사랑한다면

MBC 「지금은 라디오 시대」

이종환 · 최유라 엮음

전예원

남들은 주말에
도봉산 등산을 간다지만
돈 많은 사장님과
호텔 식사 한다지만
내 작은 소망은
남대문 의류 도매시장
나이롱 원피스 한 벌
동그란 물방울 무늬 새로
파란 새 몇 마리 그려진
돈 만 원 간다는 원피스 한 벌
두 달 밀린 봉급 타면
큰 맘 먹고 하나 살까
몇 번 망설이다가
발길을 돌린다
밀린 월세 라면 한 박스
시골 어머니 용돈 몇 푼
가슴속에 훤히 떠오르는데
이러면 안 되지 눈길을 끊는다

— 곽재구의 시, 「나이롱 원피스」 중에서

편지사연에 묻어난 생생한 삶의 이야기

이종환 · 최유라

청취자들이 보내주신 수많은 편지사연을 읽다보면 세상이 어떻게 돌아가고 있는지를 정말 생생하게 알 수 있습니다. 때로는 신문이나 방송 뉴스보다 더 빠르게 세상이 보이기도 하고, 어떤 드라마보다 더 드라마틱하고 감동적이기도 합니다. 부도를 하소연하는 중소기업체 사장님들의 사연이나 전세값을 돌려받지 못해 이사를 갈 수 없다는 세입자들의 이야기들은 신문이나 방송을 통해서 보고 듣기 훨씬 이전부터 여러분의 편지 속에 담겨 있었습니다.

물론 청취자 여러분이 보내주신 사연들은 삶이 생생히 묻어나는 편지이기에 무엇보다 아름답습니다. 특히 「지금은 라디오시대」에 보내주신 편지들은 그 살아가는 모습 중에서도 웃음이 묻어나는 사연들이라 듣는 이들의 피로를 쉬이 풀어주었습니다.

그런데 작년 후반기부터 편지봉투를 뜯는 일이 점점 무서워지기 시작했습니다. 재미있고 즐거운 편지보다 어려워하고 힘들어하는 모습이 너무도 많이 담겨 있었기 때문입니다. 그러더니 급기야 IMF사태가 터지고 말았습니다. 그때부터 편지에는 울분이 담겨져 왔습니다. 뭘 잘못했는지도 모르는 채 나라에서 시키는 대로 열심히 아끼며 살아왔는데 나라가 부도가 날지도 모른다는 소식은 우리를 절망 속으로 밀어넣고 말았습니다. 이러한 절망이 자기네들끼리 티격태격해대는 정치권에 대해서, 재벌들에 대해서, 부유층에 대해서 분노를 터뜨리고 질책하는 목소리들로 이어지는 것은 어쩌면 당연한 것일지도 모릅니다.

하지만 이런 절망에도 우리 착한 국민들은 어느덧 이 사태를 체념한 듯 받아들이고 순응하면서 서로 힘을 내자는 격려와 위로를 주고받고 있었습니다. 이제는 듣기도 싫은 구조조정이나 명퇴로 어깨가 처진 남편의 이야기나 실직 때문에 가족들 볼 면목이 없다고 가출을 결심한 어느 가장의 하소연이 이젠 힘내라고 전해 달라는 격려의 목소리로 바뀌었고, 결국 아파트 경비원으로 구두병원 원장으로 새로운 삶을 시작했다는 사연들은 우리의 눈시울을 뜨겁게 달구는 데 충분했습니다.

우리를 이해해 주고 감싸줄 수 있는 것은 바로 가족이었습니다. 비록 가족이란 때로는 짊어져야 하는 무거운 짐이기도 하지만 그래도 우리에게 살아갈 힘을 주는 것도 바로 가족일 것입니다.

이런 뜻에서 저희들은 한미은행과 같이 '사랑의 편지 보내기' 행사를 펼쳤습니다. 참 많은 편지가 왔습니다. 4천여 통의 편지들, 예상보다 훨씬 많은 관심도에 참으로 반갑고 즐거웠습니다. 그런데 막상 심사에 들어가보니 그게 아니었습니다. 왜냐하면 그만큼 어렵고 고통을 받는 분들이 많다는 이야기였기 때문입니다.

그러면서 한편으로는 안심이 되기도 했습니다. 물론 다들 힘이 들지만 그 절망 속에서도 희망을 가지고 따뜻한 사랑으로 서로에게 힘이 되어 주는 여러분들의 이야기 속에서 염려했던 것보다는 훨씬 악착같이 살아가는 용기와 강한 의지를 볼 수 있었습니다.

아빠의 실직 위기에 일자리를 찾아나선 엄마를 위로하느라 제 통장의 돈이라도 찾아 쓰라던 초등학생, 죽을 구멍 옆에 살 구멍 있다면서 남편을 위로하던 주부, 결혼 전 남편의 청혼에 끼니 거르지 않고 식후에 커피 한 잔 마실 수 있으면 행복해하고 감사해하며 살겠다고 약속했는데 지금은 그 정도보다 나으니 행복하다고, 미안해하지 말라고 위로하던 아내.

우리들의 눈시울을 뜨겁게 달구었던 이야기들은 우리들의 마음 속에 촉촉히 남아 있습니다. 우리 함께 사랑할 수 있다면 이 어려움을 이겨낼 수 있으리라는 마음에서 이런 사연들을 방송으로만 내보낼 것이 아니라 많은 사람들이 같이 읽을 수 있도록 책으로 펴내기로 하였습니다.

자, 모두들 힘내자구요. 물론 저희도 여러분께 행복과 웃음을 줄 수 있는 방송이 되도록 노력할 것을 약속합니다.

여러분 파이팅!

가족의 사랑은 행복입니다

김진만(한미은행장)

　저희 한미은행은 올해로 창립 15주년을 맞았습니다. 저희가 창립 15주년 기념사업의 하나로 MBC 라디오와 손을 잡고 '파이팅 우리 가족' 프로그램을 시작한 것은 아주 단순하고 소박한 바람에서였습니다. 최고의 청취율을 자랑하고 있는 MBC 「이종환·최유라의 지금은 라디오시대」의 전파를 빌려 어려운 시기에 힘이 되어 줄 가족의 사랑을 배달함으로써 보다 많은 분들에게 작으나마 격려와 위안을 전하고자 하는 뜻에서였습니다.

　그러나 4천여 통에 달하는 많은 사연을 하나하나 읽어내려 가면서 저희가 매우 안이한 생각을 하고 있었구나 하는 것을 깨달았습니다. 단지 하기 쉬운 몇 마디 말로서 함께 이 힘든 시기를 극복하자는 것이, 나누면 고통은 반이 된다는 위안의 말이 얼마나 공허한가를, 그리고 그렇게 극복하기에는 많은 분들이 겪고 있는 이 현실이 얼마나 힘든가를 다시금 돌아보게 되었습니다.

　수많은 편지들의 마지막을 접으며 저희는 새로운 희망을 함께 읽었습니다. 고통은 사람을 더욱 강하게 만들고, 우리 가족을 다시 한 번 결속시킬 수 있다는 것을, 그리고 그 길은 어둡고 험난하지만 언젠가 밝게 빛날 미래의 약속이 되리라는 것을 말입니다.

어려운 현실 속에서도 가족의 아픔을 먼저 염려하는 가장, 힘든 가계를 꾸려가면서도 웃음을 잃지 않으려는 아내, 작은 힘이라도 보태려는 우리 자녀들의 굳은 사랑과 인내가 모아진 80여 편의 사연이 이렇게 한 권의 책으로 태어났습니다.

감히 어려움을 헤쳐 나가고 있는 많은 분들에게 힘이 되어 드리겠다는 섣부른 약속은 하지 않겠습니다. 다만 어떠한 미사여구나 잘 다듬어진 문장보다 진솔한 이 글들이 많은 분들의 지친 가슴을 어루만지는 따뜻한 희망의 메시지가 되기를 소망합니다.

여러분 힘내십시오. 절망하기에는 우리가 가진 것이 너무나 많습니다. 우리를 지켜주는 가족, 그로서 어깨가 더욱 무겁고 고통스러울지언정 단지 그것만으로도 살아갈 희망이며 축복임을 잊지 마십시오. 비온 뒤에 더욱 굳어질 땅을 기약하며, 가장 가까운 곳에서 가장 진실한 마음으로 우리를 지켜주는 가족의 사랑이 있지 않습니까!

차 례

제1부 우리 함께 사랑한다면

제2부 눈물 속에 피는 행복

제3부 함께 가는 길

제1부
우리 함께 사랑한다면

금왕리 들녘에 선 홍원주씨 부부

진정한 사랑의 모습

김주영 (소설가)

후회하지 않는 삶이 있을까. 많은 사람들이 그렇지 않다고 대답한다. 우리의 희망은 바로 그렇지 않다고 말하는 사람들에게 있다. 왜냐하면 후회할 것이 없다고 말하는 삶에는 그 다음 세대를 살아야 하는 후세들에게 진리나 지혜를 남기지 않기 때문이다. 사랑도 마찬가지다. 삶의 궤적만큼이나 다양한 얼굴을 가진 사랑에도 후회는 반복되어 왔다. 마찬가지로 후회는 사랑에 대한 수많은 지혜를 낳았기 때문에 우리는 후회하는 사랑을 더욱 사랑해 왔다. 후회하는 사랑일수록 깊은 감동을 주는 것은 바로 그 때문이다.

그러나 한편으로는 후회하지 않는 사랑을 끊임없이 추구한다. 진리와 가장 근접해 있는 사랑의 모습을 탐지하기 위해서도 많은 삶들이 희생되었다. 그러나 사랑만치 천차만별인 것도 없다. 전광석화처럼 빛나기도 하며, 거북처럼 게으르기도 하며, 바람처럼 한순간 스쳐가는가 하면, 식도를 파고드는 생선가시처럼 우리를 폭력적으로 괴롭히기도 한다.

그런데도 어느 누구도 진정한 사랑의 모습을 터득할 수 없었다. 그 혼란스런 와중에서도 많은 사람들이 바라는 것은 적어도 자기만의 사랑이라도 남에게 근사하게 보이기를 원한다. 그래서 근사하게 보이기 위해선 어떻게 사랑하는 것이 좋은가를 고민한다. 그러나 세속적으로 근사하게 보이는 사랑이란 그렇게 흔하지 않다. 근사하게 보이기 위해선 수많은 장애를 뛰어넘어야 하고 인내와 극복과 강요가 가로놓여 있다는 것을 깨닫게 되기 때문이다. 심지어 순교자적 희생조차 강요하는 것이 사랑의 욕심이다. 우리는 드디어 그 사랑의 폭력성 앞에 무릎을 꿇으며 후회를 준비한다.

그래서 가장 현명한 사랑은 작은 후회만 가지는 사랑이며, 후회하지 않는 사랑은 가난한 사랑이라 믿는다. 가난한 사랑은 현란하지 않지만 소박하다. 많은 것을 바라면 필경 많은 것을 잃는다 했듯이 작은 손바닥에 한 되의 모래를 담을 수 없다.

사랑이 가지는 가장 크고 위대한 효험은 위안이다. 물질은 불편을 덜어줄지 모르지만 가슴 속에 오래도록 남는 위안을 선물하지는 못한다. 사랑이 가지는 또 다른 한 가지 효험은 그 흔적이 오래도록 남는다는 것이다. 폭풍우가 그 삶을 갈갈이 찢어놓는다 하더라도 혹은 죽음에 이르러서까지 가슴 속에 남아 지워지지 않는 응어리가 있다면 그것은 필경 사랑으로 이름되는 흔적일 수밖에 없다. 다른 모든 것은 세속의 바람과 먼지에 스러지고 묻힌다 할지라도 가난한 마음으로 경험했던 사랑만은 간직된다.

흔히들 그것을 위해 목숨조차 초개같이 버린 사랑만이 진정한 사랑이며 오래 기억되어야 할 사랑으로 생각한다. 그러나 그것은 농도의 최대치일 뿐 간직할 사랑도 아니고 열린 사랑도 아니다. 파괴적인 사랑은 물리적인 전달력을 가질 수는 있겠지만 가슴 밑바닥에 침잠해서 오래도록 위안을 주는 사랑은 아니라고 생각한다.

미사여구가 총동원된 세련된 편지보다 연필심 끝에 침을 발라

철자법도 서투르게 박아 쓴 한 장의 편지에 담겨 있는 사랑의 메시지가 우리를 감동케 한다는 것을 기억하자.

이 궁핍의 시대를 살아가는 우리가 격려받고 위안받을 수 있는 유일한 것, 찬비 내리는 날의 우산처럼 우리를 포근히 감싸안아 줄 수 있는 것은 바로 우리들 스스로의 가슴 속에 소박한 모습으로 자리잡은 열린 사랑임을 잊지 말자.

우리가 살아가는 이 시대는 고통받는 사람들이 따로 있을 수 없다. 나는 아니다라고 말할 수 있는 사람은 아무도 없다. 모든 고통과 질곡은 나만의 것이라고 생각하고 말하는 갈등에서 불행은 비롯된다. 스스로를 사랑할 줄 아는 사람만이 사랑으로부터 격려받을 수 있다는 것도 잊지 말자.

별은 밤에 더 빛나고

홍 원 주

오늘 퇴근길은 유난히도 지루한 것 같소. 집이 너무 멀고 자동차가 고물인 탓도 있겠지만 실로 오랜만에 당신에게 줄 선물을 샀기 때문이오. 그리고 가족과 함께 먹을 값비싼 소고기도 한 근 샀기 때문이기도 하구요.

능력도 없는 사람이 이 어려운 시기에 돈이 어디서 생겼느냐구요? 당신이 새 구두 한 켤레 사 신으라고 준 돈으로 산 것이오. 구두는 창갈이를 해 그냥 더 신기로 했소. 나는 지금 달리는 자동차를 안전한 곳에 세우고 당신에게 편지를 쓰려고 하오. 집에서는 감정이 격해져서 도저히 쓸 수 없기 때문이오.

때는 바야흐로 '아이 엠 에프(IMF)' 시대. 고물가에 저임금, 도산하는 것은 기업이요, 생기는 것은 실업자, 나오는 것은 한숨이라고 모두들 말들을 하고 있지요. 그러나 나는 이미 지난 세월에 보릿고개를 경험했기에 충격이 덜 하오. 그러나 가난이라고는 모르고 살았던 당신은 무척 고통스럽지요? 그리고 아이들도 힘들 거요. 용돈 한푼 받지 못하고 '보릿고개의 전설'을 귀에 못이 박히도록 들으며 살아가는 요즘 처지가 '아이 엠 에프' 시대임을 실감할 것이오.

당신은 가끔 가난이 불편할 때는 우리의 만남을 후회하기도 했지요. 그러나 가난은 죄가 아니라 그저 조금 불편할 뿐이랍니다. 진정 가난한 자는 물질은 있으나 소망이 없는 사람입니다. 나는 요즘 가난하다고 좌절하지 않고 불편하다고 느끼지도 않고 살고 있다오. 강연장에 가서 강단에 서면 오히려 자랑스럽게 검소와 절약을 실감나게 강의하지요.

그러나 여보, 나도 세상물정을 어느 정도는 알아요. 불편한 것도 알고 있다오. 첫째, 집이 너무 멀어 아까운 시간이 소요되어 불편하기 그지없소. 그것도 내 잘못이오. 능력이 없어 서울집을 처분하고 쫓기듯 시골로 이사를 했기 때문이지요. 둘째, 자동차가 너무 낡아 불편하오. 십년이 넘은 승합차가 되다보니 달리는 중에도 고장이 자주 나고 여름에는 덥고 겨울에는 추워서 고통이 심해요. 아이들이 함께 타고 다니는 것을 부끄럽게 생각할 때가 제일 괴롭구요. 셋째, 수입이 많지 않으니 자연히 절약만 강조하게 되고 아이들에게 '구두쇠 아버지' 라는 별명을 듣는 것도 마음이 아프구요. 그리고 넷째는 당신에게 혹독한 고생만 안겨주는 것이 가슴 아프다오. 백화점에 쇼핑 한 번 같이 가지 못하고 값싼 무허가 미장원만 찾게 하는 것도 괴롭구요.

이제 더 이상 가난이 미덕이나 되는 양 무능을 나열하지 않을 거예요. 그 대신 지금보다 몇십 배 노력해서 우리 가족에게 작은 행복을 안겨 줄게요. 자신이 있어요. 별은 밤에 더 빛나고 숟가락이 많을 때 국맛은 더 있답니다. 밤이 깊으면 새벽이 오게 마련이고 역경 끝에는 반드시 열매도 많이 열리는 법이랍니다.

당신에게 줄 선물이 무엇인지 궁금하지요? 가르쳐 줄게요. 나이보다 십년은 젊어진다는 요새 유행하는 값비싼 화장품을 샀어요. 당신에게 잔소리를 들을 것이 뻔하지만 당신을 나이보다 늙게 만든 것도 내 탓이기 때문에 무리를 했답니다. 그리고 날마다 기웃거리다가 결국 못 사고 스쳐가기를 몇십 번 했던 정육점에서 토종 한우 한 근을 샀지요. 오늘만은 국물 적게 붓고 진하게 끓여서 소고기 파티하기로 합시다.

당신이 즐거워하는 모습을 빨리 보고 싶어 이만 줄이겠소. 우리의 보금자리에서 만납시다!

(경기도 양평군 양동면 금왕리 331)

당신이 잠든 사이에

국 민 호

당신, 나 쪼까 보시요.

당신하고 지하고 한방 쓰게 된 지가 얼매요? 쪼까 유식한 말로 룸메이트가 된 지 몇 년째냐 이 말이요. 아매도 십년은 넘게 산 것 같은디 얼른 계산이 안 댕께 허는 말이요. 이것이 지의 한계이자 최대 컴플렉스 아니것소.

그건 그렇고, 요로코 당신허고 오래 삼서 당신헌테 첨으로 편지를 써보는갑소.

오늘도 당신은 간밤에 출근했다가 새벽에사 퇴근을 허셨소. 당신 얼굴은 며칠새 꺼칠하고 초췌한 것이 어스름 새벽빛에 너무도 훤하게 보입디다. 회사가 3부제로 돌아가기 시작한 지 벌써 2주째. 당신이 야간근무 순번을 맡은 지 5일째. 어수선한 세상만큼이나 회사도 복잡한 모양이요. 그나마도 밀려나는 대열에 끼지 않은 것만도 다행이긴 허지만 후줄근해서 돌아오는 당신을 보믄 내 속이 참말로 짠허요.

어쩌다가 나랏꼴이 이 지경이 되어부렀능가 모르겠다며 가난한 안주를 앞에 놓고 마시는 소주 한잔에 한숨을 쉴 때가 그래도 쪼

까 더 나았었능갑소. 인자 당신은 집에 오기가 바쁘게 잠부터 자
버링께 허는 말이요. 당신의 이쁜 각시가 요로코 감동이 철철 넘
치는 편지를 쓰고 있는디 참말로. 말은 요로코 해도 지 속은 속이
아니요. 제때 밥도 못 먹고 아침밥상은 폴시게 식어부렀는디 당신
은 여적 안 자고 있소?

당신은 어서(어디서) 보도 듣도 못헌 '아이 엠 에프'라는 말이
일상어가 되기 시작험서부터 풀이 서서히 죽기 시작험디다. 당신
머릿속에 사업을 허게 되면 아이템이 무궁무진 꽉 찼다고 큰소리
는 칩디다만은 그것도 세상 좋을 때 허는 말이지라우. 그럼서도
회사 그만둔다는 말은 안 헙디다그려.

전에는 힘들고, 펑펑 돌아가는 세상에 비해 초라한 월급봉투를
제게 건넬 때면 다 때려치고 내 사업 해야 한다고 지를 조마조마
허게 만들드마는.

옛날에 사표 쓰고 어쩌고 했으면 당신 내 손에 뼈도 못 추렸을
것이요. 지는 밥 못 먹으면 죽는 사람인디 마누라가 단식투쟁허면
당신이 배겨나겠소? 당신, 제 풀에 애간장이 다 녹고 두 손 들어
불제. 그렇다고 당신 허는 일 무조건 반대허자는 것도 아니어라
우. 영웅도 때가 있는 것 맹키로 사업의 시기나 아이템도 때가 맞
아 떨어져야 허는 것 아니것소.

어쨌거나 참 지 그때 당신 눈치 많이 봤소. 근디 요새는 당신이
풀이 죽어서 또 당신 눈치를 보고, 지는 이래저래 눈치꾸러기인갑
소. 어쩌다가 당신허고 둘이 있을 적이면 당신 웃게 헐라고 지 무
던히 애쓰고 사요. 당신, 그것이나 아요, 모르요?

텔레비전에서 참헌 여자 탤런트가 나오면 당신이 "어따, 조 가
이내 이쁘네." 허지라우? 그러면 지는 당신헌테 눈치를 사정없이

줌시로 지가 더 이쁘다고 빡빡 우기지라우. 근디 지 솔직히 안 이 뻐라우. 이쁘기는 뭐가 이쁜것소. 거기다 텔레비전에 나오기를 허 요, 뭣허요? 고로코 우기다가 안되겠으면 지는 슬그머니 꼬리를 내리지라우. 꼭 이십대의 나를 보는 것 같다고 글먼 당신은 웃습 디다. 공주병이라는 유행병이 아직도 안 지나갔냐고라우.

그렇지만은 지가 또 그 탤런트보다 못헐 것은 머시 있소? 지가 시집을 못 갔소, 아들 딸을 못 낳았소. 그도저도 아니면 허리둘레 가 작소, 엉덩이 둘레가 작소? 이것이 다 알고 보면 우리 가정을 든든하게 지탱하는 기둥 역할을 하는 것 아니요?

지는 이런 맘으로 사요. 남보다 못해도 절대 못허다고 생각 안 혀라우. 사람이 신한테서 받은 능력은 어차피 평등하게 마련잉께 요.

당신, 참 힘들지라우? 지는 금방도 방문을 살그머니 열어보고 왔소. 너무 곤허게 자고 있응께 차마 깨우들 못허것어라우. 지도 힘드요. 그래도 당신한테 힘들다는 말은 안해라우. 근다고 사정이 더 낫어지간디, 말 허는 입만 아프제.

우리들 엄니 아부지는 더 어려운 시대를 안 살았소. 보릿겨에 밀기울, 콩잎죽으로도 잘 살아내셨잖소. 그래도 지금은 그때보담 은 낫지라우. 지 어렸을 때도 보릿겨 개떡으로 끼니를 때웠던 것 이 생각난디요. 요새도 굶는 사람은 있지만요. 있는 사람이 궁허 면 더 못견뎌낸다고 허지만은 옛날 울어메, 아부지들 보릿고개 이 겨내던 오기로 어려움 이겨내 봅시다.

헬렌 켈런가 뭔가 하는 사람이 이런 말 안헙디요? 행복은 한쪽 문이 닫히면 열린 다른 한쪽 문으로 들어온다고라우. 죽을 구멍 옆에 살 구멍 있다는 말허고 머시 달러요? 글지라우?

인자는 안되것소. 당신 깨워서 늦었지만 아침 드시도록 해야 쓰 것소.

힘내시오, 여보!

(광주시 남구 구동 67)

(이 글은 MBC 「지금은 라디오시대」의 사랑의 편지 공모에서 '동상'을 받았습니다.)

그대 있음에

   내 오늘은 아주 큰맘 먹고 처음이자 마지막으로 큰소리 좀 쳐볼
란다. 시집와서 지금까지 나보다 나이 쪼메 더 먹었다고 얼메나
'큰소리 뻥뻥' 쳤었나.

   보거라. 무신 말만 하면 무조건 "네네네" 하라꼬! 내 참 오늘은
목에 칼이 들어온다 해도 몬한다. 오늘은 죽을 각오로 반말 좀 할
란다. 어디 줘팰라면 한번 패보거라. 겁 하나도 안 난다 안카나.
뭐 남자만 간이 큰 줄 아나? 여자도 간이 가끔은 커질 때가 있더
라. 어떨 땐 그 간이 밖으로 180킬로로 튀어나오려 할 때도 있더
라. 하지만 그 정도는 위험수위니까 겁나게 꾹꾹 눌러 참았다는
거 니는 모르제?

   언젠가 시집온 지 얼메 되지 않아서 우리 큰 쌈 한 적 있제? 그
때 설거지하면서 내 혼잣말로 "뭐 지 혼자만 이 세상에서 제일 잘
난 줄 아나?" 했다가 수돗물에서 별보게 만들었제? 와! 그땐 정말
로 니가 웬수 같더라. 어쩜 짐승도 그런 짐승이 있더냐 싶더라. 그
건 거품을 문 미친 개 같았다는 것 니 아나? 내가 조금만 더 힘이
세었더라면 니는 그날로 내 밥이 되었을 텐데. 그날 죽을 힘을 다

해서 밀었건만 니는 꼼작도 안했제?

생각해 보면 그때가 내는 좋았다. 불거락불거락 싸워도 안 보면 보고 싶고, 늦게 오면 걱정되고, 폭음하는 날은 어느 부위 한 곳 고장나는 것은 아닌가 싶어 걱정 많이 했다. 그런데 그 큰소리 뻥뻥 치던 큰 목소리는 어디 가고 지금은 눈가에 수심이 가득한 얼굴이고, 니 볼 때면 내는 마음이 찢어진단다.

어이 이보슈! 이 몸은 옆집 아저씨 화이트 칼라보다도 당신의 생선 비린내나는 냄새가 한없이 좋다우. 골목골목을 누비고 다니는 당신, 그 구수한 백만불짜리 목소리로 "말-똥 말-똥 쳐다보는 싱싱한 생선이 왔어요!" 하는 당신을 사랑한다 아니가.

내가 언제 돈 못벌어 온다고 구박한 적 있나?

그러지 말거라. 내한테 제일 중요한 것은 니가 있다는 것이다. 니가 없으면 내는 새끼고 뭐고 다 필요없다. 새끼가 뭐 니만큼 나 생각해줄 줄 아나? 천만의 말씀, 만만의 말씀. 말-똥 말-똥 쳐다보는 니 칼치 눈빛의 말씀이다. 결론적으로 내는 니가 없는 하루는 생각할 수도 없고, 니가 없는 미래는 죽음과도 같은 것이다. 그러니 우리 주위 사람들이 질투할 정도로 알콩달콩 행복 누리고 살자 알겠나? 매일 별 보여줘도 내는 괜찮다.

내가 니를 얼메나 좋아하는데. 니도 내 억수로 좋다 했제? 내 없인 몬 산다 했제? 그러면 됐지 뭣이 더 필요하겠노. 돈이란 것 있다가도 없는 것, 없다가도 생기는 것 아니겠나. 우린 아직 건강하고 이제 겨우 3, 40대가 아니가? 그리고 우리들의 재산목록 1호인 든든한 아들과 우리집에 웃음꽃을 피우는 여우 같은 딸이 있잖나? 앞으로는 기어들어가는 목소리로 "내왔다" 하지 말거라. 전과 같이 큰소리 좀 쳐보거라. 내는 그런 니가 제일 좋다.

마음을 넉넉하게 가지고 열심히 살다보면 경제적 어려움도 헤쳐나가고 경제회복도 빠르지 않겠나. 힘 내거라. 니 옆엔 죽을 때까지 내가 있어 줄란다.

알겠쟈!

(서울시 성북구 하월곡1동 81)

(이 글은 MBC 「지금은 라디오시대」의 사랑의 편지 공모에서 '동상'을 받았습니다.)

동전 저금통장

김 길 순

　당신과 결혼하고 신혼 첫날밤을 강릉 경포대 호텔이 아닌 바닷가 조그만 여인숙에서 보내고 부엌도 없는 단칸 셋방에서 연탄가스 때문에 고생하며 신혼생활을 하던 것 당신도 기억하지요?

　당신이 월급 타면 생활비 겨우 남기고 모두 저축하면서 아이들 태어나면 고생 안 시키겠다고, 똑바른 전셋방 하나 얻어 이사하는 게 우리 부부의 꿈이었지요. 그때가 엊그제 같은데 벌써 18년이 흘렀군요.

　그래요, 우리 큰애 경민이 낳고 유별난 집주인 때문에 집 없는 설움 참 톡톡히 겪었지요. 유난히 잘 울던 경민이, 시끄럽다고 타박하던 주인 때문에 울 때마다 들쳐 업고 길가로 나가 달래서 들어오곤 했지요. 그때마다 밥은 굶어도 빨리 내 집 장만해야지 하고 결심했어요. 정말 알뜰하게 절약하면서 1년에 한두 번씩 이사 다니다가 3년 만에 은행융자받아 연립주택 장만했지요. 이사 날짜 잡아 놓고 몇날 며칠을 잠못 이루며 이삿날을 손꼽아 기다리던 그때를 지금도 잊지 못하겠어요.

　그러나 집을 산 후 1~2년 동안은 가불생활의 연속이었어요.

월급 타서 은행융자 갚고, 생활비 쓰면 항상 부족했어요. 그래도 저는 생활비의 반 정도를 저축하고, 모자라는 것은 한 개에 1원 50전하는 사인펜 심 끼우는 부업을 해서 충당했지요. 악세사리 포장, 바지실밥 따기 등 2, 3년 정도 부업을 하다 보니 세월이 흐르면서 당신의 월급도 오르고 상여금도 받게 되어 부족한 돈을 조금씩 메우게 되었지요. 그후 지금 살고 있는 3층집을 새로 짓고 이사 들어가던 날, 우리 부부는 그래도 처음 연립주택 장만했을 때가 더 좋았다고 이야기했었지요.

그러던 지난해 말부터 점점 웃음을 잃고 축 늘어지기 시작하는 당신의 모습을 보며 조심스럽게 이유를 물었을 때, 당신은 "요즘 회사 일이 어려워. 신경 쓸 것 없어. 걱정하지마!" 하면서 오히려 저를 위로하였죠.

그러면서 안 먹던 술도 가끔 마시고 들어와 말없이 잠자리에 들던 당신……. 아무리 회사 일이 어렵다 하지만 다른 이유가 있을 것 같았어요. 혹시 나에게 불만이 있는가 하고 대화를 하려고 노력했어요.

어느 날 자존심 강한 내가 저녁을 먹고 얘기 좀 하려고 맥주상을 차렸더니 한잔 먹고 취한다며 말도 없이 잠자리에 들어 버리더군요.

'아니야, 혹시 딴마음 먹고 있거나 분명히 나에게 불만이 있는 거야.'

전 별의별 생각이 다 들어서 밤새 잠을 잘 수가 없었어요. 말 좀 해보려고 새벽 3시경 당신 머리맡에 핸드폰을 켜놓고 무선전화기로 화장실에서 전화를 걸어도 안 받는 거예요. 약이 바짝 오른 전 주방으로 나가 도마 위에 양파를 올려놓고 칼로 내리쳐 반 토막난

양파를 머리맡에 놓고 잠을 청했어요. 어느 책에서 보니 그렇게 하면 잠을 잘 잘 수 있다 해서였어요. 그래도 당신에 대한 미움 때문에 한숨도 못 잤어요.

다음날 아침 잠에서 깬 당신은, "당신 요즘 왜 그런지 모르겠어, 나도 밤새 잠 설쳤어!" 하더군요. 새벽에 전화를 안 하나, 또 부엌에서 칼 가지고 설치지를 않나, 무슨 사고를 내지 않을까 걱정이 되었다던 당신……

그후 며칠이 지나 밤늦게 은행에서 전화가 걸려오고 밤 12시 넘어 거래하는 은행으로 달려나가는 당신을 보고 심상치 않은 일이 생겼음을 알았어요. 그리고 12월 12일 결국 부도를 내고 말았죠. 진작 이야기를 했으면 괜한 오해가 없었을 텐데. 호들갑을 떨며 당신을 오해해서 미안해요.

그후 당신의 모습을 보고 나 역시 걱정이 태산 같았어요. 그러나 걱정만 한다고 해결될 일도 아니고 해서 어떻게 당신에게 용기와 희망을 줄까 생각했어요.

그래서 전 결혼하자마자 동전을 항아리에 모아 십만 원 되면 통장에 넣고, 또 동전 생기면 항아리에 담아서 저금한 '동전 저금통장'을 당신에게 내보이기로 했어요. 당신 모르게 17년 동안 꽁꽁 숨겨 놓았던 저금통장이었어요.

그렇게 모은 비상금은 4천만 원 정도였어요. 제 목표는 당신 정년퇴직 때까지 잘 간직하고 모아서 정년퇴직하는 날, "여보, 평생 가족을 위해서 수고하셨어요. 이제는 마음 편히 우리 여행이나 다니면서 지내요!" 하며 주려 했는데……. '아이 엠 에프'가 무섭긴 무서운가봐요. 18년간의 보물을 깨뜨리게 하니 말이에요.

그 동안 저축했던 통장들을 공개하며, "당신이 모르고 있었던 비상금이 있는데 얼마 되는지 모르지? 내가 당신만을 위해 쓰려고 한 푼, 두 푼 열심히 모아서 저금한 것이 이만큼 쌓였어요. 여보 힘내, 당분간 당신이 생활비 못 벌어도 괜찮아, 기운내요. 이럴 때 쓰려고 내가 모았잖아." 하면서 위로했을 때, 당신은 그 많은 금액에 깜짝 놀라며 보고 또 봤지요. 싱크대 밑에 숨겨 놓았던 통장을 공개하니 가슴 뿌듯하고 앓던 이가 쏙 빠진 것처럼 시원섭섭했지만 당신에게 기쁨을 주니 정말 잘 했다는 생각이 들어요.

여보! 사랑스러운 아들 딸 공부 잘 하고 건강하고 또 든든한 제가 옆에 있으니 앞으로 어떤 어려움이 있고 어떠한 시련이 다가올지라도 웃음 잃지 말고 살아요.

앞으로도 더욱 더 노력하는 아내와 아이들의 엄마가 되어 어려운 시기를 지혜롭게 극복하는 주부가 될 거예요.

(서울시 은평구 녹번동 100)

(이 글은 MBC 「지금은 라디오시대」의 사랑의 편지 공모에서 '은상' 을 받았습니다.)

붕어빵 사들고 오던 날

이 재 균

여보! 저 밑 광장이 까맣게 번들거리는 걸 보니 또 비가 내리나 보오. 가끔 무심하다고 또 무뚝뚝하다고 날 나무라는 당신, 그래서 내 오늘은 좀 특별한 결심을 했소. 미인은 아니지만 밉지만도 않은 당신, 서른다섯의 두리뭉실한 나의 안사람인 당신께 당신이 모르고 있을 때 내 맘속을 열어 보이기로 작정했단 말이오.

며칠 전 붕어빵 사들고 늦게 들어갔던 날 생각나오? 그날은 동료 이과장의 결혼기념일이었소. 부인과 오붓하게 지내야 할 시간에 이과장은 포장마차에서 회사 사람들과 함께 있었소. 당신도 알다시피 사실 우리끼리 이과장 김부장이지 집에 돌아가면 방 한 칸 아니면 겨우 두 칸짜리 전세방에 사는 뻔한 가장들 아니오.

그래도 아빠라고 남편이랍시고 이과장 또한 결혼기념일 며칠 전부터 선물을 고른다, 멋진 옷을 사준다, 외식을 시켜 준다……집식구들 앞에서 큰소리 뻥뻥 쳤던가 보오. 그러자 이과장 부인은 "보너스도 없는 당신 두어 달치 월급 축내 가면서 잔치 벌일 생각 없다."면서 난데없이 식당에 일하러 나가겠다고 하더라는군.

토요일 일요일, 오후시간대만 하는 일자리라면서 부인이 사정

34

을 하길래 난감했었다는군. 그후 아이들도 엄마가 식당에서 남은 요리를 가져다 줘서인지 저희들끼리 청소도 잘하고 공부도 시키지 않아도 척척 해내더라면서 펑펑 우는데……. 여보, 함께 모인 회사 사람들 모두 한 마디도 내뱉지 못하고 술잔만 연거푸 들이켰소, 그날은.

여보! 난 그날 정말 뜨끔했소. 말은 하지 않았지만 당신 역시 이과장 부인과 같은 마음이겠구나 짐작했소. 오른 물가, 당신이 무심결에 하는 푸념으로도 충분히 짐작하고. 그러나 오르기는커녕 저 아래로 떨어진 내 하루 품삯 생각을 하면 어디 숨어 실컷 울었으면 하는 생각이 밀려 왔소.

생각하면 힘없고 못난 아빠인데, 퇴근해서 들어가면 아빠 오셨다고 반가워 어깨로 얼굴로 마구 매달리는 아이들과, 잘난 남편인 줄 알고 꼬박 여덟 해 속아 사는 당신.

국수국물 안주 삼은 술자리라 취기는 곧 올랐지만 찌르르 냉기가 흐르는 공허함에 이내 전철 출구를 빠져나왔소. 그때 시간은 10시쯤. 횡단보도 언저리에서 붕어빵 굽고 있는 아주머니가 보입디다. 어쩌면 자지 않고 기다릴 아이들 생각에 갓 구워낸 붕어빵 몇 개를 주섬주섬 봉지에 담다보니, 그 늦은 시각까지 빵을 뒤적이고 있는 아주머니도, 식당일 나간다는 이과장 부인도, 당신도 모두 좋은 사람들인데 고생만 하는 것 같아 가슴 저려 옵디다.

그때 길 저편에서 이쪽을 향해 손 흔드는 여자. 펑퍼짐한 바지차림에 스웨터를 걸친, 어디서나 흔히 볼 수 있는 여자. 그 사람이 내 아내인 선(仙), 당신일 줄이야! 나를 향해 피아노 건반 밟듯이 횡단보도를 깡충깡충 밟고 오는 당신. 불현듯 오래 전 웨딩마치 속에 순백의 모습으로 수줍게 신부 입장을 하던 당신의 젊었을 적

모습이 떠올랐소.

그때 두 손에 감싸 들었던 흰 백합꽃만큼이나 청청한 미래를 꿈꾸었을 당신. 그런 당신 앞에 천원어치 풀빵을 건네는 난 참으로 못난둥이오. 영양가도 없는 걸 참 맛있게도 먹던 결코 밉지 않은 당신.

미안하오, 여보! 그래도 이것이 실날 같은 행복인가 싶으니 다시금 눈앞이 뿌얘져 오는구려.

아직도 사무실 밖으로 비가 내리고 있소. 사나흘 봄비에 봄꽃들을 숨죽이게끔 만드는 올 봄이지만 여보, 당신과 나 또 우리 두 아이들, 아무쪼록 화사하게 이 계절을 보냅시다.

사랑하오 여보.

(서울시 구로구 구로동 604)

(이 글은 MBC 「지금은 라디오시대」의 사랑의 편지 공모에서 '은상'을 받았습니다.)

희망 실은 포장마차

전 명 희

엄마, 놀라게 해드려서 죄송해요. 요즈음 엄마가 너무 힘들어 하시는 것 같아 많이 참았는데 결국 종합병원까지 가서 검진을 받게 되었어요. 미안해요. 사실은 학교에서 너무 아파 양호실에서 누워 있기도 했거든요. 며칠 후 검사결과가 어떻게 나올지 걱정이 되어서 공부도 잘 안되고 밥맛도 없어요.

만약 입원해서 수술하라고 하면 어떡해요? 집안 형편도 어려운데 큰일이잖아요. 고생하며 사시는데 입원비 걱정까지 하게 해드려서 정말 죄송해요. '언니들은 건강한데 왜 나만 아파서 엄마 마음을 아프게 하는 걸까?' 하고 생각하니 제 자신이 밉고 싫어서 많이 울었어요.

아빠가 돌아가신 뒤 포장마차를 시작한 지도 2년이 넘었지요? 처음 장사를 하려 하실 때도 저 때문에 많이 망설이셨잖아요. 제가 다니는 학교 길목이라 친구들에게 창피해할까봐 조심스럽게 제 의견을 물으셨죠. 사춘기인 중2 때였을 거예요. 엄마, 열심히 살려고 하는데 뭐가 부끄럽겠어요. 엄마의 용기와 결단력이 오히려 자랑스러웠어요. 무엇보다 엄마가 하시던 모니터 일을 하지 못하게 되어서 마음이 아팠어요. 얼마나 열심히 하셨는데요.

포장마차를 꾸미는 데 돈을 들이지 않으려고 길에서 널빤지와 막대기를 주워와서 직접 톱질하고 못질해서 근사한 찬장을 만드셨죠. 평소 우리들 옷을 만들어 주셨기 때문에 엄마의 손재주는 알고 있었지만 단단하고 근사하게 만든 찬장을 보면서 '대단하신 엄마다' 라고 생각했어요.

새벽에 제 도시락 싸놓고 시장 다녀와 밤늦게까지 일하시면서도 엄마는 즐거워하셨지요. 엄마의 활달하신 성격과 맛있게 만든 떡볶이 때문에 단골손님이 많을 땐 기분이 좋았어요. 그런데 떡볶이 좀 적게 주세요. 너무 많이 주시니까 먹는 사람은 좋겠지만 우리는 남는 게 없잖아요, 아셨죠?

밤 12시가 다 되어서 언니들이랑 집에 오셔도 피곤하다는 말씀 대신 즐거웠다며 웃으시는 엄마의 마음 저는 다 알아요. 저희들이 걱정할까봐 내색하지 않는 속마음을 말이에요. 엄마, 또 미안한 일은요. 큰언니와 작은언니는 시간 나는 대로 엄마일을 도와드리지만 저는 못해 드리잖아요. 학생이니까 봐주세요.

요즈음은 장사하는 사람들이 많이 생겨서 단속반원들의 단속이 심해 쉬는 날이 더 많아졌지요. 그런데 저는 학교에 내야 하는 돈 때문에 엄마께 말씀드려야 하는데 미안하고 죄송하기만 해요. '아빠가 살아 계셨다면 엄마가 고생하지 않으셔도 될 텐데.' 하는 생각이 들거든요. 아빠가 밉기도 해요. 엄마께는 말씀드리지 못했지만 아빠가 보고 싶을 때도 있어요. 언젠가 학교에서 오는 길에 엄마께서 단속반원들에게 죄인처럼 고개 숙여 사정하다가 쫓겨가시는 모습을 본 적이 있어요. 얼마나 속이 상했는지 아세요?

엄마, 힘들고 어려우시면 저희들과 의논하세요. 사랑하는 가족이잖아요. 같이 걱정하고 위로하면서 해결하도록 해요. 아셨죠? 제가 아파서 걱정인데 작은언니도 직장생활이 힘든 것 같아 엄마의 마음고생이 심하실 거예요. 힘들지만 기다려봐요. 열심히 살아왔잖아요.

저도 건강 조심하고 제 일에 최선을 다할게요. 엄마도 언제나 건강하세요.

엄마, 무지무지하게 사랑해요.

(대구시 북구 복현2동 331)

동서의 전화를 받고

배 윤 선

자랑스러운 동서에게.

동서 고생하고 사는 것을 보면서 생각하는 것이 있어. 가정교육을 너무 잘 받고 시집온 여인이라고.

차부속가게를 할 때 "형님, 조금만 기다리세요. 아버님, 어머님을 제가 모시겠습니다." 했었지. 농촌에서 항상 고생한다고 마음 아파하는 동서, 그 마음을 나는 정말 고맙게 생각한다네.

그러다 그만 시동생의 병환으로 인해 가게도 그만두고 남의 집 파출부를 다니면서 단돈 5천 원으로 살아야 했던 그때 도저히 5천 원으로는 살 수 없어 아파트공사장 5층까지 모래를 나르는 일을 한다면서 "7천 원 받고 합니다."라고 좋아하던 그날, 정말 마음이 너무 아팠다.

공사일 보름을 하다보니 어째서인지 발톱 열 개가 모두 다 빠져서 일을 못 나간다면서 울음 섞인 목소리로 "형님, 발톱이 계단 오르는 데 힘이 많이 되나봐요. 발톱이 없으니까 발에 힘이 주어지지를 않아 계단을 오를 수가 없어요. 다시 식당으로 갈까 합니다." 했었지. 그 전화 받고 정말 마음 아파 혼자 많이 울었다네.

부모님한테 알리지 말아달라기에 말씀드리지 않았다네.

스물일곱 살 꽃다운 나이에 남자나 하는 아파트공사일이 부끄러워 모자를 푹 내려쓰고 수건으로 얼굴을 가린 채 눈만 내놓고 일을 했다는 동서의 말을 듣고 정말 무어라 말할 수가 없었다네.

온기 하나 없는 지하실방에서 아이들 둘과 환자인 남편과 생활한 지 20년이 지난 작년에 방 두 칸짜리 기름보일러 방으로 이사를 하자마자 또 기름값이 너무 뛰자, "형님, 저는 보일러방에서 잘 팔자가 못 되나봐요. 그렇지만 아버님 어머님 부산에 내려오시게 하세요. 우리도 방이 두 칸 있습니다. 부모님 주무실 방이 있으니까 며칠만이라도 제가 모시겠습니다." 했지. 동서의 전화를 받고 '저렇게 착한 마음씨를 가진 동서가 왜 고생을 저렇게 할까, 하느님도 무심하시지.' 생각했다네.

하지만 동서, 이제는 옛날보다는 부자가 아닌가. 시동생 건강하고 직장에도 다니시고 동서도 이제는 식당에서 아주 인기 있는 아줌마가 아닌가. 조카 둘도 다 잘 자라 주어서 고맙고. 스무 살이 넘도록 부모와 한방에서 지낸다는 것이 보통이 아니잖아. 지금까지는 너무너무 고생하면서 살았지만 앞으로는 아마 행복이란 두 글자를 그리면서 살 거야.

동서, 아버님 어머님 모시지 못해 죄송해할 것 없어. 우리는 부모님 도움으로 농사를 지으니까 부모님 안 계시면 큰일난다네. 얼마나 열심히 농삿일 도우시는지 동네분들도 아신다네. 동서, 우리 옛날을 생각하면서 지금은 행복한 마음으로 우리 둘이 파이팅하자.

파이팅! 동서, 잘 하자, 응?

(경북 성주군 초전면 대장3리)

어머니와 상처

류 선 경

　방금 전에 어머니께서 작은 종이를 하나 주시며 "보내 봐!" 그러시고 나가셨어요. 안 그래도 책상 위에 펼쳐놓은 책이 눈에 전혀 들어오지 않고 있을 때라 전 기회다 싶어 책을 덮고 종이를 쳐다보았어요.

　'우리 가족 파이팅!'

　아까 어머니는 "아버지한테 보내라."고 말씀하셨지만 전 이미 어머니의 눈빛을 읽었는 걸요. 제가 눈치 하나는 정말 빠르다는 둘째 아니에요, 둘째! 어머니의 눈빛을 읽지 않아도 전 이미 잘 알고 있어요. 아버지보다 더 힘드신 건 바로 어머니시란 걸요.

　1년 전 일인 것 같네요. 집으로 돌아오는 길에 친구가 자기 어머니에 대한 이야기를 했어요. 꽃꽂이도 배우시고 교양강좌도 들으시고 같이 영화도 보러 간다고. 자기 엄마는 멋쟁이시라고. 자기도 꼭 엄마처럼 될 거라고요.

　전 생각하기도 싫었지요. 제 눈에 비친 어머니는 늘 피곤한 모습이었고 일만 하시고 먼지를 덮어쓰고 계실 뿐이었으니까요. 신혼시절 빚으로 시작한 조그만 비닐공장을 일손도 없이 두 분이서

운영하시느라 여유가 없음을 잘 알면서도 그때는 철없이도 어머니가 밉기까지 했어요.

집에 오자마자 가방을 집어던지고 공장에 갔죠. 그날따라 작고 시끄럽게만 느껴지는 공장. 어머니는 한쪽 구석 기계 옆에서 손을 붙잡고 서 계셨어요. 어머니를 보자마자 "엄마는!"이라고 소리를 치려다 말고 전 그만 그 자리에 우뚝 서고 말았어요. 붙잡고 있는 어머니의 손. 그 손가락 사이로 피가 흘러내리고 있었거든요.

나중에야 알게 되었지만 공장일을 보시다 손이 기계에 말려 들어가는 걸 모르셨던 거예요. 뒤늦게 알고 손을 급히 빼긴 했지만 충격으로 손톱이 모두 빠져버렸던 거였죠. 아이들은 학교에 가고 아버지는 물품배달 가시고. 혼자서 정말 많이 놀라고 또 많이 아프셨을 텐데 어머니는 끝까지 기계를 보고 계셨던 거예요. 손톱이 다 빠져서 피가 뚝뚝 흘러내리는 손을 붙잡고 조금이라도 더 일하려고 말이에요. 그래서 저희에게 좀더 좋은 것들을 마련해 주시려고. 저희들의 기(氣)만은 죽지 않게 해주시려고 말이에요.

그때 전 너무 놀라서 바보처럼 울기만 했어요. 언니가 오고 나서야 어머니는 손을 치료했어요. 그때까지도 어머니는 이를 악물고 일을 하셨지요. 밤늦게 돌아오신 아버지는 그날 일어난 이야기를 다 듣고나서 고함을 지르셨어요. 왜 그리 조심성이 없느냐고.

하지만 어머니는 아세요? 고함을 지르는 아버지의 눈에서 뭔가 반짝이는 것을 저는 보았어요. 아버지 자신을 한없이 탓하시는 듯 안타까움과 미안함 그리고 너무나 애처로운 듯 아버지는 울고 계셨어요.

어머니! 전 그날 비로소 알게 되었어요. 교양강좌는 듣지 않아도 꽃꽂이는 할 줄 몰라도 영화관과는 담을 쌓고 지내도 나의 어머니 당신이 그 누구보다 훌륭하시다는 것을요. 그리고 그제서야 전 비로소 어머니의 진정한 딸이 될 수 있었어요.

　어머니, 비록 그날의 사고는 어머니께 지워지지 않는 흉터를 남겼지만 저의 마음 속에는 지워질 수 없는 교훈을 남겼어요. 그리고 전 더이상 어머니와는 조금 다른 여유로운 삶을 사는 친구들의 어머니가 부럽지 않았어요. 오늘도 저희를 위해 힘든 공장일을 참아내시는 어머니를 위하여, 제겐 너무나도 소중한 어머니의 손가락 끝 흉터를 위하여 저는 이렇게 외쳐봅니다.

　사랑하는 엄마 파이팅!

(부산시 수영구 광안2동 509)

44

회한의 바람소리

전 윤 경

　새벽 1시가 가까워오는 시간. 아마 그곳의 당신은 내가 넣어준 침낭 속에서 곤히 자고 있으리라 생각합니다. 이런저런 생각에 뒤척이다 문득 당신에게 편지를 쓰고 싶다는 강한 충동으로 전등을 켰습니다.

　5월 5일이면 결혼 2주년. 나는 젊은 부부이건 나이든 부부이건 결혼기념일을 무슨 행사처럼 떠들며 외식, 무드, 선물 등으로 기념하는 것을 개인적으로 혐오합니다. 2년, 10년, 20년을 지키고 살아온 것이 나쁘다거나 그날만을 유독 축복된 마음으로 지내는 것이 나쁘다는 의미는 아닙니다. 서로에게 감사하다는 말 한 마디, 더 열심히 노력하자는 뜻 깊고 배려섞인 다독거림, 그런 의미로 새롭게 1년, 2년의 획을 긋자는 뜻입니다. 나는 이번 2주년의 선물로 이 편지에 나의 마음을 담는 것으로 결정했습니다.

　당신을 처음 보았을 때 지저분하고 텁수룩한 외모와 어눌한 말투 때문에 정말로 다시 한 번 쳐다보기도 싫을 만큼 남자로서의 관심은 없었습니다. 내가 아무리 아들 하나와 친정어머니를 모시고 10년째 혼자 사는 여자라지만 적어도 겉으로 보기에는 당당했으니까요.

명문대는 아니지만 대학을 나왔다는 자만심, 모자가정에서 자랐지만 똑똑하고 영리하고 지혜로운 나의 아이에 대한 긍지, 그리고 사회의 편견이 아무리 깊어도 나는 나의 기술 즉, 지게차 기사라는 조금 독특한 직업에 만족까지는 아니어도 '희소성으로서의 가치' 같은 걸 갖고 있었습니다.

그런 내 눈에 가난한 농촌출신의 장남, 그리고 생산직이라는 당신의 직업. 아, 그리고 나를 더 힘들게 했던 건 중학교 졸업의 학력에 취미라고는 술, 술, 술, 음주와 관련된 건 어느 것 하나 빠지지 않는 36세의 노총각이라는 이력들이었습니다.

그런 내가 만난 지 6개월 만에 당신과의 결혼을 감행했던 건 무엇 때문이었을까요? 면사포를 꼭 한 번 써보고 싶다는 여자로서의 욕심은 1%밖에 없었습니다. 앞에서도 말했지만 난 '평범한 잔치'에 '거대한 의미'를 부여하지 않기 때문입니다. 당신이 매일밤 술에 취한 채 커다란 트럭을 몰고 와서 퀭한 눈으로 나를 바라보면서 말솜씨 글솜씨 없는 죄로 한 마디 한 줄의 글조차 전하지 못하는 걸 알고 느끼게 되면서부터 조금씩 나는 나의 자만과 긍지와 가치에 대해 회의가 일었습니다.

겨우내 같은 티셔츠에 시커먼 점퍼를 입고, 아침이면 술냄새 풀풀 풍기면서 어김없이 우리 집앞까지 나를 모시러(?) 오는 당신의 순정을 보면서부터 당신을 구원하고 싶다는 모성본능이 가슴 밑바닥을 쓸고 지나갔습니다. 결정적으로 나를 넘어뜨린 건 당신의 부모님이셨지요.

당신에게 속아서 얼떨결에 따라간 당신 부모님과의 첫만남에서

시어머님은 그 투박한 손으로 내 손을 덥썩 잡으시면서 "잘 왔다. 잘 왔어, 아가."라고 말씀하셨습니다. 그 순간 내 가슴은 열리기 시작했고, 나의 그 잘난 자만심은 고개를 꺾고 말았습니다.

상쇄. 그래요, 반대급부 같은 거지요.

당신의 학력과 나의 이혼을 상쇄시키고, 당신의 직업과 나의 아이를 상쇄시키고, 당신의 가난과 나의 친정어머님 부양을 상쇄시키고, 당신의 어눌한 말투와 나의 풍선 같은 허망한 학력을 상쇄시키고, 당신의 무지와 나의 외로움을 상쇄시키고. 대신 이렇게 나 자신에게 최면을 걸었습니다. 당신은 적어도 위선이 무언지 모르며, 성실하며, 거짓말을 하지 못하며, 나의 아이를 나의 어머니를 진심으로 대한다.

그러나 현실은 너무나 달랐습니다. 결혼 1주년이 오기도 전에 나는 당신과의 이별을 구체적으로 생각하게 되었습니다. 우리는 공동의 화제가, 공동의 대화가, 공동의 취미가 없었습니다. 당신은 여전히 술을 마셨고, 음주운전을 했고, 벌금을 물었고, 술이 취하지 않으면 단 한 마디의 대화도 할 수 없었고, 당신은 신문도 읽지 않는 사람이었습니다.

술, 술로 인한 나의 스트레스는 급기야 최고조에 달했지요. 당신은 아무 연락도 없이 외박을 했고, 결국 군산으로 출장을 가서 직장상사와 사소한 말다툼 끝에 칼로 찌르는 엄청난 일을 저지르고야 말았습니다.

나는 당신을 구원하지도 못했고, 내가 상쇄시켰던 일들이 조목조목 고개를 쳐들고 나를 향해 일침을 가해 왔습니다. 나의 최면도 풀렸습니다. 당신의 구속 그리고 한달. 그 공백 속에서 나는 감정의 흐름을 봅니다. 증오, 미움, 절망, 포기, 원망, 갈등, 연민,

반성……. 그리고 용서, 그리움, 사랑.

길다면 긴 시간. 당신이 없는 상황에서 나는 나와 당신이 놓였던 자리를 뒤돌아볼 여유가 생겼습니다. 나의 잘못은 과연 단 한 가지도 없었나 하는 반성도 하게 되었습니다. 한꺼번에 나의 틀 안에서 당신이 고정되기를 바랐던 억지를 깨닫습니다. 내가 논리적으로 따지고 이성적으로 조일 때면 당신은 어떻게 처신해야 하는지조차 몰랐습니다. 무조건 당신이, 우매한 당신이 빌고 똑똑한 나는 강자처럼 당신 위에서 군림하고, 또 당신을 무시했는지도 모릅니다. 자기 변명에 능숙한 나는 요리조리 재고, 이해타산을 들먹이고, 그저 주변머리 없는 당신은 우왕좌왕하면서 나와의 충돌을 피하느라 버거운 현실을 자꾸 술로 잊으려 했는지도 모릅니다.

이제 그런 뒤돌아봄 속에서 당신의 부재가 크게 다가옵니다. 그 자리가 휑하니 크게 비어 있고, 허허벌판에 덩그러니 놓여 있는 나무 한 그루에 쌩쌩 바람이 부는 듯 나의 가슴에도 회한의 바람 소리가 들립니다.

꽃샘추위가 옷깃을 파고 듭니다. 그곳의 당신은 더욱 춥고 어둡겠지요. 이제는 당신이 보고 싶습니다. 죄값을 치르고 다시 만나는 날을 손꼽아 기다립니다.

(인천시 남동구 만수3동 854)

삼천포의 밤바다

정 필 선

미량아! 그 동안 잘 지냈니?

아버지와 난 오늘밤도 밤바다에 나왔다. 반찬값이나 벌어볼까 하고 실장어를 잡으러 나왔지만 그나마 올해는 통 잡히지 않는구나. 장어마저 우리들을 외면하는 것 같다.

미량아! 삼천포의 밤바다는 우리들의 현실과는 상관없이 여전히 아름답구나. 봄이라지만 밤바다는 여간 쌀쌀하지 않다. 저 건너편에는 세월을 낚으러 왔는지 아니면 고기를 낚으러 왔는지 강태공들의 목소리와 웃음소리로 왁자지껄하다. 저 낚시꾼들이 행복해 보이는 것은 나 혼자만의 생각일까?

내가 사랑하고픈 미량아! 오늘 하루도 참 힘들었지? 한창 멋내고 어리광 피울 나이에 넌 원하지 않는 사회인이 되었지. 네 친구들은 대학 캠퍼스에서 낭만과 꿈을 피우고 있는 시간에 넌 우리 현실 때문에 원하고 꿈꾸던 대학에도 가지 못하고……

내가 널 생각하다 어느 대목에서 목이 메이는 줄 아니? 못 먹인 것도 아니며 입히지 못한 것도 아니야. 바로 대학공부를 시키지 못한 점이 제일 가슴 아프고 안타까워. 대학을 꼭 나와야만 출세하고, 잘 사는 것은 아니지만 그래도 부모 입장에선 너무너무 미안한 일이지. 시간은 정말 기다려주지 않는 것인데.

너도 잘 알다시피 4년 전부터 경기불황으로 우리 가계도 심한 타격을 입었고, 남에게서 빌린 돈은 이자에 이자만 늘어가고 원전은 엄두도 내지 못한 채. 빚 때문에 아버지는 밤잠도 못 이루시고, 술 마시는 시간은 더욱더 늘어만 가고. 그로 인해 아빠와 난 무척이나 많이 싸우기도 했고, 참 너무 힘들었지. 지금은 조금씩 모든 것을 추스려가는 과정에 접어들었다. 그때 넌 조금은 어렸지만 대학 가겠다고 떼 한 번 써보지도 못하고 스스로 실업계 고등학교에 지원했지. 내가 누구보다 잘 알고 있어.

요즘 밤잠을 쉽게 들지 못할 때는 널 자주 생각하곤 해. 지난 1월 1일 너의 50만 원짜리 월셋방을 다녀오던 날. 덩그러니 놓인 이불 한 채와 TV 한 대가 너의 전 재산이었지. 어린 널 객지에 두고 돌아서는 내 발길은 천근만근이었어. 그날 난 참 많이 울었다. 부모 잘못 만나 어린 나이에 고생하는 널 무슨 체면으로 대해야 할지.

내가 사랑하고픈 미량아! 너와 내가 부모 자식의 인연을 맺은 지도 올해로 꼭 10년이 되었구나. 나는 너의 새엄마로 너는 나의 예쁜 강아지로. 우리 서로 나눈 10년 세월을 어떻게 한 마디로 이야기할 수 있겠니?

서로 너무 힘들었지. 가슴 아픈 추억도, 아름다운 추억도 많았고. 너 사춘기 때 날 힘들게 했던 것들 생각나니? 아주 자주 그리고 가끔씩 날 속상하게 해놓고 뒷날쯤이면 너의 새콤달콤한 사과의 쪽지편지도 있었지. 지금 생각하니 모든 것이 아쉬움이고 그리움이다.

내가 영원히 사랑하게 될 미량아! 내가 부탁할게. 우리가 언제까지나 어렵게 살겠니? 공부를 계속해야 된다는 신념의 끈을 놓지 말기를 부탁한다. 그리고 힘내어 살아보자꾸나.

미량아, 힘내. 파이팅!

(경남 사천시 벌리동 451)

살며 사랑하며

한 재 옥

여보. 예전에는 화창한 봄이 오면 설레었던 그 마음은 온데간데 없고 계절 감각을 잊은 채, 봄이 오는지 가는지도 모르게 너나 할 것 없이 힘든 이때. 특히 내 곁에서 힘들어하는 당신을 피부로 느끼며. 잘생긴 당신 얼굴이 찌그러져 못나 보이는 요즘, 활짝 웃는 모습 한 번 더 보고파 펜을 들었습니다. 가슴에는 이슬방울이 맺히면서도 한바탕 배꼽잡고 당신과 나, 아들 승우가 웃던 일이 생각나서 몇 자 적습니다.

동갑내기 우리가 마흔 살 되던 해 하느님 앞에서 혼배성사받고 생활하기 시작한 게 엊그제 같은데 벌써 3년이란 세월이 흘렀군요. 밤낮으로 보고 또 봐도 남의 남편하고 사는 느낌이었지요. 서로의 깊은 상처 딛고 다시 열심히 사랑하며 잘 살아보자고 하느님께 맹세하고도 일년 반 동안은 얼굴만 마주 대하면 왜 그렇게 죽을 힘을 다해 서로를 할퀴기에 바빴던지요.

여보! 그 동안 죄송했어요. 미안했구요. 그리고 사랑해요.

어느 순간 당신이 내 남편이란 생각이 들고, 당신을 사랑하는 마음으로 보게 된 날부터 그 동안 이해 안되던 당신의 말과 행동이 이해되고 장점만이 눈에 띄더군요. 일년 전의 일이었지요. 지금은 돌아가신 아버님께 대한 당신의 효심에 가슴이 찡하고 눈시울이 뜨거워졌답니다. 썩 비싸지도 않은 작은 굴비 20마리 사 들고 한달에 한두 번 찾아뵙는 부모님께 가던 날이었어요.

"여보! 굴비 몇 마리 당신 구워주게 남기고 가져다 드릴까?"

"뭐하러 그래, 나는 굴비 싫어해."

여보, 나는 그때 그 말이 왜 정말로 들렸을까요?

"그래, 그럼 그냥 다 가져다 드리지 뭐."

그후 다른 생선은 어쩌다 식탁에 올려도 절대 당신이 싫어하는 굴비는 안해 먹었지요. 아버님께서 돌아가신 후, 얼마 전 우연히 백화점 세일에서 싸게 산 굴비 다섯 마리를 노릇노릇 구워서 식탁에 올렸더니 아주 맛나게 뼈까지 아작아작 씹어먹던 당신. 그 모습에 놀라 내가 물었지요.

"아니, 굴비 싫어한다더니?"

"싫긴, 굴비 싫어하는 놈이 세상에 어디 있어. 굴비 좋아하시는 아버님 한 마리라도 더 가져다 드리라고 했던 말이지."

그 말에 정말 당신이 존경스럽고 잘 생겨 보이더라고요.

당신의 부모님 사랑, 처자식 사랑, 형제 사랑, 특히나 장인, 장모님께 곰살스럽게 잘 하는 당신에게 매일 감격하며 살아가요. 그런 당신의 아내가 된 것에 정말 감사드려요. 성질부릴 때만 빼놓고.

사랑 많고 정 많은 당신이 얼마 전 시계조립 일감이 줄어들자 여덟 명 중 두 명을 월급도 제대로 못 주고 그만두게 했을 때 나는 너무너무 속이 상했어요. 또 일감이 적어져서 생활조차 하지 못할 걱정보다도 어깨가 축 처진 당신의 거무스레한 그늘진 얼굴을 보고 그 심정 헤아리며 돌아서서 울었답니다.

당신 앞에서는 나이 값도 못하는 철없는 아내, 매일 예쁜 살림살이 사달라 조르기만 하는 것 같아도 항상 당신 끔찍히 생각하고, 뒤에서는 울어도 당신 속상해할까봐 앞에서는 강한 척 일부러 큰소리 탕탕 치고 살고 있어요.

여보! 힘내세요.

다행히도 일감이 전혀 없을 줄 알았는데 서서히 회복되어 다시 가족 같던 직원들 한 사람 한 사람 불러모아 여섯 명이 되었지요. 비록 일한 대가를 몇 달 후 지급받는 어음으로 받아와 여러 가지로 힘은 들어도 다시 일하게 된 직원들과 밝은 모습의 당신을 보니 당신이 멋있고 자랑스러워요.

엊그제 일요일이었지요. 말이 사장님이지 항상 직원들과 똑같이 부지런히 일하는 당신이 시, 분, 초 맞추는 일감을 집으로 가져왔지요. 하루 종일 나와 식탁에 나란히 앉아 칠, 팔, 구, 땡! 소리와 동시에 네 개의 시계 초 맞추는 일을 종일 손톱이 빠지게 했지요. 그러면서 이렇게 일하게 해주시는 하느님께 감사드려야 한다는 당신 말에 그럼! 그럼! 맞장구치며 서투른 솜씨지만 당신 마음에 들려고 열심히 했지요.

종일 일을 해서 피곤도 하고 또 아들이 중학교에 들어가 처음 2박3일 수련회를 가게 되어 김밥을 싸야 했으므로 대강 치우고 잠자리에 들었지요.

늦게 일어나면 김밥 못 싸게 될까봐 걱정한 때문인지 새벽 4시에 눈이 떠지더군요. 당신을 바라보니 피곤했던 탓인지 끙끙 앓는 소리를 내며 자고 있었어요. 그 모습에 가슴이 찡했어요. 다시 한 번 바라보고 나서 한 시간만 더 자고 일어나야겠다고 잠을 청하려는데. 아니, 이게 무슨 소리? 갑자기 당신이 칠, 팔, 구, 땡! 하고 외치는 것이 아니겠어요.

어찌나 놀랍고 우습고 슬펐던지요. 오죽 칠, 팔, 구, 땡!을 많이 했으면 잠꼬대까지. 그것도 실감나게 정확히 일초도 틀리면 안된다는 말투로 칠, 팔, 구, 땡!이라니. 아침에 그 일로 한바탕 당신과 웃기도 했지요.

여보! 사랑해요. 당신과 처음 만나 서로를 이해 못하고 매일 싸우던 시간까지 아깝도록 사랑합니다. 남들보다 늦게 만났으니 더욱더 많은 사랑을 하며 행복하게 살아가길 원합니다.

지금 나라 전체가 어려우니 우리 또한 당연히 같이 어려운 것이지요. 우리보다 더 어려운 사람들이 많은 요즘, 당신 여러 가지로 힘이 드셔도 조금 더 참고 힘내세요.

성실하고, 정직하고, 부지런하고, 착한 당신을 믿어요. 저도 아들 잘 키우고 절약하며 홀로 되신 어머님께 효도하며 당신 더욱 사랑하길 노력하며 내조 잘할게요.

(인천시 부평구 산곡동 145)

국선생전

보이소!

14년 전에 친정 팔순 할머니께 넙죽 절하고 손녀 달라고 해갖고 우리 할매가 덩치 큰 당신이 넙죽 절하는 것을 보고 예절 한번 바르다고 꼭 내 집 식구 같다고 하면서 반하는 바람에 내가 스물아홉 노처녀로 당신따라 멀리 경상도에서 시집왔심더. "잘해 주겠노라."고 우리 할매랑 두 손 꼭 잡고 약속해 놓고 우리 할매가 2년 전에 콩 팔러 갔다고 그 약속 잘 안 지키고 이 시간에도 국선생 만나고 계십니꺼.

어쩐 일로 오늘은 퇴근이 이르다고 생각했는데 아니나 다를까 전화벨이 울리자 나더러 없다고 하라고 핑계까지 대더니 틀리게 적은 핸드폰 전화는 왜 끝까지 추적해서 나가십니꺼. 어제도 마시고 오늘도 또 그 웬수 같은 술 생각나서 나갔지예.

당신은 술에 대해서는 대책이 없는 분이란 거 아십니꺼, 모르십니꺼. 술 마시고 귀가하는 당신 눈동자는 풀려 있고. 참 그리고 왜 보따리 싸서 자꾸 나간다고 합니꺼. 어제도 옷을 다시 입고 나가려고 하다가 현관 앞에서 들어오이소 하니 얼른 구두도 벗지 않은 채 들어올 것을 왜 자꾸 약 올립니꺼. 한 배를 타도 벌써 14년이나 되었고 순풍에 돛을 달고 갈 날이 창창한데. 당신, 술 잡수시고 밖에서 실수 안하십니꺼. 절대 그런 일이 없다고 하지만 걱정입니더.

몇 년 전 당신 친구와 새벽 1시 가까이 술을 마시고 아파트 후문을 걸어 잠그는 바람에 담을 넘는다고 뛰어넘다가 천안에서 온 당신 친구를 기절시켰잖아예. 2미터 가까이 되는 후문은 당신이야 매일같이 넘어다니지만 그 친구는 타지에서 오신 양반인데 왜 함께 넘자고 합니꺼. 넘다가 기절해 버리는 바람에 내가 119에 신고를 해서 아파트 정문 앞까지 구급차가 왔었지예. 그때 친구가 깨어나서 구급차를 돌려보내는 등 야단법석을 떨었는데 다음날 당신은 아무 것도 모르데예.

보이소마! 남자라면 술은 조금은 마실 줄 아는 사람이 사나이답게 보인다고 오래 전부터 생각해온 내가 어리석었지예. 어릴 적 시냇가에서 빨래방망이로 빨래를 탁탁 두들길 때 빨래에서 물이 튀면 술을 잘 마시는 사람에게 시집을 간다는 말에 나는 마음 속으로 좋아했는 기라요. 왜냐하면 울 아부지는요 약주를 하지 못하셨는데 한잔을 하시면 기분 좋으시다면서 우리가 담배밭에서 담배벌레 10마리 잡으면 1원 주던 것을 약주 한잔 하시면 10원을 나누어주시는 바람에 술을 조금은 하는 남자에게 시집가야지 했거든예.

당신은 술이 술술 잘 넘어가는 것 같습니다. 술도 잘 못 이기면서, 매일 술한테 지면서 왜 마시능교? 며칠 전 아니 우리 아들 입학식날 당신 어디서 외박했능교? 밝히소. 그날 밤 새벽 1시경 당신한테 전화왔을 때 이 어려운 시기에 어디서 무얼 하느냐는 나의 이야기에 '아이 엠 에프' 시대에 잘리지 않으려고 과장님과 계장님 모시고 있다고 하셨지예. 안심하고 기다리다가 깜박 잠이 들었다가 깨어보니 새벽 5시. 당신이 옆에 없데예. 그때까지 들어오지 않아 몇 번이나 핸드폰을 쳐보았지만 연락은 안되고. 6시쯤 핸드폰을 받은 당신은 허둥지둥대면서 20분 안에 왔지예. 그날 어느 여관 화장실쯤에서 취기에 잠든 것은 아닙니꺼?

그 다음날 시아버지 제사가 있어 큰집에 가야 했지예. 거금 십만 원을 내게 슬쩍 주면서 비밀지키라고 하는 것을 보아하니 분명히 어디 주차장이나 화장실쯤에서 잤지예?

궁금해서 물어보면 뭘 자꾸 물어보느냐면서 머쓱해하는 당신 행동에 내가 짚이는 것이 있어서 큰집에서 당신이 비밀을 지켜달라는 것을 비밀로 한 채 이야기했다 아입니꺼. 당신이 말했지예. 비밀은 알리라고 있는 것이라고. 이야기를 듣고 난 큰형님께서는 큰일날 뻔했잖느냐 날씨라도 추웠으면 어떻게 했겠느냐 걱정하셨지예. 그 어느 여름날 큰아주버님께서 약주를 많이 하시고 누구네 대문 앞에서 자고 있는데 옆에 거지도 와서 함께 자더라는 이야기를 하시면서예.

큰고모님이 오시더니 옛날 아버님께서도 술을 잡수시고 논두렁에서 주무셨다는 이야기를 하시면서 부전자전이란 이야기도 나왔습니더. 이제부터 당신 차례라면서 조심하라고 하데예.

보이소! 충청도 양반요! 겉은 양반일지 모르나 술 마시면 양반이 아닌 것 아십니꺼. 앞으로도 계속 국선생을 만나고 다니실 겁니꺼? 당신 아십니꺼. 우리 고전에 「국선생전」이 있다 아입니꺼. 술을 의인화하여 인간이 술을 어떻게 마시느냐에 따라 그것이 약주도 되고 독주도 된다는 점을 경계하고 있는 것이라예. 아무리 좋은 술이라도 과하면 안된다는 경계의 의미를 당신은 잘 기억하이소. 3년 반 동안 예산에서 혼자 하숙을 하고 오더니 고약한 술버릇만 늘었습니꺼.

이 편지가 채택되어 읽혀지면 전국적으로 당신이 망신을 당하겠지만 당신의 고약한 술버릇 고쳐진다면 얼마나 좋은 일이겠습니꺼. 그래도 양반 체통은 이어야 할 것 아닙니꺼. 그렇지예?

(대전시 서구 갈마동 갈마아파트)

수염 기를래? 머리 기를래?

김 금 옥

아직까진 착한 여자, 아니 착한 아내, 더 이상의 악처가 되지 않기 위해 예방 차원에서 펜을 들었다는 것에 대해 어떠한 말을 해도 불만 없겠지.

악처는 남편이 만든다는 거 자기 알지. 난 콜라만 마셔도 취한다는 자기 친구들의 말에 이 사람에게 시집가면 속은 썩지 않겠다 싶어 시집을 왔건만 그런 내가 속을 끓일 줄이야 어느 누가 알았겠어. 그나마 "소주는 독약 같아 못 마시겠어." 하며 맥주를 마셔 이 몸이 참고 사는 줄 알아.

자기야, 내가 술얘기부터 꺼냈지. 난 그만큼 요새 술 때문에 스트레스를 받고 살아. 못 마시던 자기가 술을 마시는 거 내 책임도 있지 않을까 싶어 갑자기 가슴이 미어져.

10년 전 자기는 술을 못 마셔 우리는 막걸리에 설탕을 타서 마시곤 했잖아. 정 목이 타면 맥주를 마시곤 하는 자기가 마음에 들었고. 술을 못 마시는 자기가 자랑스럽기도 했고. "우리 신랑 술 못 마셔요." 하고 말하는 게 얼마나 좋았는지 알아? 어쩌다 자기가 술을 마시면 둘이 싸웠느냐고 물어보았던 주위 사람들. 내가 이렇게 속을 썩이고 사는데 아무 것도 모르는 사람들은 우리보고 잉꼬부부라니. 손을 가슴에 얹고 뉘우쳐봐.

늦게 배운 술이 무섭다는 말이 있지. 거나하게 취해 들어오는 자기를 보면 난 유난히 화가 나. 내가 마시면 덜 마시겠지 하면 내가 술을 마신다고 오히려 더 마셔버리는 못 말리는 자기.

우리는 가만히 보면 잘못은 자기가 하는데, 내가 잘못하고 있는 걸로 되어 있는 걸 보면 뭐한 게 뭐 나무란다고 정말 말도 안돼.

눈이라고 해야 하는데 어쩌다 눈깔이라고 했다고, "여자가 말이야……"를 찾으며 여자는 교양 있어야 한다며 늘 피곤하게만 하는 자기. 내가 그래서 살이 안 쪄.

더 말해 볼까. 내가 말이야, 속 끓이지 않을 일에 속 끓이고 사는 또 하나의 이유. 온갖 여우짓 애교짓 다 떨어도 막무가내로 안 자르는 수염 긴 젊은 할아버지. 정말 못 말리겠어. 옛날처럼 잠 잘 때 또 수염 잘리기 전에 수염 좀 잘라요.

여기서 잠시 이종환, 최유라 씨께 1년 전에 있었던 일을 말 좀 할게요. 머리나 수염 기르는 사람을 보면 흉을 보던 신랑이 어느 날 갑자기 머리를 기르기 시작하더니 고무줄로 묶기까지 하더라구요. 저는 못 보겠기에 정말 보기 싫다고 잔소리를 하니까 머리를 자르고 이번에는 수염을 기르기 시작하더라구요.

저는 수염 긴 신랑이 나이가 들어 보여 "자긴 수염을 깨끗이 밀고 스킨을 딱 바르면 참 멋있어. 그 좋은 인물 감추지 말아." 하며 입에 침이 마르도록 말을 해도 도무지 통하질 않는 거예요.

저 수염을 어떻게 해야 할 텐데 깎으면 노발대발할 테고. 며칠을 이 궁리 저 궁리 하고 있었어요. 그러던 어느 날 술을 거나하게 마시고 왔더라구요. 그리고는 바로 자더군요. 저는 이때다 싶어 가위와 신문을 찾아와 신랑 앞에 갖다놓았어요. 수염을 깎으면 다음날 아침에 벼락이 내리리라는 것을 예상하면서도 떨리는 가슴으로 수염을 자르기 시작했어요. 당장이라도 일어나 뭐라 할 것 같아 조마조마해하며 자르는데 우리 신랑 갑자기 미소를 짓는 것 같더니 뒤척이며 허허허 웃는 거예요.

저는 순간 이 사람이 알고 있는데 일부러 자는 척하는 건가 보다 생각했어요. 용기를 내어 잘랐지만 다음날 아침 거울을 보고 얼마나 놀랄까 걱정이 되어 도저히 수염을 기를 수 없게끔만 해놓고는 내일 일은 내일 걱정하자 하며 잤습니다.

다음날 아침, 저는 일찌감치 일어나 여차 하면 도망가자 하고는 신랑 동태를 살폈어요. 화장실에만 가도 거울을 보는 사람이라 일어나자마자 여지없이 거울을 쳐다보데요. 제 가슴은 콩알만해졌고 어떻게 하나 눈치만 살피고 있었지요. 거울을 쳐다본 신랑이 "어, 이거 누가 그랬어?" 하는 거예요. 저는 순간 위기를 모면하려고 "어젯밤 자르는데 자기가 갑자기 허허허 웃길래 알면서 모르는 척 하는 줄 알았지." 하며 "자기, 알고 있었지? 알면서 그랬던 거지?" 하면서 웃으며 뒷말을 못하게끔 해버리니까 우리 신랑 갑자기 방문을 열더니 쾅 하고 닫고는 휑하니 나가버리더라구요. 저는 일단은 안심이다 하며 신랑 오기만을 기다리는데 얼마 후 들어오데요.

그런데 이게 웬일입니까? 우리 신랑이요, 저에게 복수하려고 빡빡머리를 하고 등장한 거예요. 저는 기가 막혔지만 더이상 할말은 없었어요. 우리 신랑 하는 말이, "수염을 기르게 하든지 아님 머리를 기르게 하든지 둘 중 하나 선택해." 하는 거였어요. 더 기가 막혔지요. 저에게 그 순간 좋은 생각이 떠올랐어요. "자기, 수염 기르지 말고 머리 길러." 머리를 기르면 자를 때쯤 수염 기르라 하려고요. 그러다 보면 영영 기를 수 없을 테니까요. 그러나 우리 신랑 안 속대요.

일년이 지난 지금도 우리 신랑은 눈과 코만 남고 온통 수염으로 뒤덮여 있으니 저는 어떻게 할 도리가 없답니다. 얼마 전에는 수염에 염색까지 했더라구요. 이쯤 되면 얼마나 제가 안해도 되는 마음고생하고 사는지 아시겠죠?

"내가 싫어해도 저렇게 기르는 거 보면 수염 기르는 걸 좋아하는 여자 어디 있나봐." 협박도 해보지만 강씨 고집 하여튼 대단해요.

자기야, 서로 마냥 좋아서 그 반대 무릅쓰고 결혼한 지 10년이 되었지만 지금도 여전히 자기가 옆에만 있어 주면 난 마냥 좋아. 나를 봐두고 나가는 자기를 보고 화가 나서 바가지 긁는 나, 자기를 사랑하기 때문에 그렇다는 거 알아주었으면 해.

자기도 나 사랑하는 거 알아. 가끔 꽃다발을 사와 감동케 하고, 길 가다 예쁜 꽃을 보면 꺾어와 주곤 하는 자상한 자기. 내가 봐도 자긴 자상하긴 해. 자상한 남편, 자상한 아빠. 우린 아니 보람이 희민이도 그런 아빠를 사랑해요. 난 자기가 없으면 못 살고.

자기야, 경제한파로 우리 애완견센터도 찬바람이 불지만 우리 서로 사랑해 주는 가족이 있으니 참고 열심히 살자. 그러다 보면 따뜻한 봄날 오듯 우리 가정에도 웃음꽃 필 날이 올 거야.

자기야, 사랑해. 우리 가족 파이팅!

(충남 천안시 풍세면 용정리2구)

당신은 하늘이요 기둥인데

양 명 자

메마른 대지를 촉촉히 적셔주는 봄비 소리를 들으며 이 편지를 씁니다. 이 비가 메마른 당신 가슴도 적시어 평안해졌으면 좋겠네요. 당신 덕분에 생전 처음 그것도 새벽 네시에 편지를 쓰네요.

당신이 이 편지를 받아보면 틀림없이 이렇게 말하겠죠.

"야가 안하던 짓 하는 거 보니께 곧 죽을랑갑다. 새장가 한 번 더 가보겠구먼."

여보, 당신 얼굴 쳐다보니 내가 언제 그랬느냐는 듯 평화롭게 잘도 자는구려. 자기 마누라는 밤 꼬박 새우게 만들어 놓고.

잘 먹지도 못하는 술을 누구와 그렇게 마셨어요? 간밤에 어떻게 했는지 기억나요? 나 지금 마음이 너무 아파요. 그 동안 잘 견디고 있더니 이렇게 한꺼번에 무너지면 난 어떡해요.

"불쌍한 우리 마누라 자야, 내 니 호강시켜 주고 행복하게 해줘야 하는데 고생만 시키고 미안하다. 정말 미안하다. 세상도 싫고, 친구도, 모든 사람 다 싫다. 사는 게 자꾸만 자신이 없다."

이러고 울다 토한 뒤에 잠들면 다예요? 당신이 잠든 뒤에 슬픔이 밀려와서 많이 울었어요. 당신은 우리 집의 하늘이자 기둥인데. 집안의 가장이 사는 게 무섭고 자신이 없다 하니 내겐 하늘이 무너지는 그 자체였어요. 당신이 이렇게 무너지면 애들과 난 어떻게 해요.

여보, 많이 힘들고 괴롭겠지만 힘내세요. 극복해야지 포기하면 안돼요. 당신 그 동안 고생한 거 나 알아요. 그 자존심에 어떻게 하든 자신의 힘으로 잘 살아 보려고 한눈 팔지 않고 먹을 거 입을 거 아껴가며 아둥바둥 살았는데 그 결과가 이러니 많이 힘들었을 거예요.

너무 조급해하지 말고 좀 쉬면서 천천히 새 일 찾아봐요. 꼭 찾을 수 있을 거예요. 우리 이미 잃어버린 것에 미련두지 말고 더 이상 속상해하지도 말고 아까워하지도 맙시다. 다 용서하고 다 잊어버리고 새로 시작합시다. 우리 없는 것을 불평하지 말고 남아 있는 하나에까지 감사합시다. 내 걱정은 하지 말아요.

당신 기억 안 나요? 당신 청혼 받았을 때 내가 그랬었죠. 끼니 거르지 않고 식후에 커피 한잔 마실 수 있으면 행복해하고 감사해 하며 살겠다고 약속했잖아요. 우리 먹을 밥 있고 마실 커피 있고 아이들 건강하고 착하고 예쁘게 자라고 있으니까 나 감사하며 살 거예요.

나에게 미안해하지도 말아요. 나 당신 사랑해요. 사랑하는 사람이 무거운 짐을 지고 있으니 그 짐을 덜어주는 건 지극히 당연하잖아요.

여보, 힘들겠지만 얼굴 펴고 억지로라도 웃으려고 노력해 봐요. 웃어야 복이 들어오지요. 한숨 좀 그만 쉬고 담배도 조금 줄이고 건강 챙겨야 해요. 당신의 건강이 우리 가족 모두의 행복이니까요.

우리 예전보다 더 열심히 살다보면 곧 좋은 시절이 올 거예요. 우리에게 화창한 봄날만 있다면 자서전 쓸 때 너무 단조로울 거예요. 때론 비도 폭풍도 매서운 겨울바람도 있어야 자서전이 재미있지요.

너무 일찍 가정에 매여서 고생하는 당신이 난 늘 안쓰럽고 짠해서 내 나름대로는 많이 배려하고 당신에게 잘 하려고 노력했는데, 그래도 당신 나한테 서운하고 나 미울 때 많았을 거예요. 착하고 지혜로운 아내가 되도록 노력할게요.

때로는 투정부리기도 했지만 당신은 참 좋은 남편이에요. 내 생일과 기념할 만한 날에는 장미꽃 한송이라도 꼭 챙겨 주었고, 지금까지 변함없이 팔베개 해주지, 업어주지, 시도 때도 없이 꼭 껴안아 주고 사랑한다 말해 주지, 맛있는 거 있을 땐 아이들 안 줘도 난 꼭 챙겨주지.

여보, 고마워요. 우리 앞으로도 서로 사랑하고 허물이 보일 땐 눈감아 주고 어렵고 힘들 때 서로 격려하고 도와주고 착하고 예쁘게 그렇게 살아갑시다.

쓰고 싶은 얘기가 참 많은데 아침밥 하고 당신 해장국도 끓여야 하니까 그만 줄여야겠네요.

여보, 제발 기운내고 건강하세요. 당신 사랑해요.

(광주시 동구 계림3동 231)

이제야 가족이 된 우리

하 정 자

사랑하는 둘째야!

복사꽃 몽우리가 삐죽이 나온 새싹과 어울려 망울져 있는 것을 보니 너를 처음 보았을 때가 생각나는구나. 너를 우리집 식구로 맞아 열여섯 해가 지나도록 편안하게 앉아서 봉양을 받으면서도 고맙다는 말, 사랑한다는 말 한번 변변히 하지 못하고 살아왔구나. 마음에는 늘 있었는데 표현하지 못했던 말들을 글로 쓰니 읽어주려무나.

너는 망울져 있는 복숭아꽃처럼 아주 가냘픈 모습으로 우리에게 왔었지. 그러나 10년이 흐르고 또 6년이 흐른 지금 넌 참으로 많이 변했음을 느낀다. 희고 가늘기만 했던 너의 손에 굳은 살이 박히고 한뼘도 안될 것만 같았던 너의 어깨는 이제 한뼘이 족히 넘을 것 같다. 개미허리 같던 허리도 이젠 제법 굵어졌으니 좋아라 할 수도 있겠지만서도 엄마의 마음은 영 찜찜하구나. 이 모든 변화가 몸이 튼튼해져서 온 것이라면 좋겠지만 갑상선부종이라는 병에서 오는 현상인 것을 알고 있는 에미로서는 마음이 무척 아프단다.

68

고마운 둘째야!

네가 금지옥엽으로 자라던 너의 친가를 떠나 내집 식구로 들어와 가족들에게 주었던 정과 사랑에 진심으로 고맙다는 말을 하고 싶구나. 둘째아들이라 분가를 할 수도 있는 조건이었지만 부모를 모시고 농삿일을 도와야 한다는 네 남편의 뜻을 따라 우리 집안의 큰 보배로 자리를 지켜준 네가 얼마나 고마운지 모른다. 셋이나 되는 시동생 시누이들 학교 마치고 결혼하기까지는 너와 네 남편이 큰 몫을 한 것이라고 생각한다.

또한 너는 까다로운 네 시아버지와 나를 모시는 데서도 최선을 다했다. 너는 항상 잘 모시지 못해 죄송하다고 했지만 대한민국에서 너만큼 솔직하고 정성스럽게 시부모를 모시는 사람 있으면 나와보라고 해라.

92년 여름, 그러니까 네 시아버지가 세상 뜨시기 한달 전쯤 너는 나에게 가슴이 짜릿한 감동을 안겨주더구나. 병이 깊어 입맛을 잃은 아버지에게 하루에 무려 네 가지의 죽을 끓여 드리더구나. 깨죽과 부추죽, 흰죽, 전복죽을 말이다. 그러나 모두가 허사였지. 그제서야 비로소 나는 네가 참 좋은 아이라는 것을 깨달았다. 우리를 보고 "아버님, 어머님"이라 부르지 않고 "아부지, 엄마"라고 불렀던 것도 형식적인 것이 아니고 마음에서 절로 우러나온 친근한 호칭인 것도 알았다. 너무도 늦게 너의 진실을 알아주어 미안하다.

이제 내 딸이 되어 주는 둘째야!

네 시아버지가 돌아가셨을 때 나는 너에게 10년 동안 지웠던 짐을 덜어주고 싶었다. 너희 내외는 신혼의 재미도 없이 시골의 고단하고 따분한 생활을 해야 했잖니? 게다가 부모를 모시고 살아서 마음대로 나들이도 못하고 외식도 못하고 친정도 편하게 가

지 못하였음을 나는 다 알고 있었다. 다만 어찌할 수 없는 사정이
라 가만히 있었던 거지. 자식들 모두를 결혼시킨 상태라 서울에
가서 살아보려 했지만 사정의 여의치 못해 내가 또다시 너희 집에
서 여생을 보내야겠다는 결정을 내렸을 때 "어머님의 뜻이 그러하
시다면 따르겠어요." 하던 네가 얼마나 고마웠는지 모른다.

그리고 다시 시작된 너와 나의 새로운 생활 6년. 그 세월 동안
너는 내 딸이 되어 몸이 아프고 고단할 때는 나에게 짜증을 부리
기도 하였지. 나 또한 너에게 나의 마음을 털어놓는 좋은 사이가
되어 사니 난 참 행복하다.

내 소중한 둘째야!

엄마가 너에게 부탁할 것은 한 가지뿐이다. 너무 노심초사하며
살아서 건강을 해치는 일이 없도록 조심하라는 거다. 큰 과수원의
복숭아나무도 작업할 수 있는 만큼만 남기고 베어 버리도록 하자.
그리고 애비 직장에서도 최근의 경제한파 때문에 월급이 적어져
걱정이지만 너무 애태우지 말아라. 이 세상 어떤 것보다도 소중한
것이 너의 몸이고 너의 건강이다. 신경성 두통에 갑상선부종, 다
리의 근육통 등이 모두 과민한 너의 걱정과 과로로 인한 것이라고
하니 부디 일 욕심 내지 말고 건강을 지켜나가거라, 알겠지?

다시 봄은 이렇게 돌아와 산과 들을 곱게 해주고 있지만 우리
둘째에게 일철이 되었으니 어쩐다? 올 여름에는 일등짜리 복숭아
만을 딸 수 있었으면 좋겠다. 너의 얼굴에 웃음꽃이 피어나 건강
해지게 말이다. 이 엄마도 도울 테니 너도 건강 조심하겠다고 약
조하려무나. 둘째야! 어렵지만 힘을 내서 파이팅이다!

(충북 옥천군 옥천읍 성암리 현대아파트)

엄마의 세월

김 선 민

아침마다 식탁 위에 옹기종기 반찬을 담아놓고 손바닥만한 쪽지에 사랑 담뿍 적어놓고 일터로 나가셨던 엄마.

언제나 신새벽에 홀로 깨어 가족들 출근시간에 맞춰 세 번의 상을 준비해야 하는 번거로움을 한 번도 싫은 내색하지 않고 정성껏 마련해 놓고 엄마는 고단한 몸을 추스려 일감이 있는 곳이면 어디든 가셨지요.

처음 우리 집에 오셨던 엄마 모습은 아직도 그림속 주인공처럼 생생히 남아 있답니다. 종아리까지 흘러내린, 잔잔한 시계주름이 부채살같이 펼쳐진 치마에 편물뜨개로 배색을 넣어 짠 꽃무늬 스웨터가 참 잘 어울리는 분이셨어요.

우리 사남매를 낳으신 생모가 병으로 떠난 빈 자리에 '새엄마'라는 호칭을 꼬리표처럼 달고 나타나신 세련된 맵시의 여인에 대해 갖가지 호기심과 의문도 많았지요. 그러나 지금은 친엄마와 다르다는 생각은 조금도 하지 않아요. 모두가 엄마의 지극한 사랑의 결과라고 생각합니다.

한동안 마음의 갈등도 심했지요. 친엄마에 대한 그리움과 새엄마에 대한 불안이 어지럽게 교차하면서 어린 나이로는 감당하기 벅찬 부분들도 많았어요. 그러다가 엄마에 대한 끈끈한 정과 믿음이 생기는 계기가 있었어요.

소풍을 며칠 앞둔 어느 날. 중학생이던 큰오빠의 학비 내느라 여유가 없었던 엄마는 옷 사달라고 조르는 내 손을 잡고 장으로 가셨어요. 허름한 가게로 들어선 엄마는 단정히 틀어올려 쪽진 머리를 빗어내렸고 허리까지 흘러내린 탐스런 머리카락을 한참 만지작거리며 거울을 보고 계셨어요.

누군가 큼직한 가위를 들고 나와 엄마의 머리카락을 잘라서 길이를 일정하게 맞춰놓을 때까지도 아무런 반응이 없던 엄마는 얼마간의 돈을 받아 주머니 속에 넣으며 눈물을 글썽이셨어요.

돈과 맞바꿔진 엄마의 긴 머리카락과 또 그 돈과 바꿔진 분홍 원피스에 대한 기억은 제가 엄마 나이쯤 되어도 생각날 거예요. 잘려진 짧은 머리 때문에 아버지는 한달 가까이 엄마를 외면하며 구박했던 일이 너무나 생생합니다. 아직 그 비밀을 아는 사람은 우리 둘뿐이지만 그때의 저는 복숭아꽃이 아롱아롱 수놓인 화사한 원피스가 한없이 좋기만 했어요.

농삿일을 하던 아버지가 고향을 떠나 마땅히 할 일이 없어 실직 상태에 있을 때 엄마는 과감히 공사판에 나가 벽돌을 날랐지요. 시멘트 가루 때문에 피부병까지 앓으면서 열심히 일해서 모은 돈을 등록금으로 받으면서 제 가슴이 얼마나 무너졌는지 모르실 거예요. 아버지의 병수발에, 우리들 뒷바라지에 잠시도 쉴 틈 없이 돌아가던 재봉틀 소리. 엄마를 생각하면 가슴부터 저려오는 건 저도 이제 철이 들었다는 증거인가요.

결혼한 오빠네 언니네 연중행사로 된장, 고추장, 김치까지 담가

먼 길 마다 않고 달려가시는 한없는 사랑 앞에 절로 머리가 숙여집니다. 환갑을 넘기신 연세에도 놀고 먹는 게 결코 자랑은 아니라며 산에 나물 뜯으러 다니시는 엄마. 갖가지 나물 손질해 팔아서 손자들 옷 선물하고 장난감 사주는 재미가 쏠쏠하여 아플 시간도 없다시며 웃음으로 일관해온 엄마가 진정 자랑스럽기만 합니다. 그 흔한 온천여행 한번 못 다녀오시고도 생신 때마다 저희들 작은 수고를 안타까워하시는 바다와 같은 엄마의 마음을 언제쯤 보답할 수 있을지요.

서른을 훌쩍 넘긴 나이에도 시집 안 가고 엄마 곁에 머무르는 건 아침밥상에 늘 새롭게 씌어진 쪽지편지의 유혹 때문인지 엄마의 걱정 묻은 환심을 얻으려는 속셈인지 모르겠어요.

엄마, 저를 위해 긴 머리카락을 잘라버린 젊은 날의 엄마처럼 제 아이를 위해 진정한 사랑을 나누어 줄 확신이 생기면 미련없이 결혼할 거예요.

월급날이면 까만 염색약 사들고 흰 머리 까맣게 물들일 생각에 집으로 향하는 발걸음이 얼마나 가벼운지 아세요. 지난날 분홍 원피스를 입던 기쁨이 고스란히 살아나는 기분이에요.

하늘대는 고운 봄꽃이 만발한 어딘가로 엄마 손잡고 나들이 가고 싶은 요즘이에요. 여유없이 생활에 쫓기느라 꽃이 언제 피는지 지는지도 모르고 살아온 엄마의 세월을 모두 보답할 수는 없지만 결혼해 사는 언니가 항상 엄마를 그리워하고 늘 고마워하는 걸 보면 힘든 만큼 보람된 시간 아니었을까요. 엄마, 양팔 크게 벌려 힘껏 안아드리고 싶어요. 오래도록 건강하세요.

그리고 저희 형제들이 마음 모아 부어오던 적금 타면 아버지와 오붓하게 여행이라도 다녀오세요. 자꾸 핑계만 앞세우지 말고 못

이기는 척 그냥 떠나세요. 그래서 저희들에게도 효도할 기회를 주세요.

엄마, 정말로 사랑합니다.

(충북 충주시 교현1동)

맘씨 고운 빵집 아저씨

임 헌 주

탈탈 털어도 하나밖에 없는 각시에게

내일, 또 내일도
그리고 계속되는 내일 속에서도
오직 당신 하나만을 사랑하는
신랑이 되어줄 거라 약속합니다.
매일 이어지는 힘든 날들도
나를 믿고 이겨내기 바랍니다
— 1년을 조금 넘긴 날에

우리 같이 산 지 1년 되던 날, 냉장고 속에 꽃 한다발 넣어놓고 헌주를 놀래켰던 편지야. 잊고 있었지? 헌주는 아저씨에게 그만한 마음을 못 전했는데…….

아저씨야, 학교로 가는 길에는 벚꽃이랑 개나리가 오늘도 눈부시기만 한데, 탈탈 털어도 세상에서 하나밖에 없는 내 신랑은 빵이랑 케이크랑 이쁘게 만들고 있겠지? 여고 2학년 때 편지로 만

난 군발이 아저씨랑 덜컥 결혼까지 해놓구선, "삥아리 키워서 영계백숙 해먹은 순도둑놈, 날강도!"라고 바가지를 긁는 내게 헤헤거리는 웃음으로 무마시키는 얄미운 뚱땡이 아저씨.

아저씨 생각나? 작년 2월, 우리 빵집 개업한다고 방방 뛰어다녔던 일 말이야. 남의 집 기술자로만 있어서는 앞이 안 보일 것 같아서 튀김집이라도 해볼까 하다가 너무 많은 권리금을 요구하길래 낙심하고 포기할 찰나 하느님이 도우셨는지 부처님이 도우셨는지 아무튼 운좋게도 아파트 상가가 전세로 나온 것을 알게 되었을 때 우리 둘이 손 맞잡고 좋아했던 일.

헌데 그것도 순간이었고, 우리가 가진 거라곤 대출 받으려고 몇 달 전부터 넣었던 적금통장과 신협과 새마을금고 출자금 등 모두 합해 삼백만 원도 안되는 돈뿐. 4백만 원 가량 되는 열 평짜리 임대아파트 보증금은 차마 손댈 수도 없어서 서로 얼굴만 쳐다보고 막막해하던 일…….

그래도 개업준비하려고 미리 넣었던 적금통장과 출자금으로 전세보증금은 겨우 마련할 수 있겠다 싶었더니, 예상보다 많이 모자라는 시설비 때문에 다른 은행에서 대출을 받으려고 했었지. 그랬더니 집이 없다, 안정된 직장이 없다, 거래실적이 없어서 안된다, 그런 별 오만 가지 이유를 대며 안된다나! 결국엔 연봉 천만 원짜리 내 이름으로라도 해달라고 우기고 떼를 써서 겨우겨우 대출받았던 일.

사람은 결정적인 순간에 저 사람이 내 사람인지 아닌지 알게 된다더니, 정말로 중요한 순간 보증인이 문제였지. 보증인 조건도 왜 그렇게 까다로운지. 공무원이 아니면 안되고, 공무원이 아니라면 재산세 몇만 원 이상은 내야 하고. 또 연봉은 얼마 이상이어야 하고. 내 참 은행 문턱 높다높다해도 그렇게 높으신 문턱인지 난 생 처음 알았다니까. 문턱이 아니라 저 중국에 있는 만리장성과도 같더라니까. 그렇게 능력 좋고 재산 있으면 뭐하러 아쉬운 소리 하러 다니나? 그냥 월급받고 재산 늘려서 먹고 살지.

어찌 됐든, 나부터도 꺼려 하는 보증 부탁에 부지런하기만 하면 성공할 거라고 두말 않고 도장 찍어주신 분들이 계셨기에 아저씨 랑 나랑 매일 빵냄새 맡으면서 살 수 있게 되었어.

지난 겨울, 우리에게는 봄이어야 할 그 계절이 그야말로 춥고 어두운 겨울이고야 말았던 그 사건, 얼어죽어 마땅할 '아이 엠 에 프'. 일년 중 가장 성수기인 시기에 그 빌어먹을 경제한파가 닥치 는 바람에 밀가루, 설탕, 식용유 등 각종 재료를 구하지 못해, 설 령 있다손치더라도 두 배 이상 뛰어버린 가격 때문에 발만 동동 굴러야 했던 그때. 그렇게 장사가 잘 된다던 서울 쪽에서도 재료 를 구하지 못하거나 그 비용을 감당하지 못해서 결국엔 문을 닫는 곳도 있다는 소식은 들려오지, 현금 아니면 밀가루를 줄 수 없다, 장사를 하다보면 한달분의 재료비는 외상을 지고 가기 마련인데, 그 재료비를 모두 갚아달라는 일부 재료상들의 횡포에 그저 혀를 내두를 뿐이었어.

빠듯하게 가게살림을 꾸려온 우리로서는 당장에 2, 3백만 원의 현금을 준비할 길이 없어 3부짜리 사채까지 끌어다 쓰기도 했었 지. 3부면 한달에 백만 원당 3만 원. 참으로 피눈물나는 돈인데 허무하게 잘도 나가는구나 싶었지. 시장 안의 어느 슈퍼 사장님은 1억 원어치나 창고에 물건을 쌓아놓고 2억 5천만 원이란 어마어 마한 돈을 벌었다고 하더구만. 당장 밀가루가 없으면 빵을 만들 수가 없는 우리로서는 그저 막막하기만 했었어.

어떻게 꾸려온 가게인데, 어떻게 마련한 삶터인데. 가슴이 꽉 막히고 아무 일도 손에 잡히지 않았었지. 그래도 양심적인 재료아저씨가 여기서 주저앉으면 안된다고, 오래 버티는 것만이 살아남는 길이라고 버틸 수 있는 만큼 버텨 보자고, 설마 죽기야 하겠느냐고 해서 많은 힘이 됐었지.

그래도 우리, 잘 버텼어. 지금은 살아 있잖어. 일년이 지난 지금 가장 가슴 아픈 일은 뭔 줄 알아? 아저씨는 나한테 독하다고 했지? 먹고 살려고 노력하는 사람들에게 그러면 못쓴다고 했지? 붕어빵 아저씨와 호떡 아줌마, 가장 죄송스럽고 부끄럽기만 한 분들이야. 우리 상가 앞에서 노점상들이 좌판을 많이 벌여서 문제가 많은 곳이기도 하지만, 난 무리한 요구 안했었어. 순대라든지 떡볶이라든지 그것만 빼고 다른 제품으로 바꾸라고 권했었잖아.

우리 가게 앞에서 붕어빵이나 호떡 팔면 하루에 우리 매상 손해 보는 게 얼마였어? 한달 계산해보면 아저씨 월급만큼이었잖아. 또 못 팔고 버려지는 빵들이 수두룩했잖아. 나 대출빚만 없었으면 그러지 않았어. 장사도 시원찮을 때였는데, 그 이자마저 못 내면 우리 부도나잖아. 그러면 그 사람들이 책임져준대? 그 사람들이 우리 먹여살려준대? 나 그렇게 모질게 굴었어도 그분들만 보면 쥐구멍이라도 숨고 싶은 심정이라구.

대부분의 맞벌이 부부들은 친정엄마가 김치 담가주고, 밑반찬 해주고, 애 봐준다지만 이 모든 것을 대신 해주고 계시는 역전엄마(시어머니). 빵집 아줌마나 하면서 애 낳아서 잘 키울 것이지 낮에는 직장 다닌다고 출근하고, 밤에는 야간대학 다닌다고 밤 11시나 되어서야 들어오는 큰며느리에 대해 싫은 소리 한 마디 안하시는 역전엄마, 아버지.

78

다른 아들 아기는 안 키워줘도 큰아들 자식만은 키워주시겠다고 어서 낳기만 하라는 역전엄마가 안 계셨다면 헌주 혼자 어떻게 꾸려왔을는지. 직장 다니고 학교 다닌다는 핑계로 빵집 냉장고나 창문이 더러워도, 당신 아들이 먹을 만한 반찬이 없을 때도, 제사 때나 무슨 행사 때 먼저 가서 준비하고 기다려도 시원찮을 판인데 늦은 시간에야 얼굴 삐죽 내미는 큰며느리가 밉기도 하실 텐데, 언제 한 번 나무라신 적 없으시고 정말 딸에게 하듯 걱정해 주시는 분들이란 거 헌주는 알고 있어. 행여 아침밥이라도 거를까, 늦은 시간 피곤한 몸으로 수업받고, 또 운전하고 오다가 무슨 일이라도 생기지 않을까 하시면서 항상 염려하시는 분들이라는 것도 말이야.

아직도 아버지는 우리 연애시절처럼 "헌주야!" 하고 부르시잖아. 우리 연애할 때 아저씨 집에 놀러가면 아버지가 그랬잖아. 헌주 너는 연애 잘못했다고. 식구가 이만저만 많은 게 아니라고. 8남매 맏며느리 노릇하려면 꽤나 힘들 테니 생각 다시 해보라고. 그때는 뭐가 그리 좋았는지 그까짓 게 무슨 대수냐 싶었는데 웬걸, 이제와 생각해 보면 어른들 말씀 그른 것 하나 없더라니까. 그래도 두 분이 뒤에 떡 하니 버티고 계시니까 얼마나 고맙고 가슴 한켠이 든든한지 아저씨는 모를 거야.

지난 여름 견비통(VDT증후군의 일종) 때문에 고생하는 헌주 손을 잡으며 안쓰러워하시고, 매일 침 맞고 부황하고 뜸 뜨는 걸 보시고서는 눈시울 적시던 엄마의 그 모습이 아직도 눈에 선해. 아직도 나을 기미조차 보이지 않아 내 이쁜 신랑만 고생하고 있지만 언젠가는 낫겠지.

이제 곧 여름인데 우리 뚱땡이 아저씨 뱃살 좀 들어가겠구만.

아저씨야, 지난 여름엔 아저씨가 얼마나 안쓰러웠는지 몰라. 그 뜨거운 가마 곁에서 일하느라 온몸에 땀띠가 나고, 땀으로 목욕을 했었지. 겨울에는 그 통통한 손이 거북등처럼 갈라지지를 않나, 하루종일 서서 빵을 만드니 발다닥에는 군살이 더덕더덕 붙어버렸고, 어느 샌가 팔뚝은 씨름선수 팔뚝만해졌더라구.

사람들은 제과점이라고 하면 참 편한 일이라고 생각들 하는데 말야. 밖에서 보면 깔끔하고, 일도 별로 어려울 것 같지 않고 해서 나도 제과점 하기 전까지는 할 만한 장사구나 싶었지만, 그건 천만의 말씀 만만의 콩떡인 것 같아. 새벽부터 밤늦게까지 가게에 콕 틀어박혀 있어야 하고, 게다가 가게에 매달리는 사람만 해도 기본적으로 서너 명은 있어야 하고. 무슨 잔일거리는 그렇게도 많은지. 만만한 일이 아니더라니까.

우리 이쁜 아저씨야. 어떡하지? 이번 달에도 우리 아기 만들기에 실패했나봐. 벌써 석 달쨀데. 왠지 불안해지기 시작해. 입밖으로는 꺼내지 못해도 살얼음판 같아. 잘될 거야, 그치?

뚱땡이 아저씨야. 남들 다 가는 벚꽃구경이니, 봄나들이니 하는 것들은 흉내도 못 내고 있지만 나 그런 거 바라지 않아. 가끔 연애시절 그 흔한 딱삔 하나 사주지 않은 노랭이라고 남들에게 흉보긴 하지만 어느 세월에 돈 벌어서 집 사고 우리 이름으로 된 가게 장만하나 하고 닦달하기도 하지만, 아저씨, 나 헛된 꿈 꾸지 않아. 그리고 아저씨만 굳게 믿고 있고. 그런 말들 염두에 두지 말어. 알잖아, 내 마음.

내가 아저씨에게 바라는 건, 딴맘 안 먹고 지금처럼만 살아줬으면 하는 것뿐이야. 이렇게 정성스럽게 하루하루를 꼬박 바치는데, 하느님이건 부처님이건 설마한들 나 몰라라 하시진 않을 테니까.

언젠간 우리 가슴에 무지개 뜨는 날 있겠지. 그리고 헌주가 끝까지 아저씨의 '힘' 이 되어 줄게.

아저씨, 내일도 우리 빵, 맛있게 구워줄 거지?

(전북 김제시 검산동 1031)

모녀의 접전

박 군 자

    사랑하는 내 딸 보람아, 오늘 아침 엄마는 무척 속상했단다. 말로는 너를 이길 수 없어서 속만 부글부글 끓이고 있는데 마침 MBC에서 멍석을 깔아주셨으니 어디 한판 붙어보자.

    아침에 학교 갈 때 엘리베이터 안의 니 얼굴 표정 다 봤다. 그러나 못 본 척했어. 요즘 날씨는 일교차가 너무 커서 야간 자율학습 끝나고 돌아올 때 추우니까 스타킹 두 개 껴신고 가란 말에 너는 뭐라고 대꾸했냐, 응? 종아리가 뚱뚱해 보일까봐 싫다고? 아이구 야야. 스타킹 두께가 얼마나 된다고 그래.

    몸매에 그리도 신경쓰는 게 엊그제 일은 왜 이해를 못하니? 너, 기름에 튀긴 통닭이 얼마나 살찌는 건지 아냐? 니가 먹는 게 아까워서 그런 게 아니고 살찔까봐 못 먹게 한 거야. 엄마는 이미 임자가 있는 몸이니까 괜찮지만 넌 아직 임자가 없잖아. 그 키에 55kg이 뭐니? 먹는 것 가지고 치사하게 그런다고 이 엄마를 야속하게 생각하지 마라.

    그리고 이 어려운 시기에 도시락 반찬 투정이 뭐니? 도시락 반찬으로 닭똥집구이 개발해서 넣어준 엄마들 있으면 나와 보라고

82

그래. 갖은 양념을 해서 알맞게 뒤집어 가며 구워서 잘게 썰어 싸 준 것을 니 친구들이 닭똥집인 줄 어떻게 알겠니? 기화도 현주도 맛있다고 먹었다며? 그저 모르는 게 약이라구 맛나게 먹었으면 됐지, 안 그래?

그리고 말이다. 엄마가 술 좀 마신다고 너무 그러지 마라. 이 엄마가 동창회에 나가기를 하냐 친목계를 만들기를 했냐. 그저 니 아빠랑 가끔 소주 한잔 마시는 걸 낙으로 알고 사는데. 안주도 엄마가 직접 만들어서 아빠 술값도 줄이고, 아빠 친구분들에게 요리 솜씨도 자랑하고. 엄마와 아빠가 정다워질 수 있고, 또 그 안주의 일부는 네 몫으로 떼어도 놓고. 엄마가 술을 사양하면 아빠는 굳이 이 엄마를 불러내 기어코 한잔 따라 주는 거 봤지? 혼자 마시기 심심하다면서 말이야. 너도 이다음에 커봐라. 술 혼자 마시는 것이 얼마나 외로운 건지 알게 될 거다.

너도 사십 넘어 봐라. 아마 주량이 소주 반병은 넘을 거다.

너나 잘해, 너나 잘하라구.

그리고 도대체 너는 공부할 때 조는 거냐, 목운동하는 거냐? 소리소리 질러 깨울라치면 깰 사람은 안 깨고 아빠와 우람이만 깬다니까, 글쎄. 허벅지 찔러가며 졸음을 쫓아내는 니 모습 보는 게 내 소원이다. 목욕탕으로 들어가면 만사해결이 되는 줄 아냐? 문 잠그고 변기통 위에 앉아 목운동하는 거 내 다 안다. 거기가 피난처냐? 밖에서 영문도 모르고 기다리는 사람도 생각해야지. 욕실에서 조느라고 30분, 머리 감느라고 30분, 드라이하느라고 30분. 다른 사람은 언제 볼일 보냐, 응?

그리고 너, 고사성어 몇 개 더 안다고 유식한 척 하지 마라. 그거 나도 다 외웠던 거야. 까먹어서 그렇지. 너도 사십 넘어봐라. 고교

시절 지식이 사십 넘어도 그대로인 줄 아냐? 천만에 말씀이다.

그리고 말이다. 제발 장롱 속에 새로 사다놓는 내 옷 좀 손대지 마라. 니가 먼저 꺼내 입고 나다닌 옷을 내가 또 입고 나가면 이 엄마 체면이 뭐가 되니? 속옷이나 T셔츠 같은 것은 얼마든지 갖다 입어.

또 있어. 화장대 위 로션이나 루즈 같은 거 만지지 말고. 학생용 로션 사다준 것은 내버려 두고 왜 하필이면 늙은 엄마 것만 퍼바르는 거니, 응? 넌 투명한 얼굴과 입술이 가장 아름답다는 걸 모르겠니? 어른 흉내 내보고 싶은 마음도 내 다 안다.

이제 그만하고.

너에게 참말 고마운 게 있다.

엄마와 아빠가 싸울 때 엄마 편 들어준 거 정말 고맙다. 그땐 딸 키운 보람 있더라. 그런데 아빠 편도 조금 들어주거라. 우람이와 니가 모두 내 편만 들면 아빠가 외롭잖아. 이 엄마가 이해할 테니 걱정 말고 아빠 편도 들어주거라, 응?

또 있어 고마운 게. 설거지 가끔 해놓고, 우람이 숙제 돌봐주는 거. 일요일 토요일 모두 바쁜 이 엄마가 마음놓고 나가서 일할 수 있는 것은 바로 네 덕분이야.

전국적으로 공개될 편지가 될지는 모르겠지만 만약 상금 받으면 니 옷 두어 벌 사줄게. 요즘엔 시기가 시기인만큼 아빠도 힘들어 하시니까 아빠 보약도 지어줄란다. 오늘도 야간 자율학습 때문에 지쳐 돌아올 내 딸 보람아! 파이팅이다.

하고 싶은 말 중 절반만 했다.

(경기도 성남시 중원구 상대원1동 174)

(이 글은 MBC 「지금은 라디오시대」의 사랑의 편지 공모에서 '동상'을 받았습니다.)

아빠 생각

조 다 혜

저는 시골에서 할머니와 할아버지 셋이서 작은 꿈과 소망을 키우며 살아가는 소녀입니다. 제 아버지는 서울에서 사세요. 저에게는 아주 쓰라린 아픔이 있습니다. 바로 엄마라는 분이 없어요. 제가 아주 어렸을 때 돌아가셨다는 것 외에는 엄마에 대한 기억조차 떠오르지 않아요. 그런 엄마라는 분이 밉기도 하고 원망스럽기도 했지만 저에게는 너무 늦은 후회이고 원망이었어요.

밝고 명랑하게 자라온 제 겉모습 속 그늘진 아픔은 전혀 내색하지 않았어요. 아빠에게 아픔이 되고, 또 그 누구에게든 엄마 없이도 꿋꿋하고 당당하게 자랐다고 보여주고 싶었으니까요. 하지만 친구들은 제게 엄마가 없는지 모릅니다. 저에게는 큰 비밀이기도 하고 아무리 당당하다 해도 숨기고 싶은 비밀이었으니까요.

제 꿈은 최유라 언니처럼 톡톡 튀는 말과 그 누구도 따라할 수 없는 웃음과 미모의 연예인이 되는 게 큰 소망이자 꿈입니다. 그 이유는 남에게 즐거움을 주고 싶기 때문이기도 하지만 성공해서 제 아빠와 할머니와 할아버지께 큰 효도를 하고 싶어서이기도 합니다.

운동회나 소풍, 입학식 등은 정말 제게 큰 괴로움이었습니다. 물론 전 항상 밝아서 겉으로는 딴 아이들처럼 기뻐했죠. 운동회 때는 엄마 대신 할머니가 오셔서 응원해 주셨어요. 그러나 소풍 때 엄마들이 따라가는 그 길은 저만이 늘 혼자 가는 쓸쓸한 길이었습니다. 또 입학식 때나 졸업식 때는 부모님이 와서 축하해 주시고, 꽃다발을 전해 주는 다정한 모습들이 보기 좋은 반면 부럽기도 했습니다.

하지만 제게는 엄마보다 두세 배 더 노력해 주고 신경 써주면서 뒷바라지해 주시는 아빠가 계십니다. 그 모습만 보면 기분 좋고 든든했습니다. 하지만 그렇게 든든했던 아빠의 어깨가 '아이 엠 에프' 때문에 무너졌습니다. 직장을 잃었기 때문이지요. 제가 지금 다니는 중학교가 벽지학교거든요. 올해의 계획은 아빠가 계시는 서울에 가서 더 나은 학교생활을 하는 거였어요. 그 꿈도 무서운 경제한파가 휩쓸어 가버렸어요.

요즘 아빠께서는 이곳저곳에 일자리를 알아보고 계십니다. 그래서 연락할 틈도 없구요. 하지만 아빠께 죄송하기만 해요. 늘 힘이 되어드리지 못하고 말썽만 피우니까요. 아빠, 힘내세요! 아빠 곁에 아들보다 더 든든한 외동딸 다혜가 있잖아요. 어려울 때일수록 여유를 가지세요. 제게는 힘이 되는 아빠도 이제 바라보기에 너무 안타까워요.

제 할아버지께서는 늘 몸이 편찮으세요. 할머니도 연세가 많이 드셔서 허리가 많이 굽었는데도 혼자 농사를 지으십니다. 저녁 때가 되면 온몸이 쑤셔서 제가 안마를 해드리는데 아파서 고통스러워하는 모습이 보기 안타까워요. 또 겨울에 빨래하실 때도 차가운 물에 손을 담그고 꽁꽁 언 손을 호호 불며 빨래하시는 모습을 봅니다. 그래서 저는 웬만한 빨래는 제 스스로 해서 입고 다닙니다. 어렸을 때부터 할머니 손에서 자라서 저의 보호자나 다름없는 소중한 분이시거든요.

저는 요리를 잘 합니다. 그렇지만 미역국은 잘 끓이지 못합니다. 그래서 요번에 열심히 미역국을 끓이는 법을 배워 아빠 생신날 제가 끓인 미역국을 드시게 하고 싶어요.

간혹 아빠 친구분들을 만나면 꼭 재혼이야기를 하십니다. 그럴 때마다 아빠는 혼자 있는 게 좋고 편하시대요. 저도 아빠에게 하나밖에 없는 딸이니 열심히 자식노릇 해드릴 거예요. 주름이 더이상 생기지 않으시게요.

오랜 고초를 당한 나무가 꺾이고 짓밟혀도 다시 새 생명으로 태어나게 마련이에요. 또 아무리 새싹에게 물을 주지 않아도 봄은 다시 찾아오니까요. 저는 이제 아픔을 잊고, 다시 처음으로 되돌아갈 거예요. 엄마라는 분이 때로는 많이 그리워요. 하지만 엄마 생각 대신 할머니 생각 한 번 더 할 거예요.

실직이 되신 우리 아빠, 건강이 좋지 않으신 할아버지, 혼자 열심히 농삿일을 하시는 할머니와 저를 위해서 요즘 교회를 열심히 다니고 있습니다. 그리고 기도 끝에 꼭 이 말을 빼먹지 않는답니다. '우리 가족 파이팅' 이라는 한 마디요.

아빠, 할아버지, 할머니 힘내세요. 우리 가족처럼 마음이 부자인 집은 없을 거예요.

우리 가족 파이팅!

(충남 아산시)

딸은 천사 아내는 하마

김 금 례

나에게 눈길 한 번만 맞춰 주었어도 이렇게 전국적으로 공개하는 사연은 쓰지 않았을 거예요. 당신은 오늘 결정적으로 큰 실수를 했어요.

매일 방송 들을 적마다 "편지를 보내라." "놀면 뭐하냐." "편지 써서 상품 받으라."며 꼬드기는 이종환, 최유라 씨. 보내기만 하면 꼭 상품을 받을 것 같은 유혹에 시달리던 참이었는데…….

동정은 가지만 이미 엎질러진 물. 운명의 장난으로 여기세요. 서두에 한 가지 밝혀둘 것은 아홉 살난 딸을 질투하는 사십 넘은 엄마의 주책은 아니라는 거예요.

아까 딸하고 내가 문밖까지 나가 배웅할 제 몇 시간의 이별이 아쉬워서 딸만 계속 쳐다보며 그랬지요?

"아빠, 갔다올게. 아빠 따알 우리 민이, 빨리 올게."

보릿자루처럼 늘 옆에 멍청히 서 있는 내 무참한 기분 아실랑가 몰라. 그런 일이 어제 오늘 일은 아니지만 출근하는 아침마다 딸의 볼에다, 이마에다, 코에다, 입에다, 목에다 하는 그 뽀뽀. 옆에 서서 부러운 듯 바라보다 어느 날 에라 모르겠다, "여보, 나도 뽀오." 하고 입을 내밀었더니, 딸 눈치 살피고 난 당신은 "아니, 웬 하마, 당신은 저리 비켜." 하면서 손으로 내 입을 밀어냈고 옆에 섰던 딸은 만족의 웃음을 지었지요.

당신과 나란히 앉아 TV를 볼 때 딸은 "왜 우리 아빠 옆에 붙어 앉았냐."며 가운데로 파고들지요. 그러면 당신은 안면을 싹 바꾸며 한술 더 떠서 "아, 글씨 말이야. 엄마가 주책이다, 잉. 우리 민이 이리 와." 하면서 32kg이나 나가는 몽쉘통통 딸을 임신 6개월쯤 되어 보이는 볼록한 당신 배에 안고 앉아 헉헉거리지요.

당신! 첫째 주영이 낳고 천신만고 끝에 9년 만에 얻은 늦둥이라 지극히 사랑하는 것은 알지만 씨만 있으면 뭘해 밭이 있어야 싹이 나는 거 아녜요? 내 공로도 생각해 줘야지.

지난 가을 민이가 하도 당신만 밝히고 도대체 나는 당신 곁에 접근조차 못하게 해서 짜증도 나고 화가 나서 "민이야, 너 아빠가 그렇게 좋으냐? 야 난, 니네 아빠랑 17년 살았더니 이제 싫다. 그래 너 가져라 가져!" 하고 소유권을 딸아이에게 넘겼지요. 그랬더니 며칠 전 나 오밤중에 소유권을 침해했다 하여 민이한테 베개로 호되게 맞은 거 알지요?

당신은 침대 위에서 나는 침대 밑 방바닥에서 딸과 함께 자고 있었지요. 딸 깰까봐 마누라한테 근접도 못하고 뒤척이다가 애꿎은 이불만 사타구니에 끼고 자는 모습이 달빛에 비치는데 하도 그 모습이 측은해서 고양이처럼 살금살금 침대로 올라가서 당신 팔 끌어 팔베개하는 순간 뒤통수에 웬 벼락. 무참히 얻어맞고 감시자 딸 옆으로 원대복귀. 내가 정말 이렇게 살아야 되나 싶데요. 정말 심하데 그애. 장난이 아냐.

추운 겨울만 지내고 제 방으로 간다더니 1월에도 안 가, 2월에도 안 가, 3월에는 꼭 가겠다더니 이제는 5월에나 제 방으로 간다니. 여보! 우리는 어쩔랑가. 한 마디만 해보소.

어제 당신 나, 민이 셋이 앉아서 담판짓는 심정으로 분위기 잡고 내가 말했잖아요. "민이야 이제 니 아빠 도로 줘라. 안되겠다. 엄마는 아빠가 아직 필요하다." 했더니 "안돼, 줄 때는 언제고 내 거야. 시집갈 때도 데리고 갈 거야." 여보! 민이하고는 협상이 안되니 당신이 노후를 생각해서 현명한 판단을 내려야겠어요.

내 자랑은 아니지만 나 속 깊은 여자예요. 당신 지난 여름 핑크빛 립스틱 볼에 찍고 온 거, 파운데이션 티셔츠에 묻혀온 거 절대 애들한테 이야기 안했어요. 술 취해 노래방에서 화장실 다녀오다가 낯선 여자와 어깨 부딪친 사실밖에 없다고 했지. 당신이 나한테 변명한 것 그대로. 민이는 믿는 눈치인데 열여덟 살 주영이는 "그 여자는 어깨랑 얼굴 넓이가 같은가 보지?" 하던데. 고개를 갸우뚱하면서 의미있는 웃음까지 지으며.

그리고 당신이 나 처음 만났을 때 사기친 거 다 잊었어요. "나는 술은 선천적으로 못 마신다." 그런데 지금 한술 하잖아. "고생도 안 시키고 후회 안 하게 꼭 행복하게 해주겠다." 그런데 직업을 평균 2년에 한 번씩 바꾸면서 짤짤이 고생시키고는 "네가 후회 안하면 되잖아." 그래도 따지면 "그래, 너는 뽑기를 잘못한 거야. 니는 꽝 잡은 거지." 하면서 말장난 같은 소설을 써도 당신이 좋은데.

참을 수 없는 것은 딸 만 원 주면서 나는 천 원밖에 안 주고. 딸 생일에는 푸짐한 선물해 주면서 내 생일에는 잔뜩 취해 가지고는 밤늦은 시간 남의 꽃가게 앞에 있는 검은 비닐봉투에 심어져 있는 고추모종 하나를 슬쩍 해다가 "장미꽃보다 더 좋은 선물이야, 당신이 정말 좋아하는 거." 하면서 내밀고는 "너 고추 좋아하잖아."
이보소, 누가 들으면 나를 이상한 여자로 알겠소. 난 정숙한 여자
예요. 내가 당신한테 원하는 것은 딸과 똑같은 사랑을 달라는 거
예요.

나도 우리 민이 너무 예쁘고 사랑해요. 검사를 받기 위해 교과
서를 담임에게 제출하고도 잃어버렸다며 집에 와서는 새 책 사오
라고 떼를 써도 예쁘고, 영어로 11을 일레븐, 12를 이레븐, 13을
삼엘븐, 14를 사엘븐이라 읽어도 그저 기특하고. 그런데, 여보!
우리 차 타고 외출할 때 운전하는 당신 옆에 나 한 번만 앉게 해줘
요. 민이에게 보란 듯이.

주영 아빠! 민이 아빠! 그리고 사랑하는 나의 님이여!

"이제 왠지 사는 데 자신이 없다. 이렇게 살다가 종치려나 보
다." 하면서 유난히 요즈음 힘들어 하는 당신. 그런 당신을 바라
만 보며 작은 보탬도 되지 못하는 나 자신이 점점 작아지는 것 같
아요. 그래도 당신은 두 여자(딸과 마누라)가 팽팽히 투기하며, 질
투하며, 시기하며, 열렬히 사랑하는 우리 집의 왕이세요.

여보, 당신에게 산만큼 바다만큼의 사랑을 보냅니다.

힘내시고 건강하세요.

(경기도 안양시 동안구 평촌동 909)

하늘만큼 땅만큼

안 지 혜

아빠!

엊그제 일요일처럼 오늘도 날씨가 무척 맑아요. 그리고 오늘은 보고 싶은 아빠가 오시는 날이라 더욱 가슴 설레어요. 지난 일요일, 아빠는 푹 쉬고 싶은 피곤한 몸이셨지만 저와 동생 영은이 그리고 엄마를 위해 쑥을 캐러 나서셨어요.

쑥을 캐다가 아빠는 땅에 가만히 귀를 기울이더니 저에게 손짓하며 말씀하셨지요.

"얘, 지혜야. 땅속에서 무슨 소리가 들린다. 잘 들어봐."

"무슨 소리요, 아빠? 아무 소리도 안 들리는데요."

"왜, 잘 들어봐. 개구리가 겨울잠에서 깨어나는 소리 같은데……."

"아니야, 아빠. 아무 소리도 들리지 않아요."

"잘 들어봐. 뱀이 깨어나나? 스르르르 스르르르……."

엄마가 웃으며 말씀하셨지요.

"아이고, 당신도 아직까지 자는 개구리가 어딨어요? 지금까지 자면 어느 세월에 알 낳고 새끼 키우려고."

"어, 그런가? 그러면 쑥이 자라는 소린가?"

"우하하하."

그날 아빠 코미디 솜씨는 대단했어요. 우리 세 식구의 배꼽을 빠지게 했으니까요.

사랑하는 아빠!

아빠가 저녁마다 퇴근하실 때는 잘 몰랐는데 멀리 계시면서 금요일이나 토요일에만 오시니까 일주일이 아주 길고 지루해요. 그곳에서는 라면만 팔아요? 왜 맨날 라면만 드시고 그러세요. 그러니까 아빠 얼굴이 더 홀쭉해지셨잖아요. 라면은 몸에 좋지 않다고 말씀해 놓고서…….

그래도 활짝 웃으며 현관을 들어오실 때는 온 집안이 꽉 차는 느낌이에요. 아빠가 그렇게 웃으시니까 온 가족이 싱싱한 꽃이 되는 것 같아요. 아빠! 빨리 이 어려운 시기가 끝났으면 좋겠어요. 그래서 우리 가족이 예전처럼 콩닥콩닥 모여 살고 싶어요.

아빠, 힘내세요! 제가 크면 아빠하고 멋진 데이트도 할 거예요. 아빠와 팔장 끼고 벚꽃 아래에서 아이스크림도 먹고 극장에 가서 「타이타닉」 영화도 보고 싶어요.

아빠! 하늘만큼 땅만큼 사랑해요.

(대구시 수성구 매호동)

제 사랑이 보약이에요

박 경 자

　지금쯤은 당신 퇴근할 시간이네요. 전, 오늘도 지쳐서 들어올 당신에게 드릴 몇 가지 반찬을 해놓고는 당신 생각에 몇 자 적어봅니다.

　여보, 요즘 너무 힘드시지요? 그런 당신에게 아무런 도움도 주지 못하고 있는 전 항상 미안할 뿐 어떻게 할 수가 없군요. 몸이 시원칠 않아 맞벌이할 능력도 못되고 말입니다. 아무 것도 없이 빈손으로 오직 성실과 신용 하나만으로 시작해 이젠 어느 정도 기반을 잡아 좀 여유있게 살아볼까 싶었는데. 우리에게 이런 큰 시련이 닥칠 줄 정말 몰랐어요.

　지난 여름이었지요? 조금이라도 물품을 싸게 사려고 낮에는 일하고 밤에는 피곤한 몸을 이끈 채 그것도 전라도 순천까지 가서 구해 와서는 인건비 한푼이라도 아끼려고 그 지친 몸을 이끌고 또 현장에 내려놓고 밤 12시가 넘어서야 돌아와서는 완전 죽어서 주무셨지요?

　비지땀을 흘리면서도 여름에 하는 일이라 혹시나 죽을까봐 몇 배나 신경을 써서 힘들게 했던 일이 부도가 났다는 소리를 들었을

부　우리 함께 사랑한다면　95

땐 돈도 돈이었지만 당신 고생했던 일이 생각나 더 많이 울었답니다. 이번 일을 일일이 남한테 말은 못하고 얼마나 신경을 썼던지 보는 사람마다 "올해 자네 너무 많이 늙었어." 하는 소리를 들을 때 제 마음은 왜 그리도 아팠던지.

왜 안 그렇겠어요? 한 번도 아닌 그것도 연거푸 세 번이나 부도를 맞았으니 말입니다. 저녁마다 술을 마시는 당신에게 바가지라도 긁을라치면 "술 안 먹으면 잠이 안 오는데 어떡해!" 하던 당신. 그 마음 누구보다도 잘 알아요. 하지만 괴롭다고 술까지 마시면 당신 몸은 어떡해요? 당신은 당신 혼자 몸이 아니라는 걸 생각해 주셔야죠.

부도가 나지 않았더라면 지난 겨울에 당신 보약도 한 재 달여드렸을 텐데. 너무나 헬쑥해진 당신을 생각하면 지금도 눈물이 나오는군요. 은행에 넣어둔 돈을 해약해서라도 당신 보약을 못 지어드리는 제 마음은 당신을 덜 생각해서일까요?

그건 절대 아닐 거예요. 어려운 시기가 이제 문턱에 들어섰다는데 벌써부터 그 돈을 쓰기 시작하면 막상 더 어려울 때는 어쩌나 하는 두려움에 선뜻 못 쓰겠어요. 여보, 보약은 못해 드려도 저의 정성을 함께 넣은 장어는 자주 고아드릴 테니 지겹다 생각 말고 몸을 생각해서 드세요. 전 당신이 뭐든지 맛있게 먹어줄 때가 제일 행복하다는 것 아시지요?

그리고 돈은 당신 몸만 건강하다면 경기가 회복되는 대로 또 벌면 되잖아요. 그러니 돈에 너무 연연하지 말았으면 좋겠어요. 돈보다 소중한 착하고 건강하게 자라는 우리 아들, 딸이 있기에 우리는 누구보다 행복하잖아요.

설을 앞두고 그 경황이 없을 때도 설전에 남한테 줄 거 다 줘야 마음이 편하다면서 적금 넣어둔 것에서 대출을 받아 남 줄 거 다 주고, 또 기사들에겐 뭐 하나 사들고 가라며 이십만 원씩 쥐어주던 일. 또 경기가 안 좋아 모든 인건비가 내렸다는 소리를 듣고는 우리도 기사들 인건비 하루에 오천 원씩만 깎자고 했을 때 당신은 그랬지요. "우리보다 그 사람들이 더 힘들 텐데 어떻게 그렇게 할 수 있어. 우리가 참는 김에 조금 더 참고 여물게 하는 수밖에 없다."고요. 그때 당신에게 거절을 당했지만 당신의 그 따뜻한 마음에 오히려 고개가 숙여지더군요.

시골에서 자라 좀 보수적이고 무드가 없는 남편이지만 당신의 속 깊은 그 마음이 저를 사로잡았기에 15년 넘게 살아오면서 큰 마찰없이 무난히 살아오지 않았나 싶습니다.

여보. 저의 이 미약한 글이 당신의 축 처진 어깨에 힘이 되어 예전과 같이 자신에 찬 당신의 떳떳하고 당당한 모습 볼 수 있었으면 얼마나 좋을까요?

(부산시 금정구 구서1동 경보아파트)

키다리 우리 아빠

이 한 나

키다리 아빠께.

아빠! 저 아빠를 닮아 우리 반에서 제일 키가 큰 둘째딸 한나예
요. 아빠, 요즘 힘드시지요? 나라의 경제사정 때문에 일거리도 없
고. 힘드신 아빠께 위로가 되고 싶은 마음에 쑥스럽지만 편지를
씁니다.

아빠께서 힘든 일을 하시는 거 저도 알아요. 지난 일요일날 아
르바이트 좀 하라고 하셔서 아빠의 간판가게로 따라갔지요. 간판
의 글자를 떼어내는 일이었는데 저는 밑에서 사다리를 잡고 있었
어요. 그때 사다리 위에서 불안하게 서서 간판을 만지시는 아빠를
올려다보는데, 저는 아빠께서 떨어지실까봐 조마조마했어요. 아
빠는 안 무서우셨어요? 무서운 걸 꾹 참고 우리 가족을 위해 일하
시는 아빠가 너무 고맙고 자랑스러워 보였어요.

내가 학교에 다니는 것도 밥을 먹는 것도 모두 아빠께서 힘들게
일하신 덕분이에요. 아빠! 힘든 아빠께 보답하는 길은 바른 사람
이 되는 것이겠지요?

제 친구 선아는 아빠가 돌아가셨어요. 일년쯤 됐는데 너무 힘든

생활을 하고 있어요. 형편이 어려워서 등록금도 못 내고 있어요. 아빠께서 등록금을 내주시는 건 당연하다고 생각하고 고마움을 몰랐거든요. 그런데 그게 아니었어요. 아빠께서 묵묵히 지켜주고 계시는 공간이 너무 크다는 걸 알았어요.

선아는 일기장에 아빠 사진을 붙여놓고 '나의 하느님인 아빠'라고 써놨어요. 아빠를 그렇게 사랑하면서도 볼 수가 없는 선아를 보며 저는 얼마나 행복한 아이인가 하는 것을 느낍니다. 제게도 아빠는 하느님이세요.

'아이 엠 에프' 시대인데 엄청 먹어대는 이 딸 때문에 더 힘이 드시지요? 밥도 네 끼 먹고 과자, 사탕 먹고 집에 음식이 남아나질 않지요. 오죽하면 엄마께서 '새우깡'을 장롱 속에 숨겨 놓으셨겠어요. 아빠는 힘들게 돈 버시는데 저는 끝없이 먹어 죄송해요. 그런데 먹고 싶은 걸 참을 수가 없다는 사실이 더 죄송하네요. 하지만 지금 열심히 먹고 몸도 마음도 훌쩍 커서 먹었던 게 아깝지 않도록 효도하고 좋은 사람 될 거예요.

옛날 생각이 난다고 '뽀빠이 과자'를 좋아하시고 TV를 보면서 곧잘 우시는 어른 같지 않은 순수한 면과 듬직하고 단단한 면을 모두 가진 아빠의 모습이 너무 좋아요.

아빠, 사랑해요!

(서울시 중구 회현동1가 74)

제2부
눈물 속에 피는 행복

임영자씨 가족의 단란한 한때

눈물 속에 자라는 진주

도종환(시인)

　밤새도록 내리던 비가 아침에 그쳤다.
　빗방울을 털어내며 잎새들이 고개를 아래위로 흔들어 본다.
온밤내 살에 내리는 빗줄기를 맞으며 나무들은 몸 전체가 얼얼
했으리라. 그러나 언젠가 그런 나무를 보며 썼던 시처럼
　퍼붓는 빗발을 끝까지 다 맞고 난 나무들은 아름답다.
　밤새 제 눈물로 제 몸을 씻고
　해뜨는 쪽으로 조용히 고개를 드는 사람처럼
　슬픔 속에 고요하다.
　―「나무」중에서

　밤새도록 비를 맞고도 아침이면 그냥 툭툭 털고 일어서는 모습
이 믿음직스럽다. 아무도 눈여겨 보아주지 않는 들판 끝에서나,
뜨겁게 내리쬐는 태양 아래서나, 허리를 분지를 듯 불어오는 거
센 바람 속에서도 나무는 의연하다. 고통을 과장하지 않고 시련
때문에 아우성치지 않고 늘 담담한 모습으로 서 있다. 폭풍우가
찾아오면 폭풍우에 몸을 맡기고 바람이 불면 바람에 몸을 내준

다. 그리고 그것들이 지나가면 다시 제 모습으로 돌아온다. 폭풍
우와 폭염과 어둠 속에서 그것들이 결국은 지나갈 것임을 믿고
기다린다.

눈보라 속에서도 다시 꽃 피울 준비를 하고 비에 젖으면서도 다
시 푸른 잎을 낼 준비를 한다. 꽃과 잎과 열매를 다 잃고 난 뒤에
도 절망하는 나무는 없다. 사는 동안 다만 인내하고 기다려야 하
는 때가 있다는 생각을 하고 있을 뿐이다.

사는 동안 젖지 않고 피는 꽃은 없다고 생각하고 있고, 시달리
지 않고 자라는 나뭇가지는 없다는 걸 받아들일 뿐이다. 이 세상
어떤 작은 꽃 한 송이도 시련과 고통 속에서 피지 않는 꽃은 없고,
몸을 적시는 비와 몸을 잠시도 가만 놓아두지 않는 바람 속에서
꽃은 피어나는 것임을 알고 있다.

이 세상에서 가장 아름다운 소리를 내는 악기는 그래서 가장 높
은 산꼭대기에서 가장 세찬 바람을 맞으며 자란 나무로 만드는 것
이다. 가장 혹독한 시련 속에서 가장 단단하게 단련된 나무가 악
기를 만드는 나무로 선택되는 이유를 사람들은 알고 있는 것이다.

모든 조개가 다 진주를 품는 것은 아니다. 조개 속에 들어온 모
든 모래가 다 진주가 되는 것도 아니다. 살속으로 들어온 모래를
모르는 체하고 그냥 두면 모래로 인해 더 큰 상처는 생기지 않는
다. 살이 조금씩 곪는다 해도 그대로 두고 있으면 상처를 씻어내
기 위해 고생하지 않아도 된다.

그러나 어떤 조개는 모래가 들어와 상처가 생기면 나카라는 물
질을 내어 모래를 싸바른다. 온 힘으로 액을 내어 모래를 싸바르며

모래와 싸운다. 몇 달이고 몇 년이고 그렇게 제 몸에 들어와 상처를 내는 것들과 싸우는 동안 생기는 것이 진주이다. 모래알을 덮은 나카가 많을수록 진주의 크기는 커진다. 진주의 크기는 조개가 상처와 싸운 만큼의 크기이다. 상처와 싸우며 흘린 눈물에 따라, 고통에 몸부림친 기간의 차이에 따라 보석의 크기가 결정된다.

살면서 받을 수밖에 없는 상처와 어려움에 소극적으로 대응하거나 회피하는 삶에는 보석같이 빛나는 날 또한 찾아오지 않는다. 소극적으로 대응하거나 회피한다고 해서 고난과 어려움이 사라지는 것은 아니다. 모래가 살에 박혔는데도 모르는 척하고 있는 조개는 그걸 제 몸의 액으로 싸바르는 일을 고통스럽게 행하지 않아도 되지만 서서히 깊어지는 병을 피할 수는 없다. 결국은 모래로 인한 상처 때문에 죽게 된다.

살면서 피할 수 없이 겪어야 하는 시련의 날들을 좀더 적극적으로 맞서서 이겨낸 조개들은 아름답다. 그 눈물의 날들이 있어서 아름답다. 눈물로 진주를 만드는 삶은 아름답다.

몰아치는 빗줄기를 피하는 나무는 없다. 내리쬐는 여름날의 폭염을 피하는 나무는 없다. 폭풍을 피해 숨는 나무는 없다. 그런 시련들을 다 피하고서는 어떤 꽃도 피울 수 없고 어떤 열매도 맺을 수 없다.

고통스러운 길을 두려워하고 비껴선 사람은 큰 인물이 될 수 없다. 어려운 길을 피해서만 가려고 하는 사람은 깊이 있는 사람이 되지 못한다. 크게 쓰일 그릇이 되게 하기 위해 시련을 겪어 보게 한다고 한다. 고난의 가파른 오르막길을 어떻게 오르는가를 보면서 나중에 크게 쓸 날을 대비한다고 한다. 상처를 어떻게 단련시키는가를 보면서 보석으로 갚아줄 것인지 곪게 버려둘 것인지를 결정한다고 한다.

그래서. 퍼붓는 빗발을 끝까지 다 맞고 난 나무들은 아름답다.

이 세상에서 가장 아름다운 것

임 영 자

저는 소아마비로 휠체어를 사용하는 30대 주부입니다. 저희는 초등학교 6학년 딸아이와 3학년 아들녀석을 두고 있습니다.

건어물 도매업을 하는 남편은 요즘 너무 힘겨워하고 있답니다. 남편이 집에 생활비를 가져오지 못한 지가 벌써 몇 달째입니다. 저녁이 되면 축 늘어진 모습으로 돌아오는 남편을 보며 저는 남편이 측은해서 가슴 속으로 눈물을 흘리곤 합니다.

여느 아내들처럼 저라도 생활전선에 뛰어들고 싶지만 그것은 한낱 저의 소망일 뿐이지요. 지금 이 시간에도 이 가게 저 가게를 돌아다니며 물건 하나라도 더 팔려고 애쓸 남편을 생각하면 편안하게 집에서 이 글을 쓰는 것조차 미안하답니다.

새벽 5시 30분을 알리는 시계 소리와 함께 피곤한 몸을 추스리며 집을 나서는 당신을 보면 나의 마음에 무어라 표현할 수 없는 서러움이 밀려옵니다. 비가 오나 눈이 오나 당신은 힘겨운 삶과 부딪히는데 나는 당신을 위해 아무 것도 할 수 없다는 현실에 그저 속이 상할 뿐입니다.

3년이란 연애 끝에 당신은 휠체어 대신 나의 다리가 되어 주기를 원했고, 나 또한 건강한 사람이 불편한 사람을 도와가며 산다는 게 어쩌면 당연할지도 모른다는 조금은 염치없는 생각에 당신이 보내온 천마리 학의 뜻을 받아들였지요. 그러나 생활이란 현실은 당신을 너무나 지치고 힘겹게 하기에 나의 마음은 끝없이 안타깝기만 합니다.

부부라는 게 무엇인가요? 한쪽이 힘겨워할 때면 다른 한쪽이 도와가며 살아야 한다는데, 휠체어의 도움을 받는 나는 당신을 위해 아무런 힘도 되어 줄 수 없기에 그저 사랑한다는 말을 당신에게 전해 드리고 싶어요.

미안해하는 나를 핀잔하는 당신, 생활인으로 때로는 나의 몫인 엄마의 역할까지 하며 일요일이 되면 피곤함도 뒤로 한 채, 매일 집에만 있는 나를 데리고 두 아이들과 함께 세상구경을 나가 주는 당신. 나는 가끔 남모르게 눈시울을 적시곤 합니다. 당신의 고마움에…… 학교를 전혀 다니지 못했기에 당신과 결혼할 때 내 이름 석자도 못 썼던 내가 당신의 도움으로 이제는 이렇게 당신을 위해 글을 띄웁니다.

결혼할 때 패물 한 가지도 못해 준 게 마음이 걸려서인지 10주년 결혼기념일에는 1년을 모아온 용돈으로 나에게 다이아 반지를 선물해 준 당신이었죠. 나는 그 반지를 받고 고맙다는 말조차 못했지만 내 가슴은 당신의 깊은 사랑을 느끼기에 부족함이 없었어요.

누가 그랬나요. 부부라는 게 세월이 흐르면 사랑은 퇴색되고 그저 정으로 사는 거라고요. 그러나 당신에게는 그러한 말이 맞지 않아요. 걷지 못하는 아내를 끝없이 사랑하는 당신, 천 마리 학의 날개를 달아주며 이 세상 어디든 날 수 있게 도와주는 당신, 그런 당신이 요즘 너무나 힘겨워하고 급기야 당신으로부터 사는 게 너무 힘들다는 말을 들었을 때 나는 천길 만길 낭떠러지로 떨어지는 고통을 느껴야 했어요.

한나아빠, 우리 조금만 더 참고 기다려요. 그 동안 당신이 힘들었던 것 잘 알고 있기에 난 너무 속이 상해요. 그러나 우리는 꿈이 있잖아요. 이 세상에서 아빠를 제일 존경하기에, 세상에서 제일 행복한 아빠를 꼭 만들어 주겠다는 우리들 삶의 '보배'가 둘이나 있잖아요. 긴 세월 동안 싸워온 백혈병을 이겨낸 우리 딸 한나가 이제는 건강하게 되었으니 이것만으로도 행복할 수 있어요.

당신이 늘 하시던 말씀 있잖아요. 우리의 삶이 힘든 건 주려는 마음보다 가지려는 마음이 더욱 크기 때문이라고. 그래요, 우리 비록 가진 것은 없지만 주는 마음으로 살아요.

당신이 나에게 사준 다이아 반지를 내다 팔던 날 나는 당신의 눈물을 보고, 내 가슴이 찢어지는 고통을 느꼈어요. 한나아빠 너무 속상해하지 말아요. 그까짓 반지 없으면 어때요. 당신의 마음이 내 가슴에 이미 새겨져 있으면 됐어요.

한나아빠, 나의 소원이 무엇인지 모르지요? 그것은 우리가 이 세상에 다시 태어난다면 당신은 조금 불편한 사람으로, 나는 건강한 사람으로 다시 만나는 거예요. 그렇게 되면 내가 당신을 위해 무엇인가 할 수 있을 것만 같아서요. 비록 당신이 나에게 베푼 사랑만큼은 못하겠지만, 그래도 당신을 위해 무엇인가 줄 수 있다면 나는 그것만으로도 행복할 수 있을 거예요.

한나아빠, 언젠가 당신이 말했지요. 이 세상에서 가장 아름다운 것은 가족이라고. 그래요, 우리는 서로 사랑하는 가족이라는 이름으로 끝없는 사랑으로 살아요.

지금은 비록 어두운 먹구름으로 밝은 태양이 가려져 있지만 당신이 열심히 일하고 있으니 언젠가는 찬란한 태양이 비칠 수 있을 거라고 우리 믿고 살아요.

당신을 영원히 사랑해요, 파이팅!

(서울 성동구 금호동4가)

(이 글은 MBC 「지금은 라디오시대」의 사랑의 편지 공모에서 '대상'을 받았습니다.)

이슬 내린 잔디 위에 빛나는 햇살

소 종 님

피곤이 베갯머리를 맴도는 이 밤, 눈을 감고 잠을 청해 봅니다만 잠은 오지 않고 그 옛날 당신과 행복했던 순간순간들이 하얀 그리움으로 다가옵니다.

나는 오늘도 가만히 일어나 당신의 얼굴을 바라봅니다. 뼈만 앙상해진 당신은 하루 종일 무슨 생각을 하시는지요? 내가 그 동안 어려운 환경 속에서도 좌절하지 않고 살아왔던 것은 당신의 따스한 웃음과 진실된 말속에 들어 있는 장난기 섞인 유머 때문이었습니다. 아무리 힘든 일이 있어도 내색하지 않고 "우리 애기, 우리 애기" 하며 제 엉덩이를 두드려주던 당신. 지금도 그 모습을 찾고 싶어 당신에게 가만히 다가가 팔베개를 하며 아양을 떨어보지만 당신은 넓은 천장만 쳐다보며 말을 잃어버렸습니다. 나는 가만히 일어나 작은 방으로 들어가 눈물 섞인 기도를 합니다. 내가 당신께 해줄 수 있는 건 그것뿐이니까요.

돌이켜 생각해 보고 싶지도 않지만 재작년 11월은 나에게 기쁨과 동시에 절망을 안겨다 주었습니다. 96년 11월, 우리는 12년 만에 집을 마련했지요. 10만 원에 3만 원짜리부터 시작해서 25평짜리 내 집을 마련하기까지는 너무나 많은 어려움이 있었지요. 우리는 이사간 새 집에서 많은 사람들의 부러움 속에 금의환향하는 어사또처럼 그렇게 행복했어요. 쳐다만 보아도 배부를 것 같은 내 집에 때 묻을새라 쓸고 닦고. 지상천국이 이런 곳이라며 너무나 기뻐하던 당신. 해맑은 당신의 미소 속에 드리워진 장난기와 유머로 우리 가정은 행복했어요.

3년 후에는 꼭 38평짜리를 사주겠다던 당신의 약속 앞에 어느 날 신의 노여움인지 질투였는지 우리에겐 상상도 못할 슬픔이 닥쳐왔습니다. 몇 년 전부터 가끔씩 아프다고 하던 위장 때문에 조심스럽게 찾았던 병원에서 위암선고를 받았을 때, 이것이 현실이 아니고 꿈이기를 간절히 기도했어요. 아무 것도 모르는 당신 앞에서 눈물을 보일 수가 없어서 빨갛게 충혈된 눈을 물로 씻고 또 씻고. 그래도 흘러내리는 눈물을 감출 수가 없었죠. 어느새 눈치챈 당신이 내 손을 꼭 잡은 채 말씀하셨죠.

"걱정 마, 위궤양일 거야. 이건 틀림없이 의사의 오진일 거야. 난 안 죽어."

불도 켜지 않고 쪼그리고 앉아 훌쩍이고 있는 나에게 당신은 눈물을 닦아주며 이렇게 말했죠.

"난 죽는 건 두렵지 않아. 그 동안 당신한테 잘해 주지 못한 게 제일 미안해. 난 당신 때문에 악착같이 살 거야."

우린 서로 부둥켜 안고 소리내어 울고 말았지요.

수술 날짜를 며칠 남겨두고 수술하고 나면 일을 해야 된다며 차를 닦는 당신의 뒷모습이 왜 그렇게도 초라하고 작아보였는지 모릅니다. 덜덜거리며 자주 고장나는 10년이 넘은 세탁기를 바라보며, "내 병이 나으면 제일 먼저 세탁기 사줄게." 하던 당신.

어느새 하루하루가 가고 초조한 마음으로 입원을 하고 8시간의 수술이 끝나고 나온 당신의 입술은 까맣게 타버렸죠. 하루에 두 병씩 항암제를 일주일이나 투여해 배가 풍선처럼 부풀어 고통으로 몸부림치는 당신을 차마 볼 수 없어 복도에 나와 고장난 수도 꼭지처럼 자꾸만 흘러내리는 눈물을 닦아내곤 했었지요.

차라리 죽음을 선택하고 싶다는 당신을 달래고 또 달래고. 눈물로 지새는 밤이 계속되면서 고통이 멈추기를 기도했어요. 의사 선생님 말씀 한 마디 한 마디는 희망 없는 불꽃처럼 꺼져만 가고. 보호자가 건강해야 한다는 주위 사람들의 말씀에 목이 메여 넘어가지 않는 밥숟갈을 억지로 밀어넣으며 당신께 참으로 미안했어요.

이제 퇴원하여 집으로 온 지 녁 달째. 그 동안 살얼음판을 걷는 기분으로 살았습니다. 오늘이 가고 내일이 오는 것이 두렵기만 했습니다. 그러나 이제 힘들었던 시간이 조금은 지난 것 같아요. 조금씩 움직이고, 아주 조금씩 웃어주는 당신 모습이 참으로 보기 좋아요.

그런데 당신이 아픈 뒤로 12살짜리 아들녀석 민철이가 말이 없어졌어요. 아빠가 무섭다며 자기 방에서 나오지 않을 때면 속상해요. 언제나 저만을 사랑해 주던 엄마가 어느 날부터인가 아빠만 위하는 것이 내심 샘이 났는지 혼자서 잘 자던 잠도 엄마 곁에서 잠들지 않으면 온밤을 하얗게 새우곤 해요.

요즘 우리 세 식구가 모두 약봉지에 의존하고 살아서 무척 힘이 드는군요. 옛날처럼 건강한 가족이 되고 이 어려운 때를 잘 넘기고 행복하게 살았으면 좋겠어요. 힘들게 살았던 과거나 앞으로 다가올 미래에 대한 불안감 때문에 당신이 침묵하고 자주 짜증을 낼 때마다 삶에 대해 자꾸만 지치고 모든 것을 포기하려는 나 자신을 발견하곤 한답니다. 당신이 가장으로서의 도리를 못해 힘들어 하는 것 잘 알아요. 그렇지만 걱정 말아요. 난 당신이 하루 빨리 완쾌되어 예전의 모습을 찾는다면 모든 일이 잘 풀리리라 믿어요.

이슬 내린 잔디 위에서 햇살이 빛나듯 이제 어둠은 걷히고 우리에게 밝은 태양이 떠오를 거예요. 그렇게 거뜬하게 일어서 줄 당신을 내가 기다려 줄게요.

힘내세요, 파이팅!

(경기도 구리시 인창동 인창주공아파트)

(이 글은 MBC 「지금은 라디오시대」의 사랑의 편지 공모에서 '동상'을 받았습니다.)

남편의 자취방에서 흘린 눈물

천 옥 희

오늘 시외버스를 타고 당신이 살고 계신 산밑 동네를 다녀왔습니다. 일주일 만에 찾아간 당신의 자취방이었죠. 당신께서 저를 기다리셨을 줄 알고 있지만 그럴 만한 사정이 있었지요. 두 달 넘도록 당신에게 숨겨왔지만 이젠 털어놓을 때가 된 것 같아요.

두 달 전 당신은 저에게 놀라지 말라고 안심시킨 후, 학교측으로부터 퇴직을 강요받고는 끝내 굴복했다는 전화를 하셨지요. 저는 감전된 사람처럼 멍하니 앉아 있었어요. 너무나 교직을 사랑했기에 투병생활을 하면서 교단에 복귀했던 당신이었는데…… . 투병을 하려면 공기 좋고 산이 있는 시골이라야 한다면서 저의 만류를 뿌리치고 집을 떠나 학교와 가까운 산밑 마을에서 손수 밥을 끓여 먹으면서 출근하고 있을 당신을 걱정하고 있었지 퇴직은 상상도 하지 못했어요.

금년 8월에 퇴직하라는 학교의 강요에 굴복하기로 했다는 당신의 전화는 끝내 저를 울게 했답니다. 금년에 대학생이 된 막내딸도 엄마를 따라 소리 죽여 울더군요. 막내의 눈물을 보고 저는 울음을 그쳤습니다. 저는 눈물을 닦고 막내의 눈물도 닦아 주었죠.

제가 슬프거나 속상해 울면 당신은 저의 눈물을 닦아 주며, "울지 마. 내가 있잖아."라고 말하곤 했지요. 저는 그 말이 듣고 싶어 작은 일에도 당신에게 눈물을 보였고, 당신이 눈물을 닦아주며 한 말을 들으면서 아내는 남편의 말을 먹고 산다는 생각을 했답니다.

그러나 이제는 제가 당신과 가족들의 눈물을 닦아줄 차례가 되었습니다. 여고 후배에게 화장품 외판원이 되고 싶다는 전화를 했더니 오라더군요. 한달 동안 외판원의 기본소양에 필요한 교육을 받았지요. 교육이 끝난 후부터 대형 가방을 어깨에 메고 친구와 이웃들이 소개해준 집들을 찾아 나섰습니다. 소개를 받고 찾아간 집들마다 베풀어준 따뜻한 대접에 저의 눈시울은 늘 축축해지곤 했지요.

사흘 전 여고동창의 소개로 젊은 주부들의 친목모임을 찾아가게 됐어요. 동창과 함께 주택가에 자리잡고 있는 푸른 대문의 한옥으로 들어갔습니다. 그곳에는 일곱 명의 30대 주부들이 모여 있었는데 그중에는 제가 가르쳤던 두 명의 제자도 끼여 있었답니다. 그들은 저를 향해 "선생님!" 하고 외치며 달려들더군요. 우리는 서로 안고 얼굴을 비벼댔지요. 그들은 제가 29년 전 남도의 어느 바닷가 초등학교로 초임 발령을 받고 부임하여 담임을 맡았던 제자들이었습니다.

30년 가까운 세월이 흘렀지만 제가 그들의 이름을 기억할 수 있었던 것은 교사가 되고 나서 처음 만난 아이들이었기 때문이었죠. 광주에 살고 있는 그들의 고향 동창들은 한달에 한 번씩 만나 친목을 다진다고 하더군요. 저는 제자들 앞에서 가방을 열 수가 없었지요. 저를 안내한 동창이 본론으로 들어가라고 말했지만 못 들은 척하고 있었더니 한 제자가 이런 말을 하더군요.

"선생님께서 저희들이 어렸을 땐 지식을 가르쳐 주셨지만 이제는 어른이 되어 버린 저희들을 예쁘게 살도록 해주세요."

이 말에 용기를 얻어 제자들의 얼굴을 정성껏 꾸며 주었더니 그들은 지나친 구매욕구를 나타내더군요. 저는 그들에게 부담 가지 않을 정도로 화장품 서너 가지씩을 내놓고 일어섰습니다. 틈틈이 전화하겠다는 그들의 배웅을 뒤로 하고 푸른 대문을 나왔지요. 동창과 함께 골목길을 걸으면서 세상은 불편할 정도로 좁다고 말하자 동창은 떳떳하게 살아온 사람에게 세상은 좁지 않다고 그러더군요.

저는 그날 당신의 아내가 화장품 외판원이 됐다는 사실을 고백하고 싶었습니다. 언젠가는 당신에게 알리겠지만 제자들과의 만남과 동창의 말 때문에 용기를 얻었습니다. 세상에서 가장 임의로우면서도 어려운 사람이 제자라면 제자인데 그 제자들에게 저의 모습이 알려진 이상 누구에게도 저를 가리고 싶지 않았고, 동창의 말대로 떳떳하게 살아온 사람에게 세상은 결코 좁지 않다면, 저는 세상을 좁게 살 이유가 없었습니다.

외판원이 되었다고 화내지 마세요. 단순히 물건만 파는 게 아니라 익힌 솜씨를 발휘하여 여자들의 얼굴을 예쁘게 꾸며줌으로써 보람을 느끼고 있답니다.

오늘 당신의 자취방을 찾아갔을 때 당신이 출근하고 없는 빈방에는 잿빛 고독이 먼지처럼 쌓여 있더군요. 만들어 갖고 간 반찬을 냉장고에다 넣어두고 청소를 하고 당신의 냄새가 배어 있는 속옷을 세탁했어요. 쌀을 씻어 솥에 안쳐 놓고 청국장을 끓여 봄나물 반찬으로 밥상을 차려 놓고, 눈물 서너 방울 떨어뜨리며 쪽지 글을 남겼습니다.

당신의 퇴근을 기다리다가 땅거미가 내리기에 두 딸이 기다리고 있는 도시의 집으로 돌아갑니다. 8월 퇴직시까지 편안한 마음으로 근무하시고 학교측에 원한 같은 것 갖지 마세요. 용기 있는 사람은 용서한답니다. 당신에겐 제가 있잖아요.

청국장 데워서 저녁밥 맛있게 드세요. 또 올게요.

(광주시 북구 일곡동 187)

(이 글은 MBC 「지금은 라디오시대」의 사랑의 편지 공모에서 '동상'을 받았습니다.)

게 된장국을 끓이며

박 은 주

사랑하는 당신 보세요.

채 두 돌이 안된 우리 아들 민기를 등에 들쳐 업고 이곳저곳 방을 구하러 다니다 보니 왠지 모를 눈물이 목구멍까지 차올랐습니다. 이제 우리 세 식구에게 남은 돈은 방 한칸도 못 구할 형편이었어요. 그나마 알거지가 된 사람들에 비하면 나은 편이라 생각하며 감사하는 마음으로 방을 구하러 다녔는데 현실은 그게 아니더군요.

햇볕도 들어오지 않는 어두컴컴한 방들, 70년대도 아닌데 서너 가구가 같이 쓰는 냄새나는 재래식 화장실과 세면장, 옆집에서 바스락거리는 소리까지 들릴 정도의 허술한 집. 철저하게 개인주의에 물들어 있던 내가 과연 여기서 살 수 있을까 생각하며 울음을 삼켰습니다. 하지만 살아야 된다고 몇 번이고 다짐했습니다.

그러나 집으로 돌아온 나는 털썩 방바닥에 주저앉았습니다. 그리고 팔려갈 소들을 쳐다보는 농부처럼 거실이며 방에 있는 물건들을 하나씩 조심스레 쓰다듬어 보았습니다. 평소 별로 마음에 들지 않아 투덜거렸던 가구며 가전제품이었지만 이제 같이 있을 날도 멀지 않아선지 너무나 소중해 보였습니다.

늦은 시간까지 들어오지 않는 당신을 생각하니 가슴이 미어져 오는군요. 텁수룩한 수염, 언젠가부터 몸에 밴 소주와 마늘냄새, 실직했음에도 줄기차게 입고 다니는 곤색 작업복, 까칠까칠한 피부. 본의 아니게 실직하고 가정에서조차 이미 설 자리를 잃어버린 당신…….

회사에서 해고당하고 나서 얼마간 우리는 즐거웠죠. 늘 회사에서 늦게 들어오는 탓에 얼굴 한번 제대로 볼 시간도 없었는데, 시장도 같이 가고 민기도 잘 돌봐주는 당신을 보며 우리는 신혼 때로 돌아간 듯했죠.

하지만 제 목소리는 점점 날카로워지고, 별것 아닌 사소한 문제로 당신과 자주 싸웠고, 우리의 싸움을 자주 봐야 했던 민기도 예전 같지 않았어요.

설상가상으로 보증 잘못 선 탓에 빚쟁이는 밤낮으로 벨을 누르기 시작했고. 고통은 여기서 끝나는 것이 아니었어요. 뒤이은 당신의 손부상, 허리부상. 전 이 집 저 집 점쟁이들을 찾아다니며 나 자신을 하소연하기 시작했습니다.

하루 아침에 무너져버린 우리 가정. 앞으로도 뒤로도 나갈 수 없는 진퇴양난. 남편인 당신을 죽도록 원망하고, 경제한파 속에서도 화려한 생활을 하고 있는 사람들을 보면 너무도 배가 아파 속좁은 이 여자는 그들을 저주하기도 했습니다. 민기를 붙잡고 울기도 여러 번이었어요.

빚 수습으로, 당신 병원비로 야금야금 빼먹은 전셋돈은 점점 얄팍해지기 시작했고, 나는 불면증에 시달리고 사람들을 쳐다보는 것조차 두려워졌어요. 높은 고층건물만 보면 뛰어내리고 싶었고, 약국만 지나가면 수면제를 다량 복용하고 죽는 상상을 했습니다.

우울증 증세를 보이던 저를 지켜보던 당신이 거의 술로 보내고 있을 무렵, 잠결에 "엄마, 엄마" 부르며 더듬더듬 제 얼굴을 찾는 민기의 목소리. 그리고 엄마가 옆에 있다는 안도감에 조그마한 손으로 제 얼굴을 꼭 껴안고는 뽀뽀까지 하고 잠드는 소중한 우리 아가를 보는 순간 눈물이 핑 돌았습니다. 그리고 살아야 된다는 생각이 제 머리를 때렸습니다.

조심스레 일어나서 배까지 내놓고 자고 있는 당신을 이불로 다독거려 놓고, 당신의 그 거친 손을 제 볼에 꼭 갖다 대었습니다. 그리고 마음 속으로 못난 이 여자를 용서해 달라고 빌었습니다. 결혼식 때 한 서약을 전 지키지 않았으니까요.

즐거울 때, 기쁠 때, 행복할 때, 당신이 돈을 잘 벌 때, 근사한 곳에 가서 외식할 때는 같이 있었고, 괴로울 때, 슬플 때, 돈 십원 못 버는, 그래서 당신이 너무너무 힘들어하는 지금은 당신을 외면하고 도망치려 했으니까요.

오늘 전 당신에게 이 편지를 내밀면서 말할 겁니다. 다시 시작하자구요. 우리 신혼 때 살던 집 생각나죠? 삐걱거리는 문, 그래서 겨울이면 찬바람을 피해서 이불 속에서 밥 먹고 책 보고 장난치고. 그래도 그때 우린 꿈이 있었기에 행복했죠. 우리 결혼반지까지 팔아가며 잘 살아보려 했건만……. 정말 원통하고 가슴 아프지만 우리, 꿈을 가지고 다시 시작해요. 당신 죄가 아닐진대 착한 당신을 너무 몰아붙인 이 못난 마누라를 용서하세요.

내일부터 당신은 술에 취해서 다니진 않으리라 생각해 봅니다. 어쩌면 그 곤색 작업복도 훌훌 벗어 던지리라 생각합니다. 저 역시 아직까지 제 머리 속에서 살아 꿈틀거리는 못난 자존심, 허영심 모두 버리고 우리 세 식구 누워 잘 수 있는 월세방이나마 구할 수 있음에 감사드리렵니다.

오늘 전 당신이 좋아하는 된장국에 큰 맘 먹고 비싼 게를 넣고 끓였습니다. 요새 부쩍 광대뼈가 나와 보이는 당신이 너무도 가슴에 걸렸어요. 게 다리를 잡고 맛있게 먹는 당신을 상상하면서 끓였어요. 입맛도 살 맛도 다 잃어버린 당신, 오늘 늦게라도 오면 이 된장국을 옛날처럼 쩝쩝 소리내어 맛있게 먹고 나서 우리 세 식구 손 꼭 잡고 외쳐요.

파이팅, 우리 가족!

(부산시 연제구 연산2동 826)

(이 글은 MBC 「지금은 라디오시대」의 사랑의 편지 공모에서 '은상' 을 받았습니다.)

새로운 시작을 위하여

이 상 희

우리를 아는 모든 사람들은 내일 당신이 돌아온다고 말합니다. 두 달여 동안 비워 둔 당신의 자리! 내일이면 다시 온기가 채워질는지 나는 사실 두려움으로 온몸이 저려옵니다.

당신이 없는 동안 나는 불안과 초조로 온밤을 새는 일이 허다하였습니다. 당신 대신 해야 할 일이 많아 잠 한숨이라도 자두어야 하는데 늘 뜬눈으로 보냈습니다.

그러다가 나는 조금씩 술을 마시기 시작했습니다. 잠을 자기 위해 한 잔 마셨고, 당신이 원망스러워서 한 잔, 당신이 안타까워 한 잔, 우리 아이들이 가여워서 한 잔, 내일이 불안해서 한 잔, 왜 이렇게 되었는지 후회스러워 한 잔, 일상사가 힘겨워 한 잔, 내 삶이 서러워 한 잔, 그 울분을 삭이면서 또 한 잔……. 그러다가 이리 뒹굴 저리 뒹굴 사방 귀퉁이를 돌며 자는 아이들을 쳐다보며 엉엉 소리내어 한바탕 울고 나면 마음이 조금은 가라앉기도 했습니다.

우리들의 첫 아이! 맑음이가 당신이 없는 동안 초등학교에 입학하였습니다. 처음 만난 선생님과 친구들 사이에서 쑥스러워 차마 눈길조차 들지 못하던 그 모습은 바로 당신 그대로였습니다.

조금이나마 아껴 보려고 그애가 다니던 유치원도 마쳐주지 못하고 초등학교에 입학시키고 보니 웃으면 웃는 대로, 부끄러워하면 부끄러워하는 대로, 시무룩하면 또 시무룩한 대로 가슴이 미어졌습니다.

봄날이도 그새 말을 하기 시작했습니다. 요즘은 소꿉놀이 재미에 빠져 있어요. 초코파이만한 플라스틱 솥과 냄비, 수저 등으로 거짓밥을 지어서 뒤뚱거리며 다가와 "먹어요." 하는 그 모습! 당신은 연상이 되는지요. 그 순간 모든 시름은 사라지고 살아야 할 이유가 있음을 나는 깨닫곤 했어요.

당신이 검거되던 그날부터 어머니는 종이학을 접기 시작하셨습니다. 천 마리 학을 접으면 소원이 이루어진다는 소리를 어디서 들으셨는지 어눌한 손놀림으로 열심히 종이학을 접어서 모으셨어요.

4월 9일, 어머니께서는 그날이 당신이 나오는 날인 줄 알고 계십니다. 그래서 그런지 요즘은 식사도 좀 하시고 잠도 좀 주무시고, 늘 가라앉아 탁하던 음성도 조금은 밝아지셨습니다. 내일은 아빠가 오랜 출장에서 돌아오는 날이라고 아이들도 기분이 몹시 좋은지 하루 종일 붕붕 뛰어다녔습니다. 그래요, 당신은 역시 우리 온 가족의 희망과 미래였습니다.

지금 시각은 4월 9일 0시 20분입니다. 오늘 출소를 하면 집까지 입고 올 옷을 준비하고 있습니다. 결혼하고 9년 동안 당신 옷을 다림질해 왔지만 지금 같은 설레임은 없었던 것 같습니다. 아는 이들은 다들 걱정하지 말라지만 그건 모두 남의 일을 쉽게 생각하는 듯하고. 만의 하나라는 그 경우가 행여 당신이 아닐지 나는 그저 불안하기만 합니다. 과연 판사님께서 선례대로 집행유예

124

나 벌금형으로 선고해 줄지 가슴이 떨립니다.

잃는 것이 있으면 얻는 것도 있다고들 하지요. 당신은 법대로 대가를 치르고 있고, 채권자들에게 모든 걸 주고 난 지금 내 마음은 오히려 홀가분합니다. 당신도 그러하리라 짐작합니다.

맑음아빠! 아직은 30대! 재기할 수 있을 때 실패한 것을 다행이라 생각하고 편안하게 돌아오세요. '이것만은' 하고 고집스럽게 불입하던 맑음이 교육보험을 해약했습니다. 그 돈으로 소뼈 하나 사서 끓이고, 자반도 한손 사고, 김치도 새로 담갔습니다. 아빠선물로 맑음이에게는 자전거를, 봄날이에게는 인형을 사두었습니다.

맑음아빠! 그 안에서 건강을 유지해 주어 정말 고맙습니다. 오늘 저녁은 우리들의 집에서 어머니, 아이들과 함께 먹읍시다. 이제라도 늦지 않아요. 우리 다시 시작해요. 우리들에게는 따뜻한 봄날이, 맑게 갠 하늘이 열리게 될 거예요.

(대전시 서구 내동 롯데아파트)

(이 글은 MBC 「지금은 라디오시대」의 사랑의 편지 공모에서 '금상'을 받았습니다.)

엄마의 하얀 손

이 선 경

엄마, 요즘 너무 힘드시죠? 빚 독촉에, 실직한 사위에. 며칠 전 돌아가신 외삼촌이 부럽다고 하시던 말, 자꾸 마음에 걸리네요. 제가 알고 있는 엄마는 그렇게 약한 분이 아닌데, 자꾸만 어렵게 이어지는 상황이 엄마를 약하게 만드나 봐요.

그렇지만 엄마, 햇빛이 하나도 안 드는 음지에서도 목련은 환하게 피더군요. 물론 양지 쪽보다는 조금 늦지만요. 아무런 가망이 없는 것 같아 보여도 조금 늦은 듯 싶어도 꽃은 피었어요.

엄마, 기억 나세요? 지난날 그 어렵던 시절 우리가 어떻게 지냈는지. 한 평도 안 되는 판잣집, 그것도 똑바로 누우면 모두 눕지를 못해서 아버지와 제가 눕고, 발치에서 엄마와 동생이 누워 새우잠을 잤잖아요. 가끔 술 취한 사람들이 공중화장실로 착각을 해서 그 작은 문을 열고 실례를 하곤 했잖아요. 그때도 우린 웃었는데.

또 어느 해인가 밤늦도록 식당에서 일하고 돌아오는 엄마를 기다리다가 모두 잠들어 버렸지요. 그래서 엄마는 주인집 식구들이 깰까봐 큰소리로 우리를 부르지도 못하고 눈 내리는 밤 그 눈을 모두 맞으며 동이 트길 기다리셨지요. 나중에 엄마는 이렇게 말씀

126

하셨어요.

"얼어죽는 사람들은 새벽녘에 죽는 것 같더라. 새벽이 가까워지자 도무지 추워서 견딜 수가 없더구나. 발은 너무 시려워 내 발이 아닌 것 같았고……. 그래도 너희들을 놔두고 죽을 수는 없다고 생각했지."

어려운 살림에 초등학교만 마치면 됐지 중학교 고등학교까지 보낸다고 주위사람들이 수근거리고 흉을 보기도 했지만, 그래도 배운 사람이 낫다는 엄마의 고집으로 우리는 중, 고등학교에 다녔지요. 선생님으로부터 수업료 독촉 억세게 들으며 다녔어요.

어느 해인가는 평택으로 통학하는 학생들을 잔뜩 태운 버스가 다리 아래로 추락하는 바람에 많은 학생들이 다쳤지요. 그날 송탄에서 평택으로 통학하는 학생을 둔 부모들께서 사고소식을 듣고 학교로 찾아오는 통에 오전 수업은 엉망이 되었죠. 행여 내 자식이 다치기라도 했으면 어쩌나 하는 조바심과 두려움에 싸여 있던 부모님들이 다친 데 없이 무사한 아이들을 보고 너무 반갑고 고마워서 부둥켜 안고 우는 바람에 교실은 울음바다가 되었지요.

그날 엄마는 모든 부모님들이 돌아가고 난 후 이젠 더 이상 올 사람이 없다고 생각되었을 무렵, 너무도 초라한 모습으로 교실, 그것도 뒷문으로 모습을 보이셨어요. 아침에 남의 집으로 일하러 가셨던 모습 그대로. 그러나 너무도 애를 태워서 아침에 보았던 엄마가 아닌 듯 갑자기 늙어버린 엄마가 제게 내민 하얀 봉투……. 다른 엄마들처럼 어디 다친 곳은 없느냐고, 놀라지는 않았느냐고 묻는 대신 엄마는 저에게 이렇게 말씀하셨어요.

"수업료 갖다 내고 와라."

가슴 속 밑바닥에서 나오는, 기도하듯 나직한 목소리였어요. 반갑다고 와락 부둥켜 안고 우는 대신 엄마는 제게 영원히 잊지 못할 강한 엄마의 모습을 보여 주셨어요. 그날, 봉투보다 더 하얀 엄마의 손이 왜 그리 서글퍼 보이던지요. 그러나 150센티미터도 채 안 되는 엄마가 얼마나 커 보이던지……. 맹자의 어머니나 신사임당보다도 저에게는 엄마가 더 위대해 보였어요.

그 모습이 아직까지 제 마음에 남아 있는데. 엄마, 그렇게 약해지면 안돼요. 신은 감당할 수 있을 정도의 고통만 주신다죠? 저희 때문에 지게 된 빚조차도 저희에게 미안해하시는 엄마, 이젠 짐 벗어 저희에게 주세요. 출가외인이라구요? 옛날 얘기예요. 대문 밖에서 하얗게 눈사람이 되어가는 엄마가 있는 줄도 모르고 단잠에 빠져 있던 그 옛날 그 철부지들이 지금은 아니에요.

가람이가 이 다음에 크면 슈퍼맨이 되어 할머니 업고 날아다니겠다고 했을 때 엄마, 얼마나 기뻐하셨어요? 엄마는 이제 기뻐할 일과 행복할 일만 남았어요. 사실 행복은 늘 가까이에 있다잖아요.

지난날 남의 집 빨래하시느라 오늘같이 좋은 햇살 모두 빨래 말리는 곳에만 쓰셨죠? 엄마, 손 좀 내밀어 보세요. 손바닥 위로 금싸라기 같은 햇살이 사르륵 사르륵 쏟아져 내리는 행복함, 우리 함께 느껴봐요. 그리고 엄마 힘내세요.

우리 가족 모두 파이팅! 파이팅!

(경기도 평택시 이충동 부영아파트)

(이 글은 MBC 「지금은 라디오시대」의 사랑의 편지 공모에서 '은상'을 받았습니다.)

우리 집에도 봄은 오는가

이 강 배

여보, 오늘은 군대간 막내아들을 데리고 왔소. 그 동안 잘 있었소? 아들의 늠름한 모습을 본 소감이 어떻소! 왜 말을 안 하오? 당신이 덮고 있는 이불이 몇 군데 해져 마침 내일이 한식이고 해서 잔디 몇 장을 들고 이불을 깁기 위해 왔소.

하긴 이불이 해질 때도 됐지, 벌써 햇수로 10년이 아닌가. 당신 앞에 서 있는 이 아이가 중1 때, 큰딸이 고1 때 헤어졌으니 말이오. 그 동안 이놈들이 이렇게 잘 자랐소. 한창 사춘기에 들어선 여고 1학년, 아직 철이 덜 든 중1, 그 어린 것들을 나에게 맡기고 혼자 이렇게 누워 있는 당신이 야속하구려.

나는 아이들이 혹시 비뚤어지지나 않을까 세심하게 신경쓰며 키웠소. 편부슬하에서 자란 결손가정의 자식이라 그렇다는 사회적 지탄을 받지 않게 하려고 무던히 애써 키워 아직까지는 학교생활이나 사회생활이나 군대생활을 하는 동안 손가락질받지 않고 잘 자랐소. 물론 하늘나라에서 당신의 보살핌이 있었기에 가능했다고 믿고 싶소.

지난번에는 시집갈 나이가 된 딸년이 선을 보았소. 내 생각은 괜찮다 싶었소. 딸아이는, "아빠! 제가 지금 시집가면 아빠와 할아버지 할머니는 어떻게 하고 집안살림은 어떻게 해요. 그러니 저는 몇 년 더 있다가 동생 제대하고 대학졸업하면 그때 갈게요."라며 막무가내였소. 마음은 기특하지만 그것은 내가 할 일이지 너는 갈 길이 따로 있다고 설득했소.

신랑집에서는 색시가 정성이 갸륵하고 생활력도 강하고 성격도 호탕해서 좋다며 금년 봄에 결혼식을 하자고 하였소. 그런데 아뿔사, 이럴 수가 있는 거요? 며칠 뒤, 편부슬하에서 자란 결손가정의 아이라며 싫다는구려. 그런 소리를 들으니 하늘이 무너지는 것 같기도 하고 이 사회가 너무 비정하기도 하고 원망스럽기도 하구려. 당신 생각은 어떻소? 왜 말 없이 잠만 자는 거요? 당신도 귀가 있어 들었을 테고 눈이 있어 보았을 텐데. 입이 있으면서 왜 말을 안 하오! 할 말이 없다구, 방송국에나 가보라구? 알았소, 잘 자구려.

우리 가정에도 봄은 오고 있는 걸까요? 계절은 어김없이 찾아와 죽은 것만 같던 메마른 가지에 물이 오르고 파릇파릇 잎이 돋는 이즈음 정말, 우리 가정에도 봄은 오는 걸까요?

지금으로부터 18년 전, 10년 동안 다니던 직장을 사직하고 개인사업을 시작했지요. 직장동료나 상사나 사장, 회장님으로부터 일 잘 한다고 늘 칭찬을 받았기에 누구나 제가 성공할 것이라고 했습니다. 그런데 실패했죠. 1전 2기, 2전 3기, 3전 4기, 그러나 실패 또 실패. 우리나라에 없는 제품을 만들다 보니 시행착오가 너무 많았어요. 몇 번 넘어지니 집안에 남는 것이 없더군요. 아버님 땅까지 다 팔아 먹었죠. 무엇이 남겠습니까? 빚쟁이만 우글거리고. 빚 독촉에 견디다 못해 아내는 정신착란까지 일으켰죠. 그리고 고통이 없는 나라로 먼저 가버렸습니다.

아내 잃은 슬픔을 뒤로 한 채 다른 사업을 또 시작했죠. 사업 실패로 잃은 아내를 생각하며 열심히 살았어요. 하루를 36시간으로 생각하고 열심히 일을 했죠. 잠자는 시간 쪼개고 밥먹는 시간 줄이고 1인 2역, 3역, 4역. 세상의 유혹도 뿌리치고 외롭고 쓸쓸하고 졸릴 땐 핀이나 이쑤시개로 허벅지를 찔러가며 살았어요. 너무 힘들더군요.

다시 관광버스 운수사업을 시작했어요. 버스 6대를 샀지요. 기사들이 뻔질나게 사고내고 들어오고. 관광버스 회사 설립규정이 면허제에서 신고제로 바뀌니까 관광버스회사가 우후죽순처럼 생겨 났어요. 그러니 버스대절요금은 곤두박질쳐 6, 7년 전 가격으로 떨어진데다가 그나마 손님도 없었어요. 요즘 누가 버스 타고 관광 가겠어요? 안 망할 수가 없었죠.

옆에서 지켜보던 큰딸이 직장의 월급으론 보탬이 안된다며 사직하고 팔을 걷어붙이고 김밥장사를 시작했죠. 처녀의 몸으로 어디 그리 쉬운 일인가요. 그런데 시작한 지 몇 달 안되어 경제한파가 온 겁니다. 손님이 절반 이하로 줄었으니 김밥 싸는 아줌마 월급 100만 원 주기도 힘들지 뭡니까. 이 어려운 시기에 구조조정과 절약만이 살 길이라 생각해 애비가 딸 김밥장사의 감사를 했지요.

오전 9시부터 자정까지 15시간 일하더군요. 인건비를 줄이려 했더니 김밥집 일이 우습데요. 가격은 얼마 안하는 것이 일손이 많이 들어요. 손님이 혼자 오면 김밥, 둘이 오면 김밥 떡볶이, 셋이 오면 김밥 떡볶이 라면, 넷이 오면 김밥 떡볶이 라면 김치볶음

132

밥, 이렇게 사람 숫자에 따라 메뉴가 많아지니 일손이 달릴 수밖에요.

처녀의 몸으로 김밥장사 해가며 집안살림하는 이런 귀한 딸을 편부슬하에서 컸기 때문에 싫다는 겁니다. 정말 하늘이 무너지는 것 같더라구요. 우리 딸 뭐라는지 아세요? "잘 됐지 뭐. 시집 안 가고 아빠, 할아버지, 할머니 모시고 살 테니 걱정마세요."라며 깔깔 웃더군요. 중풍으로 몸져 누워 계신 81세 되신 할머니와 82세 되신 할아버지 모시고 살겠다는 거예요, 글쎄. 철부지라고 했지만 속이 깊은 아이예요.

저도 얼마 전에 다시 조그만 버스 하나 구입하여 어느 회사 직원을 출퇴근시키고 있습니다. 조그맣게 다시 뛰는 거죠.

아들과 딸을 불러 냉수와 음료수, 맥주 한잔씩 놓고, "저 낙엽 떨어진 나무가 다 죽었구나 싶지만 비를 맞고 봄이 되니 다시 잎이 피고 파란 싹이 돋는 것을 보아라. 우리도 새봄을 맞이하여 새롭게 피어나자! 절망을 버리고 새롭게 태어나자! 부라보!" 하며 파이팅을 외쳤습니다.

분명히 우리 가정에도 봄이 올 거라고 믿어요.

(경기도 용인시 역북동 482)

(이 글은 MBC 「지금은 라디오시대」의 사랑의 편지 공모에서 '은상'을 받았습니다.)

엄마의 소원

임 유 진

엄마, 저 유진이에요! 저희가 학교에 갔다올 때까지 하루 종일 누워서 대묵이와 저를 기다리는 엄마를 생각하며 이 편지를 씁니다. 제 행동이 워낙 느려 엄마를 조금이라도 편히 누워 있게 하지 못해 늘 엄마에게 죄송한 마음이었어요. 저희들이 잘못했을 때 심하게 야단치시는 것도 저희들을 강하게 키우려고 그러시는 것 잘 알아요.

엄마, 제가 초등학교 3학년 때 엄마를 휠체어에 태우고 처음으로 시장에 갔었지요. 그때 사람들이 엄마와 저를 동물원 원숭이 쳐다보듯 쳐다보며 수군거릴 때 저는 정말 창피했고 혹시 친구들을 만나기라도 할까봐 가슴이 조마조마했어요. 그때 엄마는 제게 말씀하셨죠.

"나 같은 사람이 있으니까 구경꾼도 있지. 괜찮다."

그렇지만 저는 빨리 집으로 가고 싶었어요. 지금 생각해 보면 그땐 제가 정말 나쁜 어린이였어요. 엄마, 죄송해요! 하지만 지금은 엄마랑 어디를 다녀도 누가 쳐다보아도 아무렇지도 않고 부끄럽지도 않아요.

또 작년 여름에 제가 엄마를 휠체어에 태워 드리려고 하다가 실수로 방에다 엄마를 떨어뜨려서 척추를 또 다치게 하고 장까지 마비시키는 일이 있었잖아요. 그래서 밥도 며칠 동안 못 드시고 아파서 힘들어 하시는 것을 저는 보았어요. 하지만 엄마는 저를 혼내시지도 않고 아무 말씀도 안하셨지만 저는 겁도 나고 너무 죄송해서 울고 싶었어요. 이제는 걱정 마세요. 앞으로는 더 잘 할게요.

그렇지만 엄마, 공부도 해야 되고 학교도 가야 하고, 친구들과 마음대로 놀지도 못하고 집에 오면 엄마 병간호하며 살림하는 게 싫을 때도 있어요. 저도 친구들하고 하루 종일 놀아봤으면 좋겠어요. 일도 안하고 잠자는 숲속의 공주처럼 잠도 실컷 자 보았으면 좋겠어요. 또 친구들처럼 엄마 아빠 손잡고 놀러도 가고 싶고, 약수터에 물 뜨러 가고도 싶어요. 하지만 피곤하고 힘들어도 저는요 꾹 참고 할 수 있어요.

이번 지도위원 선거 때 후보에 올라 한 표 차이로 떨어졌을 때 처음에는 억울하고 슬펐지만 지금 생각하니 차라리 잘된 것 같아요. 만약 제가 지도위원이 되었다면 우리가 필요한 책도 사줘야 하고 가끔 오셔서 간식도 준비해 주고 선생님 식사도 대접해야 하는데 엄마는 몸이 불편하셔서 해줄 수가 없으니 제가 지도위원이 되지 않은 게 정말 다행인 것 같아요.

엄마는 저에게 책도 많이 읽고 공부도 열심히 해서 글쓰는 사람이 되라고 하셨지만 저는 의사가 되고 싶어요. 그래서 엄마를 치료해 꼭 걸을 수 있게 하고 싶어요. 엄마, 대묵이는 어른이 되면 슈퍼맨이 되어서 엄마를 업고 날아다닐 거래요.

엄마, 대묵이도 불쌍해요. 대묵이가 엄마에게 "아빠 왜 안 와요?" 하고 물으면 엄마는 아빠가 미국에 갔다 하잖아요. 그러면 우리를 버리고 도망간 아빠가 정말 미국에 간 줄만 아는 대묵이가 불쌍해요. 하지만 내 말 안 듣고 덤빌 땐 미워 죽겠어요. 그래도 어떨 땐 귀엽기도 해요.

엄마, 저 공부도 열심히 하고 책도 많이 읽고 착한 학생 되어서 절대 엄마 실망시키지 않을게요. 엄마에게는 저와 대묵이가 있잖아요! 엄마, 용기와 희망을 잃지 말고 건강하고 오래오래 사셔서 저희들을 지켜 주세요. 저는 엄마가 웃는 모습이 제일 좋아요. 그리고 하늘만큼 땅만큼 우리는 엄마를 사랑해요!

(부산시 사상구)

짧은 휴식을 위하여

유 정 숙

여보!

하얀 목련이 터질 듯 피어나고, 겨우내 말랐던 가지에서는 초록
빛 새싹들이 솟아나고, 얼어붙었던 검은 땅에서는 노란 민들레가
피어나고 있어요. 이토록 아름다운 봄의 향기를 등진 채 오늘도
방안에 누워 계신 당신을 생각하면 저 혼자만 그들을 바라보는 것
이 한없이 미안해집니다.

3년 전 5월의 어느 날, 그 누구보다 건강하던 당신은 혈압에 이
상이 와 언어장애가 시작되었지요. 병원으로, 한의원으로, 기도원
으로, 온갖 처방을 다해 보았지만 한번 쓰러진 당신은 회복되지
않았어요. 아니 질병 그 자체에 짓눌려 버린 듯 점점 왜소해져 가
는 당신을 보는 저의 마음은 한없이 처연해집니다.

병을 고쳐 보겠다는 일념으로 서울의 어느 유명한 한의원을 향
해 무거운 발걸음을 내디디며, "오늘도 걷는 자만이 나아갈 수 있
다."고 말씀하시던 당신. 두번째 병원생활을 마치고 돌아와 자전
거도 타곤 하시더니 작년 겨울부터는 추위를 핑계로 통 밖엔 나와
보지도 않으시네요. 날씨도 따뜻해져 논에서는 개구리도 울어 대

는데 당신은 아직도 웅크리고만 계시네요.

당신은 올해로 만 46세. 한창 활동하실 나이지요. 오늘도 당신은 오전에는 극동방송의 「치유의 시간」을 들으시고, 오후에도 라디오와 함께 지내며 침대 위에서만 계시네요. 눈이 피로해 책도 볼 수 없고 TV도 볼 수 없는 당신에게 온갖 세상사를 들을 수 있는 라디오가 있다는 것은 얼마나 다행스러운 일인지요.

당신도 아시다시피 우리나라의 많은 근로자들이 실직자가 되었어요. 물론 우리 가족은 오래 전부터 내핍생활에 길들여져 있었지만 다른 사람들은 그렇지 못해요. 쓰던 것을 못 쓰고 가던 곳을 못 가고, 보던 것을 못 보니 얼마나 삭막하겠어요?

당신, 빨리 일어나셔야 해요. 거리를 다녀보면 어떤 이는 휠체어를 타고 다니고, 한쪽 팔을 쓰지 못하는 중풍환자는 나머지 한쪽 손으로 지팡이를 짚고 무거운 다리를 옮기며 계단을 올라가기도 합니다. 목발을 짚고 다니는 사람도 있고, 다리를 심하게 절며 무거운 가방을 들고 가는 학생도 있어요. 그들을 볼 때마다 전 당신을 생각하며 '그들을 움직이는 힘은 무엇일까' 하고 생각해요. 그들에 비하면 당신은 얼마나 온전하신데요. 물론 말도 제대로 할 수 없고 오른쪽 손발이 부자연스러운 것 저도 잘 알아요. 혈압약으로 인해 온몸에 기운이 없다는 것도요.

그러나 당신의 말씀 한 마디면 꼼짝 못하는 절 보세요. 지금도 전 당신의 따뜻한 품을 느껴야만 잠들 수 있고 당신이 챙겨주지 않으면 무엇이든 잘 잊어버리지 않아요? 어떤 친척의 말처럼 당신에게는 치매까지 온 건가요? 그러나 당신은 과거의 일을 저보다 더 잘 기억해 내고, 그 친척의 말을 전해 듣고 웃을 만큼 건강하지 않은가요?

여보! 밖을 보세요.

산자락에 핀 저 붉은 것이 무엇인지 아세요? 진달래예요. 우리 같이 산책을 가요. 그래서 함께 꽃을 꺾어요. 하나님께서 남겨주신 당신의 건강을 느껴보세요. 당신이 누워 계신 중에도 우리 예쁜 딸은 대학에 입학했고, 막내는 명문고에 입학했어요. 둘째 역시 입시준비에 여념이 없어요. 우린 모일 때마다 당신을 위해 기도드린답니다. 하나님께서 하루 속히 당신의 건강을 회복시켜 주십사고요.

식탁 위에 걸어놓은 당신의 사진을 보세요. 백두산 정상에서 회색구름을 배경으로 서 계신 건강한 그 모습을. 다시 그렇게 건강해질 수 있다는 자신감을 가지세요. 아니, 난 이렇게 건강하다고 생각하세요. 질병은 그 경중이 문제가 아니래요. 아무리 무거운 병도 환자가 이겨내겠다는 자신감만 있으면 된대요.

당신은 할 일이 얼마나 많은지 아시지요. 우리 아이들 결혼하게 되면 당신이 손잡고 식장에 들어가셔야 해요. 어눌한 걸음이면 어눌한 대로 좋아요. 말을 못하면 어때요. 당신은 우리의 아빠예요. 예쁘고 자랑스러운 우리 딸들의 아빠라구요. 그리고 제 남편이구요. 저는 언제나 강한 척하지만 당신이 계시기에 가능한 거예요.

우리를 잘 아는 어느 분이 말씀하셨대요. "너희 엄마는 참 훌륭해. 어떻게 몇 년씩이나 아빠의 병간호를 그렇게 하느냐."고요. 그렇지만 그분은 몰라서 그렇게 말하는 거예요. 당신은 침대에 누워 계시지만, 아프면서도 초연하신 그 모습이 바로 제가 움직일 수 있는 힘이니까요. 제 가슴 속에는 늘 건강한 당신의 영혼이 맴돌고 있어요. 당신의 사랑과 함께. 그리고 하나님 다음으로 당신께 감사를 드려요. 당신이 계시기에 전 외롭지 않거든요. 당신이 계시기에 제가 일을 할 수 있는 거예요.

　여보, 힘내세요!

　비바람 속에서 우리는 더 꼭 기대어 이 시련을 이겨요. 틀림없이 비바람은 그치고, 태양은 다시 그 얼굴을 보일 테니까. 아셨지요?

(경기도 오산시 부산동 562)

아내의 운동화

김 동 열

화려한 도시의 네온 사인을 뒤로 한 채 사고무친의 적막한 시골 땅에 정착한 지도 1년이 다 되었구려. 무더운 여름날 수많은 모기와 파리들과 사투를 벌이고, 겨울이면 살을 에이는 추위와 맞섰던 시골의 생활이란 모르는 사람들에게는 낭만적으로 보여지겠지만 우리에게는 참으로 힘들고 어려운 시간이었소.

결혼 후 자신을 위해서는 단 한 벌의 옷도 장만하지 못하고, 가족들을 위해서 아끼고 또 아꼈던 당신의 노력에도 불구하고 부모님과 형제들을 위해 모든 것을 내주고 돌아서서 말없이 눈물을 흘려야 했던 당신. 생활을 위해서는 어쩔 수 없이 시골로 가야 하지 않겠느냐는 당신의 제안에 어떤 거절의 이유도 찾을 수 없었소.

남들은 시골로의 정착이 우리들의 말 못할 이유에 있음을 알지 못하고 낭만적이며 멋지다고 격려를 했었지. 그러나 학원이며 슈퍼마켓이 없다고 칭얼되는 보경이의 철부지 행동 앞에 우리는 얼마나 눈물을 흘려야 했소.

하루에 두 번밖에 들어오지 않는 버스를 타고 어린 기림이와 해강이를 데리고 산나물이며 도토리를 팔기 위해 시장에 나가던 당신의 모습은 치열한 삶의 형상과도 같았소. 자신의 몸을 불태워 세상의 어둠을 밝히는 성직자와도 같은 당신의 처절한 생존 앞에 무능력한 가장의 가슴은 눈물로 꽉 채워져 있다오.

보경이의 학교문제로 힘들어하던 당신이 어느 날 아침, 햇살에 눈부신 거울 앞에서 새까만 얼굴로 변해 버린 촌부의 모습을 발견하고는 함박웃음을 터뜨리며 새하얀 치아를 드러내던 모습은 평생 지울 수 없는 아름다운 추억이오.

초라한 환경과 나의 재주로는 평생 밍크 코트나 고급 승용차를 보장할 수 없다는 나의 제안에, "화려한 돼지가 되기보다는 인간다운 소크라테스가 되겠다."며 결혼승낙을 했던 맞선 보던 날이 생각나오. 비 내리던 어느 날 처마 끝에서 흩어지는 낙숫물을 바라보며, "당신이 나와 결혼을 하지 않았더라면 지금과는 정반대의 모습으로 살지 않겠느냐?"는 나의 이야기에 손가락으로 내 입술을 가로막던 당신의 그 눈빛을 잊을 수 없소.

솔직히 고백하건대 건강한 정신과 육신으로 가장의 책무를 다하며 사는 날까지 진정 밥은 굶기지 않겠노라 다짐하던 나의 제안을 모른 척하고 돌아서지 않은 당신을 원망한 적도 있다오.

벌써 우리의 결혼생활이 8년째로 접어들었건만 단 하루도 마음 편할 날이 없었소. 시부모님의 경제적 뒷감당, 형님들에게 선 보증으로 인한 생활의 치명타, 이루 말할 수 없는 삶의 고난은 굽이굽이 넘나드는 고갯길과도 같았소. 불성실한 남편 때문이 아니라 낭비벽 심한 당신 때문이 아니라 주변 사람들로 인한 문제의 해결사는 항상 당신이었소.

고난이 닥쳐올 때마다 우리의 허리띠는 점점 줄여지고 이제는 더 이상 줄일 수 없는 한계에 직면했소. 그래도 점심을 굶어가면서 어린 자식을 등에 업고 해결방법을 찾느라 주위를 두리번거리는 당신을 바라보면서 '여자의 운명은 남자의 운명에 달려 있음'을 느꼈다오.

사랑하는 당신.

아직도 당신에게 맛있는 음식 한 번, 화려한 옷 한 번 마련해 주지 못했소. 어느 날 당신이 벗어놓은 운동화를 무심코 쳐다보다 하늘을 올려다보며 얼마나 울었는지 모른다오. 처녀시절, 직업의 특성상 일급호텔을 휘젓고 다녔던 당신의 운동화가 현실의 삶을 반영하듯 다 떨어진 채, 신발장 한 귀퉁이에서 삶의 흔적으로 남아 있었소. 그 운동화가 아직도 현실의 버팀목으로 자리하는 것을 보면서 무능한 나 자신과 숙명처럼 지어진 우리 가족의 운명을 한없이 원망하였소.

당신은 나와 백년가약을 맺는 순간부터 운명의 노예로 전락한 채, 어린 세 자식과 못난 남편 그리고 주변 사람들을 책임져야 하는, 날개깃이 해진 천사요.

지금 이 순간 내가 당신에게 해줄 수 있는 것은 사랑한다는 말 뿐이오. 살아가야 할 날들이 많기에 가능성을 믿고 또 한 번 큰소리를 쳐보오.

당신에게 지금 이대로의 내 모습이 받아들여진다면 이 한 몸 산산이 부숴진다 해도 당신과 어린 세 자식을 위하여 열심히 살겠소. 이것이 바로 내가 가진 마지막 대안이오.

지금 당장 부딪친 우리들의 문제 역시 쉽게 해결 전망이 보이지 않소. 하지만 경제한파 속에 갇힌 수많은 사람들처럼 고통스럽고 힘들지만 우리 둘이 마음을 합하고 노력한다면 이 고통의 터널을 빠져나갈 수 있을 거요. 연로하신 두 분 부모님은 우리가 모시고 소찬일지라도 대접하고 살도록 합시다.

처녀 때 신었던 그 신발로 몇 년을 더 살아가게 할 수밖에 없는 이 못난 남편을 용서하오. 이 가슴은 천 갈래 만 갈래로 찢어지는 듯 아프지만 언젠가는 다가올 우리들의 밝은 미래를 생각하면서 긴 호흡으로 가슴을 쓸어내리고 있소.

사랑하는 아이들의 해맑은 웃음이 봄날의 따스한 햇볕과 어우러져 우리를 인도하고 있소. 허무한 마음과 어둠의 사슬을 다 떨쳐 버리고 저 영화와 행복이 영그는 우리의 동산으로 아이들과 손잡고 달려갑시다.

(경주시 양북면 용동2리)

건강의 새벽을 열어주소서

사랑하는 내 아들 재민아!

오늘은 엄마의 가슴이 무너지는 날이구나. 그 동안 그렇게 담담하려고 애써 왔건만 오늘 결국 너를 1급 장애자로 등록하고야 말았구나! 돌이켜보면 너와 함께 지냈던 지난 1년은 너에게도 그리고 우리 가족 모두에게도 10년과 같이 긴 시간이었구나.

자궁이 약해서 6개월 만에 너의 형을 잃고, "내가 무슨 죄가 많아서. 아니, 그 동안 크게 잘못하고 살아온 것도 아닌데 괜찮겠지." 하다가 너를 또 7개월 만에 나오게 하고야 말았었지.

살기 힘들다던 의사 선생님 말씀과 달리 너는 28주 1.3kg의 몸무게에도 우렁찬 울음으로 세상에 나왔다. 그렇지만 삶과 죽음을 오가는 70일 동안의 긴 중환자실 생활이 시작되었지. 미숙아라 정신적으로든 육체적으로든 장애가 있을 수도 있고, 그 무엇도 장담할 수 없다는 의사 선생님의 충격적인 말씀이 있었지만 현실로 받아들이기에는 너무 멀게만 느껴졌었다.

설마설마했으나 곧 너에게는 폐출혈, 뇌출혈, 뇌실비대 미숙아 안구망막증이라는, 미숙아로서 올 수 있는 모든 증상이 찾아와 하루에도 몇 번씩 이승과 저승을 오르내리는 힘겨운 생활이 시작되었지. 그때 엄마와 아빠는 전화벨 소리만 들어도 무슨 일이 생겼나 싶어 심장이 멎는 것만 같았단다. 장애로 인한 불안 때문에 주위의 모든 사람들, 심지어 할아버지 할머니마저도 포기할 것을 권유했고, 밑 빠진 독에 물 붓기식의 병원비도 큰 부담이었다. 마지막으로 너의 아빠마저 흔들렸을 때는 엄마도 인간적인 갈등을 느꼈단다. 그러나 생명을 결정할 권리는 누구에게도 없었단다.

병원에서 산소호흡기에 의지한 채 가쁜 숨을 몰아 쉬고 있는 너를 감히 내 입술로 너의 생명을 결정할 수는 없었다. 아무 것도 먹지 못해 1.1kg까지 몸무게가 빠지고 목에 넣은 줄로 인해 소리조차도 못 내고 울고 있는 너를 봤을 때는 한번 안아보지도 못하고 보내는 것이 아닌가 싶어 눈물로 밤을 지새우곤 했는데……

하늘의 뜻이었는지 너는 그 모든 고통을 다 이기고 긴 생명의 끈을 놓지 않았다. 다른 아이들보다도 길었던 병원생활, 퇴원과 함께 망막증 치료를 위해 서울로 달려가야 했던 일, 바람소리에도 놀라 울며 보채던 지난 일들이 주마등처럼 스쳐 지나가는구나.

사랑하는 재민아! 장애자 등록은 형식적인 절차일 뿐 엄마는 결코 너를 장애자로 생각하지 않는단다. 네가 다른 아이들보다 발달이 조금 늦고 운동신경에 장애가 있다고는 하나 엄마는 결코 절망하지 않는단다. 네가 살았음은 이 세상 어딘가 네가 존재해야 할 이유가 반드시 있음이라 믿고 싶다.

엄마는 결코 후회하지 않는다. 너를 마음껏 안아볼 수도 있고 이제는 충분히 너의 웃음만으로도 행복하다. 그 동안 아픈 내색 한번 하지 않고 모든 어려움을 가슴으로 보듬어준 네 아빠와 한창 동생 귀찮게 하고 질투할 나이인데도 "우리 동생, 우리 동생" 하

146

면서 예뻐해 주는 우리 큰아들 순혁이에게도 감사한다.

재민아! 며칠만 있으면 돌이 되는구나. 내리는 봄비 맞아 겨우 내 움츠렸던 가지에 새순이 돋듯 우리 재민이, 우리 가족의 사랑 먹으며 무럭무럭 자라기를 바란다. 그날이 오면 우리 가족사진이라도 한 장 찍자꾸나. 한 가지 너에게 바람이 있다면 네가 성장하면서 어떤 어려움이 있더라도 결코 부모와 사회를 원망하지 말고 긍정적으로 살아주기를 바란다.

오늘도 엄마는 잠든 너를 등에 업고 새벽기도에 나선다.

"하나님! 기적을 주시어 우리 재민이 영적으로나 육체적으로나 아무런 장애없이 건강하게 해주세요. 걸어서 손잡고 주님 앞에 나와 기도할 수 있게 해주세요."

엄마는 반드시 믿는다. 네가 건강하리라고. 그리고 사랑한다, 내 아들 재민아! 재민(再旻). 다시 재에 하늘 민. 너의 이름처럼 하늘이 두 번 태어나게 해주셨으니 두 배로 열심히 살기를 바란다. 부디 건강하게 자라거라.

(전북 익산시 어양동 596)

나는 당신에게 길들여진 순한 양이라오

송 해 룡

　몇 번의 이사를 거듭하는 동안 벽에 걸린 우리 결혼사진이 어느 새 누렇게 바래졌구려. 생전 우리 사진만은 쉽게 바래지 않을 것만 같던 산뜻한 색상이 마치 몇십 년 전 우리 부모님 사모관대, 쪽두리 쓰고 찍은 사진과 닮아가고 있음을 느끼는 순간, 참으로 10년 만에……

　그렇구려! 그러고 보니 꼭 10년이 되었소. 10년 만에 장롱 속 깊은 곳에 둔 결혼서약서까지 꺼내 보았지. 새삼스런 감흥이 일더군. 결혼 전이나 신혼 초에는 유치하게 생각되었던 "남편은 아내를, 아내는 남편을 슬플 때나 기쁠 때나 아플 때나 병들었을 때도 서로 사랑하고 존경할 것을……." 뭐 이렇게 시작되는 글귀들을 보는 순간 10년이 지난 지금에서야 콧등이 시큰해지는 건 웬일인지 모를 일이오.

　스물둘 꽃 같던 당신에게 "나와 결혼하면 공주처럼 아껴줄게! 절대 손에 구정물 안 묻히게 해주마." 하고는 지금의 나는 당신이 다 차려놓은 식탁에 수저를 놔줄 때까지 어린애처럼 앉아 있는 처지가 되었구려.

94년 여름이었지 아마. 몇십 년 만의 폭염이라던 그해 여름 입원해 있던 나를 하루도 빠짐없이 왕복 4시간 거리를 왕래해 주던 당신의 모습. 만삭의 몸으로 말이오. 수술하고 퇴원 후에도 줄곧 당신의 손길이 필요했지. 머리도 감겨줘야 하고, 양말도 신겨줘야 하고. 비오듯 땀을 흘리면서도 심호흡 크게 한 번 안했던 당신의 깊은 뜻을 나는 알지. 내가 한숨 소리를 들을까봐, 그래서 맘 상할까봐 조심하던 당신.

근무중 다친 거라 다행히 급여의 70%가 지급되던 날. 은행에 다녀온 당신은 다림질을 하더군. 구겨진 돈, 낡은 지폐를 다리미로 펴고, 동전도 구별하기 좋게 분류하는 당신 모습은 내겐 충격이었다오. 진정 사랑하는 마음이 없고서는 도저히 할 수 없는 일이었기 때문이오. 당신은 그저 습관처럼 하는 일이라며 별일 아닌 듯 말했지만 나에겐 새로운 의욕과 기쁨이었다오. 단순히 구겨진 돈을 편 것이 아니었소. 지아비의 수고에 경건히 기도를 하는, 그래서 새 힘과 희망이라는 양분으로 내 수술 자리에, 내 영혼에 새살이 돋게 하는 힘이었다는 걸 당신은 미처 몰랐을 것이오.

결혼 초 내가 당신에게 한 약속 기억하오? 결혼 10주년 때는 유채꽃 피는 제주여행을 하겠노라고! 그때는 한 10년이 흐르면 가능할 거라고 내심 자신했건만 10년이 이렇게 짧은 시간일 줄 미처 몰랐소. 순진했던 당신은 말없이 그저 밝게 웃어 넘겼지.

흔히 결혼은 인류지대사라고들 하지. 하지만 내 생각은 다르오. 대한민국 땅 혹은 이 세상 많고 많은 남자와 여자 중에 오직 단둘이 사랑하고, 아이 낳고 서로 닮아주고 닮아가는 그 과정은 인류이기 이전에 이미 천륜이라고 생각하오. 사랑하던 연인이 결혼 전

헤어지는 것까지만 인륜에 해당하는 것이라오.

당신은 내게 '길들여진 순한 양'이라며 가끔 너스레를 떨지만, 나야말로 어느새 당신에게 길들여진 덩치 큰 양이라오. 내 푸념이나 짜증, 초초함까지도 다 받아주는 당신. 정말 고맙구려. 내 고맙다는 말밖에는…….

내가 당신의 기둥이라며 용기를 주지만, 실은 이번 기회에 당신한테 고백할 게 있소! 당신이야말로 내 버팀목이라는 사실이오. 남자란 어려서 자랄 땐 엄마가 신이요, 결혼해서는 따스한 아내가 바로 신이라오. 이건 절대 비밀이오.

아, 봄이 왔구려. 눈부시도록 아름다운 봄, 겨우내 무겁게 입고 있던 내복을 벗고 나니 한짐 던 기분이 드는구려. 새 기운이 펄펄 넘치는 듯하오.

(인천시 남동구 구월동 72)

당신의 귀와 입이 되어

이 현 숙

꿈 같던 2개월의 신혼이 지난 후 우리에게 주어진 '주말부부'라는 또다른 이름 덕분에 매주 목요일쯤 되면 "내일 올 그이를 위해 무슨 반찬을 준비해야 할까!" 하고 갖가지 요리들을 머릿속에 떠올려 보지만 어디 만들어봤어야지. 모두가 첫 작품이어서 미숙한 점이 많았을 텐데도 늘 맛있어 하는 당신 정말 고마워.

여보. 지난 일주일 동안도 힘들었지. 마음 같아선 당신 옆에서 한시도 떨어지지 않고 입과 귀가 되어서 교수님 강의를 한 자도 빠뜨리지 않고 전하고 싶지만, 누군가 한 사람은 생활고를 해결해야 하니 어쩌겠어.

대필자의 전달이 잘못되어 휴강인 줄 알았다가 결석처리되었다는 당신의 팩스를 어제 받고선 얼마나 마음이 아팠던지. 내가 당신 옆에 있었더라면 그런 실수는 없었을 텐데. 대필자의 실수가 있었을지언정 절대 화내선 안돼. 섭섭해하지도 않았으면 좋겠다. 그 한 시간 잘 쉬었구나 하고 생각하자. 일부러 그런 것은 아닐 테니까. 당신에게 연락할 방법이 없다보니 불가피하게 그리된 것일 거야. 그런 일이 어제 오늘의 일은 아니잖아. 그것보다

152

가슴 아픈 일들이 당신의 과거 속에서 더 많았어도 이제껏 잘 참고 견뎌왔잖아.

내가 만약 당신이었다면 난 당신의 십분의 일에도 미치지 못했을 거야. 올해로 13년째 청각장애인들과 함께 하지만 5살 때 농아가 된 사람 중에서 당신만큼 소리가 잘 나오고 글을 잘 쓰는 농아인을 본 적이 없었거든. 자신의 청력손실과 언어손실에도 불구하고 위축되지 않고 또래집단 속에서 뛰놀며 언어구사를 위해 얼마나 애를 썼을까. 사춘기가 되면서 장애로 인한 허무감 때문에 죽고 싶었다던 당신.

가족들과 떨어진(전남 곡성) 중학교 2학년(서울 선희학교—농아학교) 청각장애의 한 학생이 불타는 학구열로 인하여 자퇴서를 내던 날의 각오. 어려운 가정형편으로 새벽마다 신문을 돌리며 학원비를 벌었지만 듣지 못하는 것 때문에 학원 문앞에도 가보지 못한 채 독학을 하던 나날들. 얼마나 힘들었을까! 소리를 들을 수 있는 사람들도 공부하기가 힘든데. 듣지 못하는 가운데 단어를 익히며 문장을 이해하느라 얼마나 힘들었을까. 가르쳐 주는 사람도 없이.

그러나 당신은 해내었잖아. 9월에 자퇴를 하고 다음해 4월에 고입검정고시에 일차로 합격한 자랑스러운 당신. 대입검정고시의 문턱은 힘들었다고 했지. 두 번 낙방 후 취업이 되어 견습공을 벗어날 무렵 다가온 부도. 당신에게 다가온 큰 아픔이었겠지만 오히려 전화위복의 기회가 되었다고 했지.

당신이 재도전한 대입검정고시에 합격하여 대학문을 두드릴 수 있는 자격을 갖게 되었으니. 공부를 하라고 종용한 사람도 없었고, 하고 싶은 공부를 뒷받침해 줄 사람도 없었지만 당신은 의지력 하나로 해내었잖아.

가족들로부터 당신의 학력고사 성적이 270점(320점 만점)이었다는 말을 듣고는 놀라움을 금할 수 없었어. 그러나 갈 수 없었던 대학. 야간 신학교를 다닐 때 경제적 어려움으로 당신이 겪은 하루하루를 누가 감히 흉내조차 내겠어. 새벽이면 신문을 돌리고(7년간), 낮에는 공장에서(4년간), 밤에는 신학교에서……

내 강의를 듣는 학생들이 힘들고 지쳐 있을 때면 난 곧잘 당신 이야기를 하여 도전정신을 심어주곤 하지. "여러분, 지금 이 자리에서 교수가 하는 강의내용을 들을 수 있는 것이 어딥니까?"

난 당신이 너무도 자랑스러워.

비록 당신이 지금 단돈 1원도 벌어오지 못하면서 책값, 밥값, 교통비, 등록금 등 많은 지출을 하고 있지만 듣지도 말하지도 못하는 농아라는 장애에도 불구하고 36세의 나이에 대학 캠퍼스(대구대학교 특수교육과 3학년)에서 학업에 열중하는 당신이 그지없이 자랑스러워.

유학 갔다온 나보다도 더 번역을 잘해 나가는 당신을 보곤 감탄했었지. 인터넷은 물론 홈페이지까지 척척 만들어가며 컴퓨터를 다루는 당신 앞에서 아예 숙연해지더군.

여보, 생각할수록 우리의 만남이 참으로 신기하기조차 하다. 대학원생으로서 학부에서 공부하던 당신을 격려하기 위해서 만났던 첫날, 당신은 내게서 풍기는 사나이 같은 모습에 한 시간이 그렇게도 힘들었다고 했건만, 당신에게서 전해온 풍부한 문장력의 긴긴 팩스들은 나를 감동시키기에 충분했지. 팩스가 없었으면 우리는 사랑을 어떻게 나누었을까? 팩스를 발명한 분께 감사드리고 싶다.

여보, 생각나? 대구에서 울산 가는 고속버스를 놓치곤 나에게 전화를 걸던 날 말야. 기차를 타고 부산으로 오라고 그렇게도 전화기에 대고 "기차!"라고 외쳤건만 당신은 알아 듣지 못했었지. 온 힘을 다해 외쳤던 나, 미안해하고 안타까워했던 당신. 얼마나 마음이 아팠던지. 당신이 떠올린 기발한 아이디어, 바로 자음과 모음을 이용했던 날(남편 : "ㄱ" 아내 : "예"), 우린 한글을 창제하신 세종대왕에게 감사했었지.

다른 부부들은 결혼해서 편지 주고받는 일이 거의 없다는군. 그런데 우린 하루에도 수차례 글을 주고받으니 이 또한 감사할 일이 아니겠어. 열심히 수화를 배워왔고 농아인들과 함께 해왔다고는 하지만 농아와 결혼하는 걸 상상하진 않았는데. 당신의 용감한 청혼으로 인해 천생연분이 될 줄 하나님말고는 누가 알았겠어. 우린 분명 하나님이 맺어준 짝이야.

여보, 힘내! 농아인은 교육 불가능자라고 주장했던 아리스토텔레스가 오늘까지 살아 있었다면 당신 앞에서 부끄러워했을 텐데.

농아인들도 학문을 통해 할 수 있다는 것을 보여줘야 해. 당신은 해낼 수 있을 거야. 여보, 파이팅! 모든 장애인들에게 귀감이 되어준다면 난 그것으로 만족하니 더이상 나에게 미안해하지마. 어쩜 주말부부가 우리에겐 더 잘된 일인지도 몰라.

떨어져 있는 동안 우리가 주고받는 팩스의 내용들은 이 세상 어떤 부부도 흉내낼수 없는 우리 둘만의 소중한 것들이니 잘 간직해서 우리 자녀에게도 전해 주고 싶어.

아름다운 소리들을 함께 듣지 못해 안타깝지만 공유할 수 있는 아름다운 모습들도 많이 있다는 것에 감사하면서 한평생 살아가자.

　감사한다는 것은 밖에서 오는 것이 아니고 안에서부터 나오는
것이니 풍성한 마음을 갖고 산다면 늘 감사할 수 있을 거야.

　물가상승으로 모두가 힘들어하고 있지만, 지나온 날들에 비하
면 비교조차 할 수 있겠어? 여보, 힘내자. 이젠 혼자서 노를 젓는
것이 아니라 함께 저어가고 있으니.

　늘 창백하던 당신의 얼굴에 혈색이 돌고 7kg이나 불어난 모습
이 기뻐서 난 이 밤이 지나고 나면 당신을 위해 맛있는 요리를 하
고자 고심하겠지만 그건 지극히 행복한 고민일 거야.

　우리 파이팅!

　　　　　　　　　　　　　　　　　　　　　(울산시 중구 태화동 459)

웃음 반 눈물 반

이 홍 숙

지난 겨울은 유난히도 추웠지요. 그래도 찾아오는 봄 햇살 앞에서는 어쩔 수 없나 봅니다. 가슴 시리도록 춥던 추위가 슬그머니 자취를 감추고 햇님이 세상을 온통 따뜻하게 비추어주고 있네요.

당신과 나 둘이 하나가 된 지 10년이 되었는데도 사랑한다는 말 한 마디 한 번도 해본 적이 없는 것 같군요. 그래도 마누라라고 옆에서 떡 버티고 있는 내 모습이 너무나 부끄럽고 그저 미안하기만 합니다.

그렇게도 힘들고 그렇게도 춥게 살아온 우리의 삶……. 밟히면 일어서고 쓰러지면 다시 일어서는 잡초처럼, 질기디 질긴 질경이처럼, 넘어지면 일어서는 오뚜기처럼 끈질기게도 일어서는 당신. 힘이 들어도 힘들다는 말 한 마디 없이 잘도 견디며 살아오신 당신에게 그저 고맙다는 말 한 마디 사랑한다는 말 한 마디 하지 못한 제가 너무나 미안하고 죄송하네요.

우리 결혼해서 마음 편하게 살아본 날이 몇 날이나 될까요. 손가락으로 헤아릴 수도 있을 것 같네요.

결혼 일년째 되던 해 우리는 세상에서 가장 귀한 선물을 받았지요. 사랑스러운 아들이 태어나던 그날 우리는 너무나 행복하다고, 세상을 다 얻은 것 같은 기분이라고 좋아했었지요.

그러나 그 행복은 잠시뿐 사랑스럽고 예쁘기만 하던 아들이 갑자기 아프기 시작했지요. 세상은 우리보고 행복하지 말라고 그때부터 훼방을 놓기 시작하는 것 같았어요.

너무나 열이 심해서 개인병원에서 종합병원으로, 종합병원에서 서울의 대학병원으로 보내주던 그날, 백혈병 아니면 종양이니 빨리 가라던 청천벽력과도 같은 그 말.

하늘이 무너진다는 그 말 그냥하는 말이 아니었지요. 어린 아들을 들쳐 업고 지하철을 타고 신촌 세브란스병원으로 향하던 그때 우리는 얼마나 울었습니까? 서로의 얼굴을 보지 못한 채 목은 메이고 찢어지는 듯한 가슴의 통증을 느끼면서 하염없이 소리 없는 눈물만 흘리고 있었지요. 지하철 안의 사람들이 이상하다는 듯 우리를 힐끔거리며 바라보았지만 우린 의식하지도 못한 채 그저 울기만 했지요.

더욱더 청천벽력과 같은 소리는 치료해서 결과가 좋으면 청소년기까지 살 수 있지만 그렇지 못하면 3개월 이내라고. 당신과 나 병원 화장실에서 안방인양 뒹굴며 두 다리 쭉 뻗고 울던 그날. 그때 그 심정 어느 누가 알까요. 어느 누가 느낄 수 있을까요.

그래도 봄은 오듯이 세월은 바뀌듯이 애타는 우리의 마음을 하늘은 읽으셨는지 살 수 있다는 희망을 주셨지요. 청소년기까지 치료를 해주어야 한다는 말에 천하를 얻은 것 같던 그 기분……아, 누가 알까요. 그렇게 해서 우리 아들은 18개월 때부터 병원생활을 시작해서 지금까지 일년이면 반을 병원에서 살아왔는데. 짧다면 짧고 길다면 긴 세월을 당신은 참으로 잘 견디어 주셨어요. 참으로 고맙습니다. 주위의 모든 분들이 어렵게 어렵게 살아왔으니 앞으로는 좋은 날만 올 거라고 우리를 위로해 주셨지요.

그러나 하늘은 우리를 그냥 놓아주지 않았지요. 열심히 살아보려고 정말 열심히 살아보려 했는데 또 한 번의 크나큰 고통. 내 집을 마련해 보겠노라고 조합아파트를 신청했는데 계약금 중도금 몽땅 사기당해 버리고 말았지요. 이런 시련이 또 있을까요. 남에게 피해주지 않고 주위의 사람들에게서 나쁘다는 소리 듣지 않고 그저 욕심없이 착하게 살아왔는데. 하늘은 우리를 미워하더군요. 우리는 두 손 붙들고 엉엉 울면서 다시 살아보자고, 죽지 않으면 살 수 있을 거라고, 지금부터 처음이라 생각하고 다시 살아보자고 맹세하면서 몇 날을 그렇게 울면서 살았지요.

아들의 병원생활, 또 그런 어려움, 참으로 힘든 세상이었네요. 너무나 힘들어서 쉬고 싶은데 쉴 수도 없는 당신과 나. 세월을 원망하면서 돌아오는 세월을 다시 붙들고 살아보겠노라고 다짐했지요.

그렇게 우리 아들이 다섯 살이 되었을 때 주위의 모든 사람들이 동생 하나 낳으라고 했지요. 동생 생기면 아들도 건강해질 거라면서. 그 말에 힘입어 우리는 예쁜 딸아이를 낳았지요. 정말 예쁜 딸, 세상에서 제일 예쁜 딸을.

우리는 하루하루가 즐거웠지요. 행복했지요. 천하를 얻은 것 같은 마음. 가진 것은 없지만 정말로 행복했지요. 지금 와서 생각하니 그때처럼 행복하고 살맛나는 날은 없었던 것 같네요. 우리 딸이 뱃속에서 병원생활, 젖먹이 때 병원생활, 아장아장 걸으면서 병원생활. 오빠 때문에 병원에서 살아온 시간이 집에서 살아온 시간보다 더 많은 것 같네요.

그래도 우리는 참으로 잘 견디어 왔어요! 그래도 고마운 것은 우리 딸이 감기 한 번 앓지 않고 잘 자라 주는 것이었어요. 있는 재롱 없는 재롱 다 피우며 우리를 웃고 살게 해주었지요. 동네 아줌마들도 여우라고 인천여우라고 다들 예뻐해 주시고 귀여워해 주셔서 사랑을 독차지하고 자랐지요. 유난히 멋부리기를 좋아하고 치마를 좋아하고 머리끈, 반지, 귀걸이를 무척이나 좋아하던 내 딸. 네 살 때 한글 읽고 쓰기를 끝내고 구구단을 완벽하게 외우던 내 딸. 너무나 똑똑하게 자랐지요.

정말 행복하다고 돈은 없지만 살 수 있을 것 같다고 다짐하며 살아가던 어느 날, 또 한 번 하늘이 무너졌지요. 그렇게 건강하던 내 딸이 감기 한 번 앓지 않던 내 딸이 오빠와 같은 병명을 선고받았지요. 아! 누가 알리오? 하늘은 알까요. 날아다니는 새들은 알까요. 우린 믿을 수가 없다고 아닐 거라고 부정하고 원망도 해보았지만 현실이었지요. 터질 것 같은 가슴을 움켜쥐며 그날 참으로 많이 울었지요.

그래서 병원생활이 또다시 시작되었고. 이제는 두 아이 모두 병원생활. 여덟 살, 다섯 살. 서로 엄마를 차지하려고 엄마 곁에서 떨어지지 않으려고 했지요. 셋이 한 침대에서 지낸 병원생활. 그런 세월 힘들어도 힘든 줄 모르고 간호를 하던 그 시절.

그때 당신은 저에게 이렇게 말했지요. 병원생활하는 우리 셋한테 미안해서 두 다리 뻗고 이불 펴고 마음놓고 잘 수가 없어서 베개만 놓고 잔다고. 드라마나 소설 같은 데서 하얀 밤을 지샜노라 하는 말을 당신은 겪어 보았노라고. 정말로 하얀 밤을 보냈노라고. 마음 편히 자본 적이 없노라고 했을 때 콧날은 시큰하고 찢어지는 가슴을 움켜쥐며 어찌할 바를 몰랐답니다.

당신, 정말로 마음 고생 많았습니다. 퇴근해서 집에 오면 아무도 없는 빈 방에 불도 켜지 않고 울던 날이 몇 날이던가요. 저에게 그랬지요. 남들처럼 술이라도 마실 줄 알면 정신없이 마시고 미쳐 버리고 싶다고. 그래서 날마다 병원에 전화하고 일주일이면 몇 번씩 먼 길을 찾아오고. 자식들 보고 돌아갈 때면 울고 아이들은 아빠와 헤어지기 싫어서 울고. 우리 식구 흘린 눈물 얼마나 될까요.

그렇게도 살아보려고 발버둥쳐도 하늘은 절대로 우리를 그냥 놓아주지 않더군요. 병원에서 지낸 지 6개월 만에 하늘은 우리 딸을, 예쁜 우리 딸을 데려가고 말았지요. 당신과 내가 가지 말라고 가지 말라고 몸부림치며 붙잡았는데 무정한 하늘은 우리 딸을 데려가고야 말았지요. 참으로 힘든 세상, 드라마나 소설에서도 볼 수 없었던 너무나도 힘든 삶, 당신과 나 겪고 말았네요. 주위의 모든 사람들 이제는 좋은 날 있을 거라고 이보다 더한 일이 또 있겠느냐고 힘내어 살아보라고 위로를 해주지만 그 누가 우리의 아픔을 알까요. 아무도 모를 거예요.

하지만 당신과 나 말이 없어도 알 수 있잖아요. 힘내고 사는 날까지 열심히 살아가요. 사랑하는 우리 딸은 곁에 없지만 사랑하는 아들이 있잖아요. 우리 맹세했잖아요. 남은 아들 잘 키워서 백혈병으로 고생하는 모든 아이들 생각하며 도우며 살아가자고 그랬잖아요. 그것만을 우리 딸이 바랄 거라고…….

지금도 그 독한 항암제와 싸우고 있던 아이들의 초롱초롱한 눈망울들 잊을 수가 없어요. 얼마 전 당신의 지갑에서 우리 딸이 병원에서 아빠께 카드 보낸 걸 간직하고 계신 걸 우연히 읽게 되었어요.

아빠 읽어 보세요.

아빠 생일 때 반지 사줄게요. 엄마 말 잘 듣고 오빠와 싸우지도 않고 있어요. 소뼈 국물도 잘 먹고 있어요. 빨리 나아서 아빠한테 갈게요. 아빠 집 잘 보고 있어요.

그 글을 당신은 얼마나 꺼내 보고 또 꺼내 보았는지 다 닳았더군요. 우리 딸은 항상 우리 곁에 있어요. 이제는 힘내세요. 우리 아들 잘 치료해서 훌륭하게 키우자구요. 동생이 오빠 지켜줄 거예요. 잘 키워야 자신처럼 아픈 아이들 도우며 살 수 있잖아요.

참으로 힘든 세월 잘 견디어 주셔서 고맙습니다. 앞으로 얼마나 병원생활을 더 해야 할지는 모르지만 힘들게 살았으니까 이제는 하늘에서 보너스를 줄지도 몰라요. 분명 우리 아들 건강 되찾게 해줄 거예요. 우리 악한 일 한 적 없잖아요. 그리고 앞으로도 좋은 일만 하며 살자고 맹세했잖아요. 사는 날까지 열심히 살아보자구요. 가슴 시리도록 당신을 사랑합니다.

힘내세요. 그리고 건강 유의하세요.

(인천시 남구 주안4동 420)

방 하나 부엌 하나

공 경 순

정말 오랜만에 당신께 편지를 쓰는군요. 이게 얼마 만이지요? 그리고 보니 18년 만에 쓰는 편지 같군요. 꽃다운 20대의 나이가 이제 40대 중반이 되었으니 그 동안 우리도 많이 변했지요. 어느새 우리 애들이 중, 고생이 되었고 당신 머리카락은 반백이 되었으니 정말 세월이 빠르네요.

지금 당신은 하루의 피로를 잊고 곤히 잠들어 있고 난 당신 옆에서 행복한 마음으로 이 글을 적고 있어요. 옛날 당신에게 보내는 연애편지를 쓸 때도 그랬지요. 항상 깊은 밤에 편지를 쓰곤 했지요. 그때의 연애감정을 되살려 쓰려니까 잘 안되네요. 이제 마음이 늙었나봐요.

여보, 당신 옛날에 쓴 연애편지 생각나요? 그때 당신은 편지 첫머리에 늘 이렇게 썼지요. '귀여운 나의 작은 새' 그 대목을 읽을 때마다 나는 늘 행복했고 나 자신이 정말 귀엽고 아주 예쁜 작은 새가 된 기분이었지요. 그리고 당신은 나를 지켜주는 믿음직한 큰 새와도 같았지요.

난 당신을 알고부터 삶에 즐거움을 느꼈고 살아가는 데 희망을 가졌지요. 내가 장애자라는 사실을 알면서도 내 편지를 외면하지 않고 따뜻한 위로의 편지를 주었을 때 정말 난 당신을 믿고 싶었어요. 그때 당신은 나에게 말했지요. 신체가 장애인 것은 큰 장애가 될 수 없다고. 다만 살아가는 데 자신이 조금 불편할 뿐이라고.

그래요, 정말 내가 살아가는 데 조금 불편하게 느껴질 뿐이고 남들 보기에 어둔하게 보일 뿐이지 내 마음은 항상 보통 사람과 같다고 생각해요. 하지만 당신과 결혼하고부터는 불편함을 모르고 지금껏 살아오고 있어요. 나의 불편함을 당신이 모두 대신 해결해 주니까요.

여보, 당신은 우리가 연애할 때나 18년이 지난 지금이나 항상 변함없이 나에게 잘해 주고 계세요. 정말 고마워요. 그리고 가정에 충실하고 애들한테도 훌륭한 아버지의 모습을 보여줘 항상 고맙게 생각하고 있어요.

당신이 애들한테나 나에게 잘해 주는 데 비해 나는 당신한테 그 반도 못해 주고 있는 것 같아요. 요즘같이 어려운 시대에 모두가 맞벌이를 해도 어렵다고들 하는데 우리 세 식구는 당신 하나만 바라보고 있으니 당신의 어깨가 얼마나 무겁겠어요.

당신이 말 안 해도 잘 알고 있어요. 하지만 여보, 힘내세요. 당신이 벌어다주는 돈 몇 배 알뜰하게 쓸게요. 그리고 우리 애들 얼마나 착해요. 요즘 애들 같지 않게 옷도 5천 원짜리라도 사다주는 대로 입고 천 원짜리라도 아무 말 안 하고 입고 메이커 타령 안 하고 용돈 달라는 소리 안 하고 정말 기특하지요. 이게 다 당신이 아버지 역할을 잘한 덕분이라고 생각해요.

여보, 우리 신혼 때 생각나요? 방 한 칸에 부엌 하나 월세방에다 그것도 재래식 화장실 옆에 붙은 방. 트렁크 하나에 비키니 옷장, 이불 놓고 나니 둘이 잠자기에도 좁았던 방. 그때는 왜 그리도 가난했던지. 큰애 낳고 병원비가 없어서 처가에 당신이 돈 빌리러 가던 일. 그때는 당신 정말 자존심 상했을 거예요. 이사갈 때면 이삿짐을 다 싣고 연탄까지 실어도 리어카로 한 리어카, 정말 지금 생각하면 소설 속에 나올 법한 생활이었지요.

그래도 가난을 탓하지 않고 주어진 생활 속에서 당신이 묵묵히 성실하게 살아온 덕분에 우리는 조그만 아파트를 장만했지요. 그때 우리 부부는 이 세상에서 아무 것도 부러울 게 없었어요. 그때의 기쁨은 정말 이루 말할 수가 없었잖아요.

이제는 우리 나이에 맞게 널찍한 전원주택을 지어 살고 있으니 정말 더 이상 부러울 게 없어요. 나는 누구에게든 당신을 자랑하고 싶어요. 성실하고 자상한 남편이고 좋은 아버지라고. 나는 항상 당신한테 빚지고 사는 기분이에요. 누가 당신만큼 잘해 주겠어요. 자식은 아니에요. 아직까지는 당신이 제일이에요. 우리 애들도 착하지만 당신만 못해요.

여보, 우리 해냅시다. 어떤 어려움이 있어도 옛날 생각하면 왜 못 살겠어요. 가족 모두가 건강하면 살지요.

항상 당신 건강하세요.

(울산시 북구 연암동 319)

이제는 제가 자장가를 부를게요

박 광 실

어머니!

어제부터 계속 비가 내립니다. 봄비인지 가을비인지, 언제부터 내리는 것인지도 모르시면서 당신은 연신 "비가 오는구나, 아이구 비 좀 봐라." 하고 말씀하셨지요. 오늘은 막내딸인 저를 보고 어릴 적 옆집 살던 누구 아니냐면서 이름을 몰라 미안하다 웃으시더니 지금은 어린이처럼 평화롭게 잠이 드셨군요.

어머니! 이 땅 한 모퉁이에서 묵묵히 강인하게 살아내신 팔십 평생이 어느 순간 당신의 기억 속에서 정지해 버리고 이제는 작은 일에도 잘 웃고 잘 토라지는 치매라는 삶으로 이어지는군요. 때로는 조그마한 관심에도 금방 환하게 웃으시는 그 얼굴이 우리를 키우느라 바쁜 시간 속에 숨어 있던 본래의 모습이 아니셨나요?

오늘은 가늘어진 어깨와 등허리를 씻겨드리며 울컥 서글픔과 안쓰러움에 가슴이 뜨거워졌습니다. 하지만 그 기분도 잠시. 요즈음은 흔하게 쓰는 따뜻한 목욕물이 무어 그리 좋은지 "여기서 살란다. 여기 좋다." 하시며 감은 머리 또 감고. 또 감고, 비누칠, 헹굼, 비누칠, 헹굼……한눈 팔면 다시 또 비누칠하고. 그럴 때 짜증

166

냈던 저를 용서하세요.

어머니! 겉으로는 교육이려니 하고 항상 당신 편에 서서 제 아이들의 버릇없음을 탓하곤 했지만 마음 한구석 어머니께 불평했음을 고백할게요. 혹 제 마음을 들여다보셨다면 어릴 적 제 잘못이 분명하건만 애써 탓하지 않던 포근함으로 감싸주세요.

마흔이 된 나이에도 이 막내딸은 어머니의 품에 안겨 어리광을 부리고 싶어요. 하지만 이제는 제가 어머니를 안아드리고 자장가를 부르면서 이마에 뽀뽀도 하고 재워드려야 하니 이를 어쩐답니까? 다듬고 가꾸어 시집보내 주셨으니 이제는 병들고 나약해진 어머니의 남은 생을 제가 보살펴 드릴게요.

어머니! 제가 처녀 때 등산이라도 간다고 나서면 일체의 준비를 해주시면서 단 한 마디 하시곤 했지요. "맨 앞에 서지도 맨 뒤에 서지도 말고 한가운데쯤 서서 가거라." 아마 제 딸이 놀이라도 떠난다면 난 그 말을 되풀이하게 될 것 같군요. 세상이 변하고 구식 엄마라 핀잔을 받더라도 그 변함없는 진리와 자식사랑을 전하렵니다.

당신의 치열했던 삶 자체가 저에게는 간직해야 할 보석입니다. 그 정돈된 생활태도, 판단력과 향기로움을 잊지 않으려 합니다.

어머니! 지금 이대로라도 좋으니, 하루 몇 차례씩 옷에 실례를 해도 괜찮으니 부디 오래오래 따스한 손 만져볼 수 있게 해주세요. 이 막내딸이 당신의 하루하루 시계가 되어드릴 테니 더욱 악화되지만 말고 잘 잡수시고 그러세요. 내일은 또 당신께 더욱 새로운 하루가 될 거예요.

(광주시 북구 용봉동 1280)

소리 없는 등대

조 종 년

아버지! 안녕하세요.

벚꽃이 흰눈처럼 휘날리는 봄이 왔어요. 도시 사람들의 긴 나들이 행렬과는 아랑곳없이 아버지는 오늘도 경운기에 몸을 싣고 가파른 산길을 오르고 계시겠지요. 대구와 안동이 먼거리가 아닌데 마음은 왜 그리 멀게만 느껴지는지요. 몸은 대구에 있지만 마음은 홀로 계신 고향집을 둘러본답니다. 냉장고에 김치는 있는지, 빨래는 어떻게 되었는지, 오늘도 식탁에 홀로 앉아 진지드시겠구나, 이런 생각을 하면 제 가슴은 저려와요.

제가 초등학교 2학년 때였을 거예요. 더운 여름이어서 교실 앞 뒷문과 창문을 열어놓고 수업을 하고 있는데 아버지께서 제 새 신발을 사들고 오셨어요. 말씀을 못하시기에 "어, 어~." 하면서 고함을 치셨지요. 친구들이 모두 놀라 돌아보았지요. 그리고 밖으로 나간 저에게 새로 산 신발을 신겨주시며 "허허!" 웃으셨지요. 그런 아버지를 바라보며 저는 새 신발을 얻은 기쁨보다 부끄러움으로 울상이 되고 말았답니다.

하지만 나이가 들어가며 아버지가 사는 모습을 보고 또한 범래

168

와 저를 향한 사랑을 느끼면서 저의 어린 마음은 위로를 얻었고 자부심마저 생기기 시작했어요.

아버지! 기억나세요? 제가 열일곱 살쯤 되던 해 여름. 토요일이라 대구에서 안동으로 갔는데 그날따라 비가 억수같이 내려 급기야는 밤 10시경에 피난경고가 내렸잖아요. 오랜만에 오신 외할머니와 죽어도 떠나지 않겠다는 할머니를 억지로 경운기에 태우시고 마을사람들이 승용차로 지나가고 난 어두운 빗길을 조심스레 헤쳐가고 있었지요.

중풍을 앓고 계시는 앞집 영아 아버지를 안아 태우고 중간중간에 거동이 불편한 할머니들을 안아 태우시고 하여 산중턱에 있는 우사에 도착했을 땐 동네의 거의 모든 사람들이 우사를 꽉 채우고 있었잖아요.

다행히 물난리는 없었고 12시쯤 모두 하산을 하기 시작했지요. 그때도 아버지께서는 잊지 않으시고 다시 그분들을 일일이 안아 집안까지 모셔다 주시더군요.

그때 제 마음이 어땠는지 아세요? 육신이 멀쩡한 젊은 사람들이 돌아보지도 않는 분들을 물이 곧 밀려올지도 모르는 그 급한 상황에서 정성스럽게 돌봐주시는 모습을 보며 저는 너무도 가슴이 벅차고 감격스러웠어요. 그날 밤 저는 일기장을 눈물로 흠뻑 적시며 다짐했지요. 이런 훌륭한 분을 아버지로 주신 분께 감사드리며 아버지가 사시는 것처럼 살아야겠다구요. 다음날 새벽 아버지는 너무 늦어서 못 내려오겠다던 영아 아버지를 다시 모시러 가고 안 계시더군요.

할머니가 돌아가신 지도 2년이 흘렀어요. 많이 적적하시지요? 아버지께 도움을 주는 딸이 되어야 하는데 9월이면 다른 집의 며느리로 다시 태어나야 하는 저의 마음은 왜 이리 아파오는지요. 양가 인사하던 날 사돈 되실 분 손 한 번 잡아 보시고 가족들의 대화하는 모습만 물끄러미 쳐다보시던 아버지. 돌아오는 차 안에서 수화로 말씀하셨지요.

"네 결혼식 때 나는 듣지도 말하지도 못하니 큰 삼촌이랑 고모하고 혼주석에 앉고 나는 뒤에 있으마. 못 듣기 때문에 네 손을 잡고 못 들어가겠다."

아버지! 그런 말씀은 하지 마세요. 저는 아버지의 맏이요 하나밖에 없는 딸이잖아요. 저를 어떻게 키우셨는데 아버지를 뒤에 앉혀두고 삼촌 손을 잡을 수 있겠어요. 저는 꼭 저의 아버지이신 당신의 손을 잡고 새 인생을 시작하고 싶어요. 말씀은 못하시지만 세상 그 어떤 말보다 귀한 몸으로 사랑을 가르쳐 주셨고 듣지 못하지만 넓은 마음으로 배려하시는 자랑스러운 아버지이신 걸요.

아버지! 사랑합니다. 존경합니다. 딸의 목소리 듣지는 못하시지만 가슴으로 느껴주세요. 이 딸의 마음을. 저희 두 자식만 바라보고 살아오신 25년의 세월. 무엇으로도 보답해 드릴 수 없지만 열심히 착하게 살아서 아버지 마음에 흡족한 딸이 되도록 노력할게요.

아버지, 저의 등뒤에서 등대가 되어주세요. 그리고 부디 건강하게 오래 사세요.

(대구시 북구 검단동 1017)

170

가족사진

허 유 희

여보!

평생직장이라고 여기며 뒤도 한번 돌아보지 않고 근면 성실하게 일한 보람도 없이 직장을 잃고 방황하는 당신을 보았을 때 우리 가족은 무척 가슴이 아팠어요. 한 달, 두 달, 한숨소리가 어느덧 여섯 달째로 접어들고. 잠못 이루고 뒤척이며 길게 한숨짓는 당신의 모습을 보며 저 또한 잠못 이뤘어요. 천근 만근이나 무거워 보이는 당신 어깨를 바라보며 어떤 말로 위로를 해줘야 힘을 낼지 몸둘 바를 몰랐지요.

속상해할까봐 당신한테 말은 안했지만 고등학교에 다니는 명수도 가정형편을 알고 스스로 다니던 학원을 그만두고 도서관으로 공부를 하러 다녔어요. 자식 하나 있는 거 학원도 제대로 못 보내고. 도서관으로 향하는 자식 뒷모습을 그저 안타깝게 바라보는 이 엄마로서 할 수 있는 건 참고서를 사다주는 게 고작이었어요.

늘 웃음꽃 피던 우리 가정이 경제한파로 웃음마저 없어졌지요. 몇날 며칠을 뛰어다닌 끝에 저도 시간제로 일하는 직장을 힘들게 얻을 수 있었지요. 아내와 자식이 뭉쳐 어려운 가정을 일으켜 주려는 모습에 당신도 힘을 얻었는지 다리품 팔아 여기저기 건설현장을 돌아다닌 결과 다행히도 막노동 일이라도 취직이 되어 우리 가족은 뛸 듯이 기뻤지요.

그러나 막일에 서투른 당신은 공사장에서 날아오는 각목을 미처 피하지 못해 이마를 다쳐 꿰매기도 하고, 목을 다쳐 몇 주 입원하기도 하고, 대못이 안전화를 뚫고 발바닥에 박히기도 하고. 그러나 이런 아픔이 있어도 하루하루 내게도 일거리가 있다는 희망에 다리를 절면서도 공사장으로 나갔지요.

서로 똘똘 뭉친 덕분에 우리 가정은 서서히 평온을 되찾았지요. 명수도 다시 학원에 다니고. 우리 아들이 개그 콘테스트에 나간다며 새로운 춤을 개발해서 춘다고 할 때 당신도 춰보겠다고 나섰죠. 그러다 양다리가 꼬이는 바람에 우리 모두를 웃게 하였지요.

정말 신바람나는 이런 시간들이 계속 우리 가정에 머물렀으면 좋겠어요.

여보! 우리에게는 미래의 꿈과 희망이 있어요. 혹 일하다가 힘들 때면 당신 작업복 안주머니에 제가 넣어준 우리 가족사진을 바라보세요. 총총한 눈망울을 굴리며 당신을 바라보는 아내와 아들을 쳐다보노라면 당신은 다시 한 번 사랑과 용기가 샘솟아날 거예요. 당신이 앞에서 끌면 제가 뒤에서 힘차게 밀어드릴게요. 이 역경을 이겨 냅시다.

당신이 우리 가족을 늘 지켜주듯이 저도, 명수도 당신 곁에서 늘 지켜보고 있을 테니 아무 걱정 마세요. 여보, 힘내세요!

(경기도 고양시 덕양구 화정2동 1141)

한 손으로 바치는 사랑

장 정 석

목련꽃 활짝 핀 봄이 무르익어 어느 곳을 둘러보나 화사하게 느껴집니다. 우리가 이 세상을 같은 꼴로 시작한 지 22년. 어느새 제 머리에는 염색약으로 가려야 할 만큼 흰 머리도 생기고, 눈빛만 봐도 당신의 마음을 읽을 수 있을 만큼 눈치도 생겼답니다.

이 세상 어느 누구 하나 연고없는 당신을 만나 마음만 맞으면 살겠지 하고 시작한 바닷가 어부의 아내 생활. 그물질에 도사가 되어버린 나를 의지하며 삶의 터전을 마련했던 우리. 주민등록증조차 관리가 안됐던 당신을 속초경찰서에 자수시켜 새로 주민등록증을 받아들고 혼인신고를 했던 20년 전. 누가 시켜서도 아니고 그저 당신이 안쓰러워 곁을 떠날 수가 없었답니다.

바닷가에서 당신의 고생을 지켜보며 이대로는 안되겠다 싶어 떠나온 서산. 작년에 12년 만에 승구와 둘이 만리포를 가보니 감회가 새롭더군요. 바닷가는 변한 게 없는데 두 아이는 성인이 되어 있고. 나는 눈물이 나는데 그곳이 고향인 승구의 마음은 어땠을까요.

승구아빠, 승구가 고등학교에 다니던 어느 날 새벽. 아이들 밥을 해야 하기에 눈을 떴는데 몸이 말을 안 들어 일어날 수가 없었답니다. 우연히 들리던 당신의 낮은 목소리. 엄마 힘드니 깨우지 말고 둘이 하자며 딸아이와 둘이 아이들 도시락 싸는 당신의 모습에 가슴이 뭉클하고 눈물이 나서 일어설 수가 없었답니다.

그날부터 당신은 몇 년을 한결같이 한손을 써서 아침을 짓고 계시지만 난 한 번도 당신께 고맙다는 말을 못했습니다. 어떤 때는 충분히 할 수 있는데도 어리광을 부리며 당신께 설겆이까지 미뤄 버리곤 하지요.

풀 묻은 작업복과 작업신을 빨아서 챙겨주는 당신. 그런 당신을 보고 자란 승재는 이 세상에서 우리 아빠가 제일 심심할 거라며 어느 날부터인가 당신 화투친구가 되어 있더군요. 화투는 짝만 겨우 맞추는 난 당신의 친구가 되어줄 수 없어 안타까웠는데.

정이 많은 우리 아들은 힘들어하는 엄마 다리 주물러 주며 엄마, 아빠 걱정하는 착한 아들로 자랐지요. 작은 월급에도 당신 용돈 챙기는 큰딸 승구는 내 건강도 챙겨 종합검진을 받게 해주는 효녀로 자랐습니다. 이 모든 것이 당신 덕이랍니다.

돈버는 일 외에 소외계층에 눈을 돌려 시작한 봉사활동으로 늦은 시간까지 집에 못 들어오고 남들과 어울려도 이해해 주셨지요. 화 한 번 내지 않는 당신이 조심스러워 오히려 눈치만 살피면 술 한잔 먹었으니 해장국 끓여줘야지 하는 농담으로 미안해하는 나를 달래주곤 하셨지요.

결혼 17년 만에 장만한 18평짜리 아파트. 매일 쓸고 닦고, 잉꼬 십자매까지 취미 삼아 기르며 식구를 늘려가는 당신의 부지런함에 고개 숙여지곤 합니다. 오늘 날씨가 개면 고추 모종을 해야 할 것 같네요.

지금 승재 책상에 앉아 이 편지를 쓰는데, 당신은 쓰리고에 흔들었다며 목소리를 높여 아들과 싸우고 있네요. 저는 당신이 언제나 그런 모습이었으면 합니다. 여보 건강하시고요, 언제나 그런 모습으로 제 곁에 있어 주세요.

여보, 사랑해요.

그리고 승구야, 승재야. 엄마는 너희들을 많이많이 사랑한단다.

우리 가족 파이팅!

(인천시 연수구 연수1동 540)

시련 끝 행복 시작

민 희 경

아빠, 엄마! 지난 겨울은 유난히 길고 추웠지요?

96년 말부터 시작된 경제적 어려움이 지난 겨울에는 경제한파라는 이름까지 달고 노골적으로 고통을 주기 시작했으니까요.

적자운영을 견디다 못해 가게를 처분한 뒤 이렇다할 직업도 일거리도 찾지 못한 우리 가족의 생계는 초초하고 불안한 가운데 꾸려져야 했습니다. 절약이 최선이라며 난방비 아끼느라 영하의 날씨에도 한밤 두어 시간만 보일러를 가동했고 단 몇 푼이나마 절전하려고 화장실 불도 아예 끄고 지냈으니까요. 가족들 식성 소탈한 것도 이렇게 어려운 시기에는 크게 일조를 하는 셈이라며 엄마는 가족들에게 고마워하시지만. 아시지요? 우리 모두 엄마에게 얼마나 고마워하고 있는지를요.

남 앞에서 아쉬운 소리라고는 죽었다 깨어나도 못하시던 엄마는 거리로, 자존심 강한 아빠는 창고로 일을 나가시던 날. 저는 제발 이것이 꿈이었으면 했습니다. 경기가 좋지 않아 가게를 걷어치워야겠다는 말이 나왔을 때만 해도 무엇인가 더 나은 벌이를 위해서겠지, 곧 괜찮아지겠지 그저 안일한 생각을 했습니다.

그런데 차츰 엄마 아빠의 얼굴에서 웃음기가 가시기 시작했고, 다음달 생활비를 걱정하다가 눈앞에 쌓이는 공과금과 쌀값을 걱정하다가 엄마는 급기야 책세일을 시작했지요.

저도 무언가 결심을 해야만 했는데 아빠, 엄마는 미리 제 의중을 짐작하시고 극구 말리셨어요. 하지만 제가 할 수 있는 최선의 방법은 휴학을 하고 어떻게든 제 힘으로 학비를 버는 일이었습니다.

엄마, 아빠는 마치 부모란 자식 앞에서 어떠한 경우에도 슈퍼맨이어야 한다는 생각을 갖고 계시지만 저희들은 불안한 슈퍼맨보다 여유로운 스마일맨으로 계시기를 소망합니다. 그래서 매일 무거운 팸플릿을 어깨에 들쳐메고 이 집 저 집 기웃거리는 엄마와 시간당 5천 원짜리 네 시간 일을 얻기 위해 노심초사하는 아빠를 무심히 바라만 보는 철없는 딸이 아니라 부모님의 짐을 조금이나마 덜어 질 수 있는 동반자가 되고 싶었던 것입니다.

엄마! 요즈음처럼 너도나도 힘들고 어려운 때에 책인들 팔리겠으며 실업이니 고물가니 여러 요인으로 생활이 힘들어 짜증스러운 이들에게 세일즈맨의 방문이 고울 리 있겠는지요. 아무리 감추려 애를 써도 저녁 나절 들어오시는 엄마의 발걸음과 표정을 보면 알 수 있습니다. 생활의 무게가 얼마나 엄마의 어깨를 짓누르고 있는지를요. 금새 좋아질 거라던 낙관은 이제 날이 갈수록 먼 이야기가 되고 있지만 엄마 힘내세요.

보세요. 요즈음 일자리 얻기가 하늘의 별따기보다 어렵다는데 하루 네 시간짜리 아르바이트일망정 아빠에게도 일거리가 주어졌고 또 그 일을 즐겁게 하고 계시잖아요. 여느 때 같았으면 곁눈질도 하지 않았을 그 일을 하여 아빠가 손전등 같은 엄마 전용 스탠

드를 사서 들고 오신 날, 엄마는 오십 평생 살면서 그런 감동은 처음이었다고 하셨지요?

지하철에서 사온 스탠드에 그렇게 감동하는 엄마를 바라보시던 아빠가 제 귀에 대고 살짝 말씀하시더군요. "2천 원 짜린데……."

엄마! 하나님은 그렇게 사람들에게 여러 가지로 감동할 만한 기회를 만드느라 어려움이나 아픔을 주기도 하나 봐요. 그 동안 부모님의 뒷바라지를 당연한 걸로 알고 응석과 투정을 부리던 저에게도 성숙의 기회가 된다고 생각하니 어쩌면 일년의 휴학이 제 인생을 더 살찌우리라는 예감을 하게 됩니다. 그래요. 지금의 이 경제적 위기와 장애가 열심히 살아가는 이들에게 좋은 기회이며 튼실한 발판이 될 거예요.

엄마! 그 길고 춥던 겨울은 어느덧 지나가고 사방에서 툭툭 꽃망울이 벌어져 방긋방긋 웃고 있네요. 하지만 우리 모두는 압니다. 언뜻언뜻 옷섶으로 스미는 꽃샘바람과 황사가 한동안 더 우리를 움츠러 들게 할 거라는 것을요. 그리하여 아빠, 엄마는 오늘도 우리 가족의 바람막이가 되고 덧옷이 되고자 발이 부르트게 뛴다는 것도요. 엄마! 오늘 설령 책을 팔지 못했다 해도 낙심하질랑 마세요.

오늘 저녁에는 냉장고에 있는 야채를 모아 돌솥밥 지어놓을게요. 제 돌솥밥 솜씨도 요즘의 경제한파가 준 보너스 아닌가요? 아무쪼록 건강 조심하시고 웃음 잃지 마세요.

아빠 엄마 파이팅!

(경기도 고양시 일산구 마두1동 734 한양아파트)

친구처럼 연인처럼

심 은 빈

사랑하는 우리 아빠, 힘 좀 내세요. 힘 좀 내주세요.

30년을 몸담아온 회사를 그만두시고 하루종일 내 퇴근시간만을 기다렸을 아빠.

오래 전 그 어려웠던 때에도 잘 참고 늘 강했던 아빠셨잖아요. 혼자서 연필 한 자루 제대로 깎지 못하는 어린 저와 오빠를 남겨두고 엄마가 떠나셨던 그날도 어린 저희들 기죽을까봐, 혹 사기라도 떨어질까봐 예전과 다른 모습 한 번 제대로 내색하지 못하셨던 아빠. 그 가슴이 얼마나 검게 타들어가고 있었을지 이제야 겨우 알 것 같아요. 세월에 시달려 검게 검게 탔을 그래서 이제는 잿더미만 남았을 아빠의 아픔을.

철든 아빠의 딸이 이제라도 어루만져 드리려고 맘 먹었었는데. 제 맘처럼만 되는 건 아닌가 봐요. 천덕꾸러기 될까 걱정해 다른 길 한 번 생각하시지 않고 길러낸 저희 남매, 이렇게 많이 커 이제 아빠 근심 씻어드릴 차례가 되었어요. 그러나 아빠의 그 아픔, 저희 정성으로 달랠 수 없는 그런 것이었나 봐요.

생각나세요? 씻겨 주는 사람 없어 까맣게 트고 터져서 피가 나는 제 손등을 보시고 물을 끓여 한참을 뜨거운 물에 불려 고사리만한 손 여기저기 깨끗하게 씻겨 크림까지 듬뿍 발라주고는 긴 한숨 토해내시던 힘없던 뒷모습은 아직도 저에게 슬픈 기억으로 남아 있습니다.

초등학교 때 소풍가던 날 우리 반에서 키가 가장 작았던 나는 아무도 따라와 줄 식구가 없었어요. 그것이 너무도 부끄러웠다는 거 이제는 말할래요. 정말 울고 싶었어요. 하지만 울지 않으려고 입술을 꽉 물었던 기억이 나요.

아빠께서도 그러셨을 테지요. 어린 저희들 불쌍해 하루에도 열두 번은 더 입술을 깨무셨을 테지요. 아빠, 생각해 보면 아빠의 인생은 순탄하지 않았지만 나와 오빠의 올바른 정서를 위해 많이 참고 인내하셨기에 저희 유년시절은 그나마 늘 희망에 찼었음을 기억합니다.

아빠, 제가 너무 많이 커버려서 죄송할 때가 있어요. 보답은 않고 세월에 밀려 이렇게 몸만 커버렸어요. 이제 시간이 조금은 천천히 갔으면 해요. 어린 시절 그 젊디젊던 아빠의 모습을 희미하게나마 오래 기억하고 싶어서요. 어느 책을 보니 인생의 속도가 나이에다 곱하기 2를 한다지요. 그렇다면 아빠의 인생속도는 너무도 빨라 제가 쫓아갈 수가 없잖아요. 정말로 시간이 천천히 흘렀으면 좋겠어요. 아빠가 살아오신 시간만큼만 아빠와 함께 할 수 있다면 너무 신이 날 것 같은데요.

제 글 보시고는 "우리 딸이 아빠한테 편지를 썼구나." 하시며 웃으실 테지요. 아빠 웃는 얼굴, 어릴 때 읽었던 동화책에 나오는 어느 나라 왕자님처럼 멋있었는데.

늘 활발한 아빠 딸이에요. 늘 건강하고 강한 아빠 딸이에요. 아

빠를 꼭 닮았거든요. 아빠의 딸로 태어나서 행운이었어요. 아빠를
이 세상에서 가장 사랑하고 있어요. 늘 건강하시고 힘내세요. 제
가 아빠만을 믿고 의지했듯이 이제는 아빠께서 그래 주세요. 꼭
그래 주세요.

언제나 아빠의 뜻을 이해하고 따르는 착한 딸로 커가겠습니다.
키워주신 은혜 늘 감사드리며 제 잘못을 보시면 오래오래 가까이
서 꾸짖어 주세요. 친구처럼 연인처럼 그렇게 늘 함께 해주셨던
아빠와의 추억은 곱게 간직할게요.

아버지는 아버지라는 이름으로 제 앞에 늘 거대하기만 합니다.

(충북 제천시 신백동 203)

남편의 비자금

황 남 순

32년 만에 당신에게 펜을 들었네요. 32년 전에는 그리움과 설레임으로 펜을 들었는데 많은 세월이 흐른 탓인지 당신과 나 변해도 많이 변했군요.

부부라 하기에는 어색하고 거리가 느껴지는 것은 왜일까요. 서로 믿고 아껴주고 존중하며 정말 재미있게 살려 했는데 나의 못난 탓과 부족한 탓인지 마음대로 안되더군요. 애들 셋 키워가며 지지고 볶고 살다보니 어느덧 오십 고개를 훌쩍 넘어 육십을 눈앞에 바라보는군요.

지금까지 무엇을 하였으며 어떻게 살아왔나 생각하니 너무 허망하네요. 때로는 당신을 힘들게 한 적도 많았지요. 당신이 우리 부모님 잘 모신 것 고맙게 생각하고 있어요. 하지만 당신에게 서운한 마음이 너무 많아요. 나는 당신의 아내이기 이전에 한 사람의 여자예요.

펜을 든 동기는 고백할 것과 부탁할 것 서운한 것 몇 자를 적어볼까 해서에요. 직접 말로 하고 싶었으나 말을 꺼내면 곧바로 싸울 것 같아서 말예요.

182

안 그래야지 생각하다가도 힘들 때면 나도 모르게 당신을 힘들게 한 것 같아요. 이해해 줘요. 병원에서 당신의 건강이 안 좋으니 술 담배 끊으라 하는데도 끊지 못하고 내가 잔소리하니까 몰래 감춰놓고 피우다 싸운 일도 여러 번 있잖아요. 당신이 굳게 약속은 했지만 그래도 믿을 수가 있어야지요. 그래서 혹시 감춰놓고 피우지 않나 하고 어느 날 장롱 속을 뒤져 보았지요.

담배는 없는데 돈이 12만 원 들어 있더군요. 처음에는 깜짝 놀랐어요. 나에게는 거금이었거든요. 늘 빠듯하게 살아가니까요. 혹시 나 몰래 통장이라도? 기대 아닌 기대도 해보았답니다.

그 뒤 돈을 두고도 쓸 일이 있으면 달라고 하더군요. 잘못인 줄 알면서도 호기심에 늘 확인하고 지켜보았지요. 10만 원쯤 있는 것을 알고도 모른 체하고 5만 원만 통장에서 찾아오라니까 당신은 찾아왔더군요. 그때 내놓을 줄 알았어요. 당신 양심에 가책이 안 되던가요? 그때 내 마음이 어땠는지 아세요? 정말 약이 오르더군요.

그리고는 동창회 때 다 꺼내갔더군요. 회비도 여유있게 주었는데 말예요. 거기까지도 좋아요. 더욱 분한 것은 그달치 월급에서 5만 원을 떼었더군요. 모자랄 때 내놓으려 했다구요? 정말 그렇다면 얼마나 고마운 일이었을까요?

당신 체면 지켜주려고 힘들게 참아왔는데 이제는 더 이상 참을 수가 없어서 이렇게 고백을 하게 되었네요. 당신 밤잠 못 자고 힘들게 벌어야 얼마나 벌지요? 나 하루 종일 서서 벌어야 1만 3천 원도 안돼요. 30년이 넘도록 외식 한 번 데리고 가봤어요? 갔으면 갔다고 말해 보세요. 나라는 존재는 당신에게 무엇인가요. 남부끄럽지 않게 살아보려고 애쓰는 마누라가 고맙지도 안쓰럽지도 않은가요. 마누라 주기 싫어 감춰두고 꺼내다 쓰니 좋던가요.

여보, 나도 돈 쓸 줄 알아요. 맛있는 것도 알고 좋은 옷도 알고 기분도 낼 줄 알아요. 그렇지만 지금 우리가 어떤 때예요? 나라살림이 어려워 너도 나도 한푼이라도 아껴 쓰고 허리띠를 졸라야 할 때예요. 우리도 당장 힘들잖아요.

이제라도 정신 차려서 남은 여생 서로 믿고 살아갑시다. 나도 노력할게요. 젊어서는 사랑으로 살고 늙어서는 정으로 산다는데 정으로 살아봅시다. 들어주든 안 들어주든 당신에게 하소연과 푸념 아닌 푸념을 하고 나니 속이 조금은 후련해지네요. 먹을 줄 모르는 술이라도 한잔 하고 싶군요. 그러나 밤도 깊고 상대도 없고 똑딱똑딱 시계소리는 고요를 가르며 내 마음을 울적하게 하네요. 눈물은 왜 또 흐르는지요.

여보, 좋은 사연이 아니라 미안해요. 부탁이 있어요. 계속 나를 속이려거든 들키지 않게 확실히 감추세요. 알면 참기 힘드니까요.

시간이 어느덧 자정이 가까워지는군요. 이 밤에도 아파트 경비원인 당신은 밤새워 근무하시겠지요.

쓸 말은 청산의 솔잎도 부족하나 이만 줄일게요. 말로든 글로든 답을 주세요. 기다릴게요.

(춘천시 효자2동 363)

184

훌쩍 커버린 아들

서 연 개

큰아들 광문에게.

아버지가 갑자기 다니던 직장을 그만두고 돌아오던 날 너는 말했지. "아버지는 20년 동안 잘도 참아 오셨어요. 체질에 맞지 않는 직장생활을 하시느라 고생이 너무 많으셨어요. 앞으로도 잘될 거예요." 하며 나와 너의 어머니를 위로해 주던 4년 전 너의 모습이 선명하게 떠오르는구나.

아버지를 원망하기에 앞서 그 마음을 이해해 주고 어머니를 위로하던 너의 깊은 마음을 보고 우리 아들 다 컸구나, 하고 감탄했었지. 지금까지도 아버지는 그때 일을 고맙게 생각하고 있단다. 앞으로도 고맙게 생각할 것이다.

사실 나는 20여 년 동안 공직생활을 하면서 나름대로 청렴하게 살아왔고 너희들도 소중히 키워 왔다. 하늘같이 믿던 내가 아무리 직장이 힘들고 어렵더라도 참고 견디며 그만두지 않았어야 하는데도 어느날 갑자기 그만둔 나를 격려까지 해준 너의 성숙한 마음은 고맙다 못해 나는 잊을 수 없을 것이다. 그만두자는 결단의 아픔과 동시에 준비되지 않은 새로운 삶을 열어가고자 하는 아버지에게 실망과 좌절이 아닌 희망과 용기를 준 것이었어.

사업이라고는 해본 적이 없는 아버지는 많지 않은 퇴직금으로 면소재지에 비디오 가게를 내고 비육우 30두를 시작했으나 때마침 불어닥친 소파동으로 여지없이 실패해 또 한번의 좌절을 맛보아야 했지.

그러나 이대로 주저앉을 수 없다며 일어서 화물탁송업을 인수하여 비디오가게와 함께 하다보니 두 동생을 가르치며 근근이 생계를 유지하고 있지 않느냐. 그 동안 너는 군복무 후 복학하였지. 그러면서 네 동생의 휴학을 못내 미안해하였지.

자식은 속으로 예뻐해야지 겉으로 예뻐해서는 안된다는 옛말대로 너에게 고맙다는 말 한 마디 못하고 지낸 아버지가 편지니까 이렇게 말하고 있는 것이란다.

인생의 소중한 가치가 무엇인가? 삶의 가치가 무엇이란 말인가? 돈은 아니다. 그렇게 위안은 하면서도 그 굴레에서 벗어나지 못하는 아버지의 처지가 안타깝게 생각될 뿐이란다.

네가 사랑하는 진돗개도 잘 크고 있단다. 전에 키우던 꼬맹이가 큰 개에 물려 죽었을 때 묻어주고 눈물을 흘리던 너의 고운 마음을 나는 잘 알고 있단다.

대학에서 산업 디자인을 공부하는 네게 지금 당장 컴퓨터가 필요한데도 개학한 지 두 달이 되도록 사주지 못하는 부모의 마음은 너무도 아프단다. 남들은 놀러가는 토요일과 일요일에 학교에 나가 쉬고 있는 컴퓨터를 두드린다는 네 어머니의 말을 듣고 흐르는 눈물을 감추었단다. 그러나 못 사주는 부모의 마음을 너는 이해해 주리라 믿는다.

너의 고운 마음을 알아주는 부모가 있고 부모 마음을 알아주는 네가 있기에 우리 가정에 경제한파는 없다. 절망과 좌절은 없다. 그 좌절을 역풍으로 되돌릴 넉넉하고 따뜻한 사랑이 있으니 말이다.

아버지는 96년도에 주택관리사 1차시험에 합격한 바 있어 금년 11월 중에 실시되는 2차시험 준비에 열중하고 있다. 그리고 5월 중 사정이 좀 풀리면 컴퓨터도 사줄 예정이다. 그리고 연말쯤이면 너도 취업하게 되고 열심히 하면 나도 자격시험에 합격하지 않을까 기대해 본다.

이렇게 고운 마음, 아름다운 생각을 갖고 사는 우리 가정을 하나님은 결코 외면하지 않으리라 믿는다.

너와 나의 목표와 가정의 행복이 하나님의 축복 속에 영원하리라 확신하며 이만 줄인다.

(전남 영암군 시종면 내동리 432)

어머니의 자리

서 미 애

　요사이 어머니는 말씀이 느셨습니다. 전 같으면 한 마디로 줄이셨을 것을 세 마디 네 마디로 하십니다. 자식더러 서운타 내색하지 않으시던 분이 눈물까지 보이며 노하십니다.

　"너, 나를 늙었다고 업신 여기나?"

　기습 같은 어머니의 항변에 얼마나 당황했는지 모릅니다. 다만 나는 어머니와 같이 백화점에서 물건을 많이 샀으며, 보따리 보따리 든 딸이 미심쩍어 한 번 확인해 보라는 말씀에 따르지 못한 건 경황이 없어서일 뿐이었습니다.

　뒤늦게야 옷 보따리 하나가 빠졌다는 걸 알았을 때 어머니는 펄쩍 뛰셨습니다. 너무도 펄쩍 뛰셨으므로 이해가 되지 않았습니다. 그리고 좀 귀찮았습니다.

　"그까짓 옷가지 남 준 셈치면 되지 뭘 그러세요?"

　평소 난 포기가 빠른 편이었습니다. 악착같이 찾으려 드는 일이 얼마나 피곤한가를 느끼면서 시작된 버릇입니다.

　내뱉은 말을 미처 수습할 틈도 없었습니다.

　"니가 뭐 그리 대단하더냐? 내 말이 그리 대단찮더냐? 사는 게 그리 대수롭잖더냐?"

일생을 죽이고 사셨음에도, 가족을 위한 자리에 자신을 모조리 내주셨음에도 우리는 그게 양보란 것을 몰랐습니다. 어머니는 당연히 주시는 분 이해하는 분이라고만 여겼을 뿐, 당신의 목소리 당신의 자리가 있다는 것은 몰랐던 것입니다. 결국 어머니는 흐득흐득 흐느끼셨습니다.

"자식들 무슨 소용 있노."

나는 깨달았습니다. 외로우신 것입니다. 어머니는 늙으신 것입니다.

열아홉에 어머니는 새댁이 되었습니다. 생활에 얽매이는 일이라면 아무 것도 하려 들지 않는 아버지와 청상과부된 한을 며느리 구박으로 푸는 할머니를 부양하느라 어머니는 모진 시집살이를 해야 했습니다. 고구마를 파다가 오빠를 낳았고 밭을 매다가 언니를 낳았습니다. 대밭과 무만 지천인 깡촌에서 어머니는 손이 닳도록 일했지만 허기조차 면할 수 없었습니다.

어머니는 몇 번이고 탈출을 꿈꾸었습니다. 버스가 사치이던 시절, 돈으로 맞바꿀 무를 머리가 터지게 이고서 어머니는 걸어 걸어 도망이란 걸 나서곤 했습니다. 그러나 어머니가 그 길을 다 가지 못하고 돌아서고 만 것은 가슴에 군화발처럼 밟히는 자식들, 집에 두고 온 자식들 때문이었습니다.

"떡 하나 주면 안 잡아먹지." 하면서도 어머니의 팔 하나 잘라먹고 어머니의 다리 하나 잘라먹고 끝내는 모두를 먹고 마는 호랑이와도 같은 것이 이 자식이었음을 부끄럽게 고백해야 할 때임을 깨닫습니다.

삶이란 그 어떤 사소한 것이라도 포기할 수 없는 것이란 것을 가르쳐 주신 어머니. 삶이란 고통을 고통답게 받아들일 때 아름다운 법이란 것을 가르쳐 주신 어머니. 삶이란 그 쓸쓸함을 온힘 다하여 끌어안을 때라야 비로소 제 모습으로 서는 것이란 것을 가르쳐 주신 어머니. 어머니의 그 강하고도 높은 외침에 비로소 나는 어른이 된 느낌입니다. 그리고 이제야말로 어머니께 당신의 자리를 돌려드려야 할 때임을 깨닫습니다.

돌아누운 어머니의 뒷머리가 뿌옇습니다. 검정물을 들이고 들여도 빼곡하니 자라오르는 이 새치뭉치는 포기할 수 없는 삶의 애착이라고 외치는 것만 같습니다.

돌아누운 어머니의 등을 향해 나는 고요히 무릎 꿇습니다. 어머니, 당신이야말로 세상에서 가장 강하고 아름다운 분이십니다.

(경남 진주시 평거동 들말 대경아파트)

고향의 진달래

이 재 옥

햇살이 너무 곱습니다, 어머니!

며칠 전 내린 비로 앵두꽃 목련꽃이며 약수터 야트막한 산을 물들이며 진달래 붉게도 피어나 우리를 반깁니다.

어머니 생각나시지요? 아니 온 머릿속이 고향의 봄으로 꽉 차계시지요? 이맘때면 달래며 냉이는 겨우내 얼어붙었던 붉은 황토흙을 파헤치고 집 앞 네 마지기 밭을 연초록색으로 물들였지요. 그러면 어머니와 누이는 대바구니를 들고 겨우내 허기진 배를 채우기 위해 나물을 캐어 오셨고 저녁마다 저희는 고구마 대신 밥상위에 오른 나물국을 뚝딱 해치웠지요.

어제 저녁에는 어머니 담배 태우시는 모습을 보았습니다. 담배연기와 함께 토해 내던 어머니의 한숨이 저를 짓눌렀습니다. 사랑하는 아버지를 먼저 떠나보내고 어머니 말씀대로 오살나게 고생하시며 여덟 남매 이리도 곱게 키우신, 그래도 저희 앞에서는 눈물 한 방울 보이지 않으셨던 어머니. 몇 해 전 큰형님이 알 수 없는 병으로 아버지 곁으로 떠났을 때야 십여 년 참아온 한과 설움을 쏟아내셨지요. 그때 저는 처음으로 당신의 가녀린 어깨를 보았습니다. 여덟 남매 덩그러니 남겨두고 간 남편의 몫까지 살아야만 했던 슬픈 어깨를 보며 저도 한참을 울었습니다.

큰아들 가슴에 묻고 나서 다시 의연해지신 모습에 독하시다는 생각도 들었지만 얼마나 애처로웠는지 어머니는 모르셨을 것입니다.

큰형님에 대한 상처가 아물기도 전에 찾아온 작은형의 실직! 어머니는 몇 번이고 형의 등을 도닥이시며 "야야 괜찮다. 젊은 놈이 뭣이고 헐 것 없겠냐? 천천히 여행도 다님서 힘들었던 몸이나 추스려라. 생활비 걱정 말고." 하시며 하우스 일을 구해 나가셨지요.

말리는 자식들에게 "인자 내 나이 육십 넘었다. 가만 있으면 병든다. 일하는 것이 건강에도 좋다고 테레비에서도 안 그러디야." 하시던 당신.

저는 그날 출근길 차 안에서 얼마나 울었는지 모릅니다. 여태 고생하시고 손자들 재롱 받아가며 여생을 즐기시지는 못하고 다시 푸성귀를 만지셔야 하는 어머니를 생각하며 울고 또 울었습니다.

이제 일 나가시지 말라는 말씀은 드리지 않겠습니다. 하지만 고단하시면 언제라도 그만두세요. 저와 동생이 더 절약할게요. 어머니, 지금의 우리에게 닥친 이 겨울 같은 위기는 우리 남은 일곱 남매와 어머니의 사랑으로 이겨내고 그 앙상한 가지에 푸른 싹을 피워낼 것입니다. 어머니도 믿으시지요?

앞으로는 같은 집에 살아도 편지 자주 할게요. 어머니도 답장 꼭 쓰시구요. 이렇게 오순도순 어깨 다독이며 작은 것 하나에도 행복해하며 살아요, 어머니.

어머니, 사랑해요 영원히!

(경기도 안산시 본오2동 754)

192

제3부
함께 가는 길

박완진군 가족의 외출

우리 함께 가는 길

　며칠 전 어느 대학교에 간 적이 있습니다. 푸른 나무 그늘 아래에 앉아 있는데 그 학교방송이 나지막히 라우드스피커를 통해 흘러나오고 있었습니다.

　그런데 음악과 음악 사이에 낭송되고 있는 우화가 제 작품이어서 하늘을 보고 씩 웃었습니다. 그 작품은 다름 아닌「상처 없는 새가 어디 있으랴」였습니다. 내용은 이렇지요.

　　상처를 입은 젊은 독수리들이 벼랑으로 모여들기 시작했다.
　　날기 시험에서 낙방한 독수리,
　　짝으로부터 따돌림을 당한 독수리,
　　윗독수리로부터 할큄을 당한 독수리.
　　그들은 이 세상에서 자기들만큼 상처가 심한 독수리는 없을 것이라고 생각하고 있었다.
　　그들은 사는 것이 죽느니만 못하다는 데 금방 의견이 일치했다.
　　각자 다리를 묶고 벼랑 아래로 떨어질 준비를 했다.

이때, 망루에서 파수를 보고 있던 독수리 중의 영웅이 쏜살같이 내려와서 이들 앞에 섰다.

"왜 자살하려고 하느냐?"

"괴로워서요. 차라리 죽어버리는 편이 낫겠어요."

영웅 독수리가 말했다.

"나는 어떤가? 상처 하나 없을 것 같지? 그러나 이 몸을 보라."

영웅 독수리가 날개를 펴자 여기저기 빗금진 상흔이 나타났다.

"이건 날기시험 때 솔가지에 찢겨 생긴 것이고, 이건 윗독수리한테 할퀸 자국이다. 그러나 이것은 겉에 드러난 상처에 불과하다. 마음의 빗금 자국은 헤아릴 수도 없다."

영웅 독수리가 조용히 말했다.

"일어나 날자꾸나. 상처 없는 새들이란 이 세상에 나자마자 죽은 새들이다. 살아가는 우리 가운데 상처 없는 새가 어디 있으랴?"

사실 이 우화는 이 세상을 살아가면서 할퀴고 찢기우는 우리 인간들의 상처 많은 가슴을 비유하여 쓴 것입니다. 곧 살아가는 사람 가운데 시험에, 실연에, 배신에 빗금 한 번 안 입은 사람이 어디 있겠어요? 그런데 가장 싱싱한 시기인 저들(대학생)도 이런 우화를 읽는 것을 보면 정말 이 세상에서 상처 없는 사람들이란 태어나자마자 죽은 아기들밖에 없을 것이라는 생각을 다시 하게 되었습니다.

마치 장애물 경주장 같은 이 세상에서 그럼에도 불구하고 우리는 포기하지 않지요. 사다리에 걸려 넘어지며, 그물에 걸려 허우적거리며.

언젠가 어떤 분이 저한테 이런 질문을 던진 적이 있습니다.

"사람한테 고통이 없다면 어떻게 될까요?"

저는 대답하였지요.

"몸만 인간이지 속은 식물마음이지 않겠습니까."

실제로 우리는 사고에 의해 의식이 나가고 몸만 살아 있는 사람을 가리켜서 '식물인간'이라고 부르고 있지요. 고통은 인간의 정신력을 시험하고 붉은 쇠를 단련시킨다 하지 않습니까. 때로는 고통 중에 삶의 맛도 있다고 말하는 이가 있습니다.

사진작가이신 육명심 선생님은 「어머니」라는 글에서 이렇게 술회하고 있습니다.

대학을 졸업한 뒤로, 나는 어머니를 모시려고 대전으로 내려가서 고등학교 영어선생이 되었다. 첫 월급을 타서 어머니께 드리던 날을 나는 아직도 잊지 못한다. 월급 봉투를 받아든 어머니는 가만히 나를 보시더니 나지막히 한마디만 말씀하셨다.

"내가 이제는 안 벌어도 되는구나."

나를 위해서 억척스럽게 돈을 벌었던 세월이 어머니께는 당겨진 활시위처럼 팽팽한 긴장이자 살아가는 힘이었을까? 그날부터 어머니는 급격하게 기운을 잃어가셨다. 내가 번 돈으로 극장구경도 시켜드리고 맛있는 음식도 사드리고 좋은 옷도 사드렸지만 어머니는 영 활기를 잃어갔다. 어느날 어머니께서 내게 하셨던 말씀은 아직도 내 온몸을 시리고 아프게 만든다.

"명심아, 나 옛날처럼 재미가 없다. 네 등록금을 준비 못해서 등에서 콩을 볶고 간이 따갑던 때가 좋았어."

우리 함께 가는 길이 비록 자갈밭이어서 타박타박 걷기에도 힘들어 땀 흘리며, 때로는 넘어져서 상처도 생기지만 그러기에 더욱 우리의 삶에 애착이 가는 것이 아닐까요?
거듭 격려의 박수를 보냅니다.

앞니를 보이며 웃는 엄마

박 완 진

엄마, 그 동안 어려운 가정을 꾸리시느라 고생이 많으셨지요. 그런데 나라 전체가 경제적 고통으로 모든 국민들이 떨고 있지요. 우리도 마찬가지로 어려움에 빠져드는가 봐요.

엄마, 우리 집은 그 동안에도 경제적 어려움을 겪어 왔어요. 엄마의 절약정신 하나는 그 누구도 엄마보다는 못할 거예요. 아빠의 월급은 거의 다 저축하시고 늘 우리집 밥상은 국을 합쳐도 네 가지 이상 넘은 적이 별로 없었어요. 그 덕에 우리는 생선과 햄·고기보다도 김치를 더 좋아하게 되었죠.

조금이라도 싼 물건을 사기 위해 집에서 먼 시장까지 동생 수진이를 업고 다니셨죠. 그 덕에 우리는 지금 부자라고 말하는 엄마. 부자들이 알면 웃고 또 웃겠지만 엄마는 늘 마음만은 부자인 것 같았어요. 늘 김치하고 밥을 달라는 귀엽고 예쁜 내 동생 수진이.

엄마 저는 행복해요. 늘 나와 동생을 사랑해 주시는 엄마 아빠가 계시잖아요. 내가 잘못하면 아주 무섭게 야단치시죠. 예쁜 짓은 부모의 눈에만 띄고 나쁜 짓은 남의 눈에 열 배 백 배 나쁘게 보이고 엄마, 아빠의 소중한 자식이 남에 입에 오르내리고 손가락

질받는 것이 싫다고 하셨죠. 전에는 몰랐지만 지금은 알아요.

그렇게 힘든 생활 속에서도 중풍으로 고생하시던 할아버지를 정성껏 모셨고 치매까지 와서 대소변을 받아내고 하루에도 몇 번씩 이불과 옷을 손과 발로 빨면서도 불평하지 않고 정성껏 모셨지만 돌아가셨잖아요. 엄마가 말씀하셨듯이 할아버지가 계셨기에 아빠가 계시고 그리고 나와 수진이가 있지요. 커서 어른이 되면 부모님이 하신 것처럼 저도 그렇게 할게요.

언젠가 고모님이 말씀하셨어요. 내가 쫌생이로 자란다고요. 그렇지만 돈을 마구 쓴다고 좋을 것은 하나도 없잖아요. 그것은 나쁜 습관이라고 생각해요. 유치원 때 연필로 지우개에 구멍을 내었더니 엄마가 연필로 내 손을 찌르셨어요. 내가 아프다고 하니까 이 지우개도 무척 아파할 테니 앞으로는 그런 짓 하지 마라 하셨죠. 그렇게 늘 몸으로 우리들을 가르쳐 주셨죠. 내가 새 학기가 되어서 들뜬 마음으로 지내니까 걱정하셨죠. 사회가 필요로 하는 사람이 되기 위해서는 기분에 흔들려서는 안된다구요.

엄마, 한달 전에 아빠께서 사무실 문을 닫을지도 모른다고 밤늦게 엄마와 말씀하셨죠. 저는 자는 척하며 그 소리를 들었어요. 그 다음날부터 정보지를 찾는 엄마를 보았죠. 저는 학교에서 돌아올 때 정보지를 갖고 왔어요. 그건 내가 할 수 있는 일이니까요. 엄마도 직장을 알아보려고 하는 것 같아서였죠.

엄마는 몇 달 전부터 아빠가 들어오시면 앞니를 내보이며 아빠를 웃기셨죠. 남편들 들어오면 앞니를 보이라는 황수관 박사님의 말씀 그대로 아빠를 맞이하는 거죠. 이제는 저와 수진이도 같이 엄마따라 아빠가 돌아오시면 하얀 앞니를 보일게요.

아빠의 힘 없는 두 어깨와 고개 숙인 모습이 싫어요. 빨리 경제한파가 지나 아빠의 어깨에 예전처럼 힘이 들어갔으면 좋겠어요. 학교에서 부모님께 편지 쓰라고 했는데 선생님이 보실까봐 다른 내용으로 보냈어요. 이 행동도 제가 잘못 했나봐요. 당당하게 써서 낼 것을……

　엄마, 아빠 죄송해요. 늘 우리 가족을 위해 열심히 일하는 아빠셨잖아요. 엄마가 힘들더라도 조금 더 힘써 주세요. 그리고 제 저금통장에 있는 돈 찾아 쓰세요. 몇 푼 안되지만요. 저금은 어려울 때를 생각해서 하는 것이라 하셨죠. 그러니 그 돈은 이제는 쓸 때가 된 거잖아요. 이제는 조금이나마 아빠의 어깨가 가벼워졌으면 좋겠어요. 저도 더욱 더 절약할게요.

　우리 엄마 아빠 파이팅!

(서울시 강서구 화곡동 930)

(이 글은 MBC 「지금은 라디오시대」의 사랑의 편지 공모에서 '은상'을 받았습니다.)

사랑하는 아내에게

이 윤 재

여보! 오늘도 어김없이 점심시간이 돌아왔군요. 급식실에서 받아온 점심을 아이들에게 나누어주고 한 숟가락 떠먹어 볼라니까 목이 메어 밥이 넘어가지 않는구려. 내가 맡고 있는 41명의 아이들에게 농부와 어부들의 노고를 생각해서 남김없이 맛있게 먹으라고 잔소리를 해보건만 여전히 잔밥(남긴 밥)이 흘러 넘치는구려.

물론 교육적으로 농·어부들 생각도 해야겠지만 사실은 급식실에서 어렵게 일하는 당신이 더 생각났기 때문이었소. 하루 일당 2만 원에 허리가 휘도록 한달 일을 해도 겨우 40여만 원을 받는 것을 볼 때 교사라는 내 직업이 왠지 과분하게 느껴지는군요. 더구나 일당제이기 때문에 단 하루만 빠져도 손해라며 악착같이 출근하는 당신의 뒷모습을 볼 때마다 못난 나 자신을 얼마나 원망했는지 몰라요.

딸애가 대학에 들어갈 나이가 되었다며 일거리를 찾던 당신이 초등학교 급식실의 일용 잡급 용원으로 취직한다고 했을 때 화를 내면서도 나는 얼마나 울었는지 모르오. 혹시 애들이나 당신이 볼까봐 베란다에 나가 담배를 피운다는 핑계를 대며……

202

더구나 당신이 어렵게 구했다는 취직자리가 하필이면 내가 근무하는 초등학교라는 사실을 알고 그것도 직업이냐고, 남편은 선생이고 아내는 급식실에서 허드렛일이나 하는 일용 잡급이냐고 체면을 따지며 절대불가를 외쳤던 나 자신! 아무런 힘도 없으면서 오기와 자존심만 내세웠으니 당신 보기가 얼마나 민망했는지 모른다오. 그런 우여곡절을 겪은 지 얼마 되지 않아 경제한파라는 엄청난 시련을 맞고는 나 자신을 반성하는 계기가 되었소.

결국 주위의 눈을 속여가며 남편은 교사로, 아내는 급식실의 '밥쟁이'로 한 학교에 근무하면서 남들이 알까봐 노심초사했던 지난 2년이 꿈만 같다오. 다행히 업무상 당신과 부딪치는 일이 없었기에 그런 대로 지내기는 했지만……. 그런데 이제 내가 다른 학교로 옮겼으니 나나 당신이나 숨죽이는 일 한 가지는 던 것 같소. 그러나 마음 한구석에 진 응어리가 여전히 풀리지 않는 것은 당신의 젖은 손이 너무 애처럽다는 것이오. 더욱이 하루 종일 고된 일에 시달린 탓에 숨소리조차 낼 힘없이 곯아떨어져 자는 모습을 보고 있으면 가슴이 미어진다오.

딸애가 대학에 합격했을 때 마련했던 등록금은 당신이 6개월간 중노동을 해서 얻은 천금 같은 돈이었소. 애들도 그것을 아는지 열심히 공부하고 있으니 그 얼마나 다행한 일이오. 그런데도 나는 가끔씩 몇만 원의 술값을 혼자 떠안고 와 이튿날 당신의 얼굴을 볼라치면 왜 그리 얼굴이 달아오르는지 모르겠소. "남자가 너무 돈을 따지고 움켜쥐기만 하면 속이 좁아져요." 하면서 지갑을 채워 주는 당신을 보면 나는 당신이 어머니보다 누나보다 더 포근함을 느낀다오. '남편은 여자 하기 나름이다'라는 광고말이 낯설지 않은 세월이었소.

남들은 학교 선생님이라면 이리저리 생기는 돈이 있을 것이라며 빈정대지만 이 못난 남편은 그런 재주도 부릴 줄 모른다오. 그러니 빠듯한 월급에 고생의 몫은 당신 차지가 되었다는 측은한 생각에 오늘도 당신의 자는 모습을 바라보며 이렇게 한숨 짓는다오. 그러나 한편으로 당신 같은 아내가 있는 한 우리에게 꼭 희망찬 내일이 있을 것이라 확신하고 있어요. 남편에게 과한 것을 요구하지 않았기에 청렴결백할 수 있었고, 아이들에게 성실함을 보였기에 애들 스스로 노력하고 있는 것이 아니겠소? 진정한 내조란 여자가 설치고 돌아다니며 남편의 출세길을 터주는 것이 아니라, 분수껏 성실하게 사는 모습을 보여주는 것이라 생각하니 당신이 더없이 자랑스럽다오.

여보! 지금까지 허드렛일을 하고 돌아온 당신의 팔다리를 주물러 주고 싶은 마음은 있었으나 오십줄에 들어선 나이 탓인지 선뜻 용기를 못 내었다오. 그런데도 당신은 하루 종일 서서 아이들을 가르치느라 얼마나 피곤했느냐며 슬쩍 내 다리를 끌어가 주무를 때면 코끝이 찡했다오.

나는 당신과 20여 년을 살아오면서 '여보, 당신' 이라 불러보지 못했고, '사랑한다' 는 말 한 마디 못했고, 결혼기념일이나 생일 한번 챙겨 주지도 못한 못난 남편이지만 당신을 부끄럽게 만들거나 내 자신을 욕되게 한 적은 단 한 번도 없었다오. 결국 사랑이란 눈에 보이는 유형의 것이 아닌, 마음속에 있는 무형의 정신이 아니겠소? 사랑한다는 말을 밥먹듯이 하고, 무슨 날 무슨 날을 빠짐없이 챙겨주는 많은 사람들이 하루아침에 갈라서는 모습을 볼 때 겉치레보다는 일편단심의 대쪽 같은 사랑이 더 값있다는 걸 알 수 있지 않겠소?

사랑하는 당신에게 편지로나마 사랑한다는 말을 한 번 해보고
싶소. 비록 당신 앞에서는 쑥스러워 할 수 없었지만……. 그리고
올 생일과 내년의 결혼기념일은 꼭 챙겨보도록 노력하겠소. 그리
고 오늘 저녁엔 당신의 팔과 다리를 내 한 번 주물러 볼까 생각 중
이오.

여보, 사랑하오. 그리고 조금만 더 고생합시다!

(대전시 서구 탄방동 한양아파트)

(이 글은 MBC 「지금은 라디오시대」의 사랑의 편지 공모에서 '금상'을 받았습니다.)

노란 봉투와 노란 넥타이

안 종 숙

달콤한 신혼 시절도, 그 흔한 벚꽃 나들이도 한 번 없이 앞만 보고 살다보니 우리 부부가 인연을 맺은 지도 벌써 20년이 되었네요. 남편은 워낙 말이 없는 사람인데, 요즘은 가끔씩 앙상한 손으로 내 손목을 잡고는 "난 당신 없인 못살 것 같다."면서 마음 약한 소리를 하곤 한답니다. 그렇게도 강하고 굳세던 모습은 어디로 갔을까요.

당신 숨소리가 가릉가릉하고 기침이 잦은 것을 보니 초봄 환절기가 틀림없군요.

3년 전. 당신의 사업부도로 우리의 모든 것 —— 경제력, 건강, 신뢰는 물거품이 되어 버렸습니다. 그로 인해 당신은 전화조차 제대로 받지 못하는 죄인이 되어 버렸죠. 체중이 10kg 이상 빠지면서 정신질환 증세까지 보였지요. 거기다 나빠진 시력 때문에 돋보기를 쓴 당신 모습은 40대 중반이라고 하기에는 너무 작고 쇠약해져 있었어요. 당신의 그 아픔 앞에 이 못난 아낙은 모두 당신 탓이라면서 얼마나 좌절했었나요. 그럴 때마다 당신은 항상, "조금만 기다려봐, 되겠지. 그래도 생각이 건전한 남편을 믿어봐." 하면서 나를 다독거렸어요. 그럴 때면 당신의 눈은 젖어 있었어요.

97년 초가을쯤 재기의 길이 반딧불만큼 비쳤을 때 당신은 너무도 좋아하면서 동분서주했었죠. 그런데 이게 웬일입니까. '아이 엠 에프'라니. 이제 다시 일어서나 했더니 어디서 듣도 보도 못한 단어가 어느날 문득 튀어나와서는 당신과 나의 용기를 꺾어 놓았습니다. 경제한파가 작아진 당신의 등을 누르며 놓아주질 않네요.

당신은 강해서 안 운다고 했지요. 그러나 요즘 TV 연속극이나 신문지상에 슬픈 사연이 나오면 나보다 눈물이 더 많아진 것을 우리 딸 희정이는 아는가 봅니다. 아빠 때문에 코미디 프로하고 스포츠 소식만 봐야 된대요. 아빠를 조금이라도 더 웃게 해야 된다고…….

두꺼운 겉옷을 뚫고 용접불에 속옷까지 구멍이 나는 힘든 일을 마치고 늦은 시간 들어와, 평소 주방일이라곤 전혀 모르던 당신이 콩나물국도 끓이고 생선찌개도 끓여서 아버님과 아이들 챙긴 것을 보고 혼자서 눈물을 찍어내곤 했습니다.

자다가도 벌떡 일어나 "내가 정말 오십인가." 하면서 가슴에 큰 구멍이 난 것 같다며 기침 멎는 진통제를 먹고서야 자리에 눕는 당신. 속상한 마음에 저는 이렇게 쏘아붙이며 돌아눕곤 하죠.

"아니 당신, 칠순이 넘으신 아버지보다 더 늙고 쇠약해지면 사십 마누라하고 어떻게 살아요?"

그러나 제 가슴은 미어집니다.

희석이 아빠! 작아지는 손과 발. 허리는 어느새 여자인 나보다 가늘어졌군요. 그 동안 당신한테 소홀했던 것이 사실이에요. 어른들 챙긴다고 고등학생이 되어 버린 희석 희정이 챙긴다고 당신한테는 그 동안 보약 한 첩 못해 준 것이 오늘 새벽 당신의 잦은 기침과 통증을 낳게 한 게 아닌가 하는 생각에 밤새 잠을 이루지 못했어요. 더욱 쇠약해져 가는 당신의 건강. 여보 나는 어찌합니까.

그래도 저녁이면 다섯 식구가 얼굴을 볼 수 있는 것이 행운이잖아요. 올해는 당신보다 훨씬 커버린 듬직한 우리 아들 희석이가 어렵게 대학에 갔고, 얼굴에 여드름이 듬성듬성 났지만 부모의 어려움을 알고 장학금을 타겠다고 새벽까지 공부하는 당신을 꼭 닮은 예쁜 딸이 있잖아요. 소띠 뱀띠 삼재가 97년도로 다 갔으니 올해부터 좀 나아질 거라고 늘 위로해 주시는 76세 되는 아버님도 계시잖아요.

3월 초였던가요. 일용직 사무실에서 일거리를 잡아줬지요. 저녁에 들어온 당신은 검게 그을린 얼굴로 노란 봉투를 내밀었지요. 겉에는 "이연구 씨 수고하셨습니다"라고 씌어 있었고, 속에는 3만 5천 원이 들어 있었습니다. 오랜만에 받아본 당신의 수고료. "작년 같으면 8~9만 원짜리야." 해놓고는 지쳐 잠든 당신의 머리맡에서 저는 그 돈을 세고 또 세었답니다. 그후 당신의 일감은 꾸준히 있었지요. 노란 빈 봉투를 잘 간직해서 사장님께 감사의 편지와 함께 보낼까 해요.

희석이 아빠! 안양천의 개나리가 통통하게 물이 오른 것을 봐요. 오는 4월 9일은 20번째 결혼기념일을 맞네요. 결혼 초에 했던 약속은 멀어졌지만 그 수많은 역경 속에서 20번째 기념일을 맞는 감회가 새롭네요.

장롱 안에 힘없이 걸려 있는 자주색 바탕에 노란 채송화꽃이 그려져 있는 넥타이를 메고 건강해진 당신과 4월 5일 조카 결혼식에 함께 갈 수 있으면 얼마나 좋을까요. 여보, 그런 날이 꼭 올 걸로 저는 믿어요. 우리 가족 모두 건강하게 새봄을 맞기로 해요. 파이팅!

(서울시 구로구 고척1동 52)

(이 글은 MBC「지금은 라디오시대」의 사랑의 편지 공모에서 '동상'을 받았습니다.)

여명이 밝아올 때까지

김 원 표

아직은 어두운 밤입니다. 곧 새벽이 오고 아침이 오겠지요. 그러면 해도 뜰 테고. 언제부터인지 밤이 온다는 것에 두려움을 갖게 되었습니다. 밤이 되면 사방이 어두워지고 또 우리집은 더욱 깊은 어둠에 싸일 테니까요.

아버지는 보름 가까이 매일 술을 드시고 집으로 돌아오십니다. 무엇이 당신을 그리도 괴롭게 하는지요. 몸도 제대로 가누지 못할 만큼 취해 가슴 깊이 담아 두었던 격한 감정을 어머니에게 쏟아놓으시는 아버지.

어머니는 큰 수술을 받으신 터라 언제 병이 재발할지 모르는 상태이고, 게다가 당뇨 수치까지 높아 안정을 취하셔야 하는데. 그것을 아버지가 모르실 리가 없을 텐데 어머니에게 소리를 지르기도 하시고, 턱없는 이유로 짜증을 부리기도 하십니다.

두 누이가 출가해 홀로 집에 남아 있는 저는 아버지의 변해 가는 그런 모습을 지켜보고 있습니다. 그런 아버지를 보고 있으면, 또 아버지에게 상처받는 어머니를 보고 있을 때면 전 아버지가 원망스러웠습니다. 아니 원망스럽다기 보다 이해할 수 없었습니다.

"아버지는 비겁하다. 남자가 바깥일이 힘들고 어렵더라도 스스로 감수하고 참아야지 집에까지 들고 와서야 되겠는가. 아버지는 무능력자다."

저는 그런 불만을 어머니와 누이들에게 털어놓았습니다. 그러나 어머니는 그렇게 말해서는 안된다고 저를 타이르셨지요. 우리는 아버지가 겪는 고충을 이해해야 된다고 다독이셨습니다. 하지만 제가 아버지의 고통을 이해하기에는, 아버지가 지금 겪고 있는 일들에 대해 알기에는 너무도 오랜 기간 서로 대화가 없었습니다. 일상에 찌들고 소외당하는 분은 분명 아버지일 겁니다.

그 오래 전, 누이들과 제가 아직 어리고 아버지가 아직은 젊었을 때 당신이 궂은 삶을 헤치며 튼튼한 팔뚝으로 우리 가족을 감싸고 있던 시절, 저희는 저녁상을 차려놓고 당신의 귀가를 기다리곤 했습니다. 아버지가 들어오시면 집안은 금새 활기가 넘치고 누이들과 저는 아버지와 서로 이야기를 나누고 싶어 떼를 썼었는데. 그때 아버지는 그 누구보다 강하고 큰 존재였습니다.

그러나 이제 저는 당신은 힘이 없다고 당신을 뒤에서 욕하고 있습니다. 아버지가 지금 힘에 부쳐 몸살을 앓고 있는 것이 그간 힘든 짐을 지고 오셨기 때문이라는 걸, 그 짐 속에는 큰 무게로 바로 제가 놓여 있었다는 것을 저는 진정 잊고 살아온 듯합니다.

아버지에게 가까이 가기에 앞서 따뜻한 말 한 마디를 건네기에 앞서, 나는 너무도 매정한 모습으로 아버지 앞에 서 있었구나 하는 것을 새삼 깨닫게 되었습니다.

'아이 엠 에프', 낯설게 불거져 나온 이 단어 앞에서 아버지는 초라하게 늙고 계십니다. 지금 같은 어려운 시기가 있기 전에도 아버지는 크고 작은 자금난에 허덕였지만 지금은 그전과는 상황이 많이 다르다고 합니다. 아직은 사회물정을 잘 모르고, 부모님의 품에서 어려움을 모르고 자랐기에 혹시나 했었는데, 얼마 전 아버지와 어머니가 회사 부도얘기를 하시는 걸 본의 아니게 엿들었습니다. 그제서야 저는 상황의 심각성을 인식할 수 있었지요.

직원들 월급을 제때에 주지 못해 돈을 구하기 위해 여기저기 전화를 하시던 어머니, 월급날 직원들 얼굴 보기가 민망해 회사에 못 나가고 집에 계시던 아버지.

아버지, 그날 일찍 강의가 끝나 집으로 돌아왔을 때 방안에 계시던 아버지와의 짧은 눈맞춤에서 저는 무엇을 보았던가요.

아버지, 죄송합니다, 정말 죄송합니다. 자꾸 그 말만 입 안에서, 가슴 속에서 맴돌았습니다. 그 동안 아버지를 원망해온 제 자신에 대한 질책으로 오랫동안 괴로워했습니다. 그러면서 몇 달새 부쩍 커버린 느낌입니다.

그리고 제가 사랑하는 가족을 위해, 아버지를 위해 무엇을 할 수 있는가 생각했습니다. 저는 이렇게 말할 수도 있을 겁니다. 졸업 때까지 2년만 기다려 달라고, 그러면 가계에 도움을 줄 수 있을 거라고. 하지만 그것은 말 그대로 허세일 뿐이지요. 지금은 제 미래도 불투명하니까요. 그렇다고 이대로 무너져야 하는 걸까요. 현실에 내려앉은 무게 때문에 여기서 주저앉아야 하는 걸까요.

하나의 가족을 이루어 화목하게 지내왔던 우리 가족. 약간의 흔들림이 있어도 항로를 이탈시키지 않고 훌륭한 조타수 역할을 해냈던 아버지에겐 분명 이 상황을 극복할 수 있는 힘이 남아 있다고 저는 믿습니다. 물론 신이 아닌 이상 급작스런 반전으로 상황을 뒤집을 수는 없다는 걸 저도 알고 있습니다.

하지만 쇠는 두들겨야 강해진다고 하지 않았던가요. 우리는 아직 부러지지 않았습니다. 우리는 더욱 단단해질 수 있습니다. 가령 아버지 회사가 무너진다 해도 다시 세우면 되지 않겠습니까? 그때는 제가 지금보다 더 성숙한 모습으로 아버지의 곁을 지키겠습니다.

제가 가지고 있는 아버지에 대한 믿음. 당신도 자신에게서 잃어버린 믿음을 되찾으소서! 아버지 곁에는 흔들림 없이 꼿꼿이 서 계신 어머님이 있다는 것도 잊지 마시고요. 밝게 떠오르는 여명의 그 순간, 제가 그날을 기다리는 것처럼 모두가 그날을 기다리겠지요. 하지만 그저 기다린다고 해서 그렇게 쉽게 오지는 않을 겁니다. 그러나 이것은 어떨까요? 우리가 밝은 해를 찾아 길을 나서는 것은.

그래요, 지금은 밤입니다. 그리고 어둡습니다. 아버지는 지금 코를 곯고 주무십니다. 어머니는 그런 아버지의 모습이 안쓰러워 밤새 눈물을 흘리실지도 모릅니다. 하지만 곧 새벽이 올 테고 밝은 해가 떠오를 겁니다. 창에 걸려 있는 묵은 커튼을 활짝 젖히고 우리 모두의 가슴 속에 밝게 빛나는 해를 띄워 봅시다.

아버지, 다시 저는 제 기억 속에 있는 크고 강했던 아버지의 모습을 떠올립니다. 그리고 그 모습으로 지금의 시련을 힘차게 딛고 일어서시리라 믿습니다.

움츠린 어깨를 펴고, 우리 가족 파이팅!

(경기도 용인시 기흥읍 신갈리 32)
(이 글은 MBC 「지금은 라디오시대」의 사랑의 편지 공모에서 '동상'을 받았습니다.)

형부의 파이팅

김 순 덕

　형부! 그날 전 가지 말아야 할 곳을 다녀온 것처럼 한동안 마음이 무겁고 편하지 않았어요. 형부 앞에서 언니가 우는 모습을 본 것은 벌써 10년보다도 훨씬 전의 일이었지요. 그때는 형부 때문이 아니라 신혼 단칸방 웃목에서 친정으로 되돌려 보낼 물건들을 챙기며 서운해서 운 거였죠. 그후로 다시는 언니의 눈물을 볼 수 없었지요. 형부는 넓고 단단한 어깨로 든든하고 따뜻한 가정을 이루어 가며 언제나 저희들의 믿음이 되어 주셨죠.

　그런데 그날, 결혼한 뒤 처음으로 신랑이 출장을 갔다는 핑계로 언니를 찾아간 저는 정말 어떻게 해야 할지 당황스럽기만 했어요. 아이들은 거실 구석에서 소리 높여 울고 있고, 볼륨을 크게 틀어 놓고 TV를 보고 있는 형부의 등뒤로 어지롭게 널려 있는 화장품 용기의 파편들. 라면 면발이 칼국수만큼이나 불어 있는 식탁 한켠에는 눈이 빠알갛게 충혈된 언니가 앉아 있었죠.

　예고도 없이 찾아간 제가 초인종도 누르지 않고 들어섰을 때, 모두 지쳐 있던 그 눈빛들. 아이들은 저를 보자 와락 달려들며 이제는 빨간 목젖까지 드러내며 울기 시작했고 언니는 황급히 널려 있는 유리조각들을 주웠으며 형부는 "어서 와." 하면서 애써 웃어 보이셨죠. 저로 인해 더욱 난감해질 언니와 형부 생각에 저는 사 들고 간 과자와 과일만 내려놓고 바쁘다는 핑계로 허둥지둥 집으 로 돌아와야만 했어요.

형부, 그날 왜 그런 모습을 봐야 했는지 저도 알 것 같아요.

벌써 두 달 전의 일이죠. 형부가 소속된 회사에 부도가 난 건. 그 회사와 계약해서 11톤 트럭으로 본사까지 화물을 운반하는 게 형부의 일인데 그 일이 하루 아침에 없어져 버린 거죠. 며칠 있으 면 괜찮아지겠지 하는 심정으로 형부를 지켜보던 언니도 같은 상 황이 지속되자 점점 초조해지기 시작했고, 형부는 남자가 한낮에 집에 있다는 사실이 부담스러워 밖에 나가 술을 드시곤 하셨다 죠. 언니는 형부가 집에서 놀고 있음으로 해서 자신이 타박하게 되지는 않을까 전전긍긍했고, 형부는 기죽은 모습을 보이지 않기 위해 친구들에게 술도 사고 밥도 사고, 주말에는 가까운 곳에 가 서 며칠 놀다오자고 제안도 하셨다죠.

가끔 고기도 올라오곤 하던 밥상에 아침저녁으로 김치찌개만 올라오고 냉장고에 먹을 것들이 떨어질 때쯤 되자 아이들은 칭얼 대기 시작했고, 언니는 아이들 학원등록까지 취소하고 집에서 문 제지를 풀어주는 자신에게 화가 났던가봐요. 정작 해야 할 말은 서로 피해 가며 하루하루 견디어가던 언니와 형부, 쌓였던 모든 것이 그날 그렇게 터져나와 두 분은 큰 싸움을 하신 게죠.

형부! '아이 엠 에프'는 이제 유명한 연예인의 이름보다 아이들 에게 더 가까운 이름이 되어 버린 것 같아요. 언젠가 성환이가

"이모, 썬가드 로봇 갖고 싶어." 했을 때 "안돼, 지금은." 그러니까 "아, 아직도 '아이 엠 에프' 구나, 그럼 '아이 엠 에프' 끝나면 사줄 거지?" 그러더라구요. 그 말을 들으면서 마음이 참 답답했어요. 마치 한껏 주린 공룡이 먹이를 찾아 도시 전체를 짓밟아 버리는 만화영화처럼 이러다 우리의 생활 전체가 '아이 엠 에프' 라는 거대한 공룡의 그림자에 가려 웃음을 잃어가는 건 아닌가 하구요. 국민 1인당 1년 동안 갚아야 할 빚이 5백만 원이라지요. 우리의 아이들이 그리고 더 이상 경제적인 능력이 없는 노인들이 언제 그 많은 빚을 지게 된 것일까요.

하지만 형부! 괜찮아요. 형부는 결혼한 뒤 10년이 넘도록 휴일도 없이 일만 하셨고 그래서 아플 시간도 없으셨잖아요. 어쩌다 시간이 나는 날엔 아버지가 없는 저희집에 오셔서 가장노릇까지 도맡아 해주시던 형부. 퀴퀴한 냄새가 나는 탁주집에서 콩자반에 막걸리를 마시며 한낮을 소일하기엔 형부는 너무 젊고 너무 할 일이 많잖아요.

형부, 힘내세요! 며칠 동안 비가 내리고 난 뒤 땅을 밟아보면 이름 모를 생명들이 순한 싹을 틔우느라 분주하고 세상은 한결 깨끗해져 있지요. 세상에 살아 있는 건 어느 것 하나 버릴 것이 없고 또 때가 되면 꽃을 피우고 열매를 맺곤 하더라구요. 저는 형부가 사십이 훨씬 넘은 나이에도 여전히 건강하시고 아이들도 밝고 착하게 자라고 있다는 게 참 행복해 보여요. 그런 아이들과 언니를 생각하면서 다시 한 번 씩씩하게 시작하실 거죠? 우리 가족 모두 형부를 믿어요. 파이팅!

(전북 정읍시 상동 82)

(이 글은 MBC 「지금은 라디오시대」의 사랑의 편지 공모에서 '동상' 을 받았습니다.)

당신이 우리 곁에 없는 지금

정 양 옥

따뜻한 봄인가 했는데 봄을 시샘하는 꽃샘바람이 불고 있습니다. 당신이 우리 곁에 없는 지금 더욱 춥게 느껴집니다.

잘 계시는지요. 당신을 본 지 며칠이 지났는지 손을 꼽을 수도 없을 정도입니다. 큰딸 여울이, 둘째딸 아람이, 막내 국원이도 당신을 보고 싶어 합니다. 국원이는 "엄마, 아빠 얼굴 생각나? 난 아빠 얼굴 까먹었는데."라고 말합니다. 표현력이 부족한 아들이 아빠가 보고 싶다고 보챌 때면 멀리에서나마 당신이 우리 곁에 있다는 사실이 너무도 고맙게 느껴집니다.

지난 10년 동안 광부생활에 충실했던 당신이기에 이젠 좀 쉬운 일을 택해 가족과 함께 지냈으면 좋겠는데 다시 시작한 일이 막노동에 타지생활까지 겹쳐 무척 가슴이 아픕니다. 막노동이라 힘들겠지만 힘들지 않다고 나를 안심시키는 당신의 말을 들을 때면 나도 열심히 살아야지 하는 마음이 생길 뿐더러 우리 가족에게 큰 힘이 됩니다.

우리 곁에서 열심히 살아가는 당신이 계시기에 아이들은 아버지를 존경하고 자기 일은 스스로 알아서 하는 착한 아이로 커가고 있습니다. 86세인 아버님도 수술을 받으신 후로 더욱 건강해 보여 마음이 놓입니다. 식사도 잘 하시고, 가축도 돌보십니다. 어젠 텃밭을 일구어 씨앗도 뿌렸습니다. 당신이 없는 빈자리를 아버님께서 채워 주셔서 고맙고 든든합니다.

"여보, 사랑합니다."

이 말을 편지 첫 머리에 쓰고 싶었습니다. 가슴 설레이는 이 말을 당신으로부터 수없이 들었으면서도 아무런 느낌이 없었던 나! 이젠 내가 당신께 이 말을 할 수 있습니다. 중매로 만나 단지 싫지 않다는 이유 하나로 22일 만에 결혼을 한 저는 결혼생활이 너무도 힘이 들었습니다. 15년 동안 많은 어려움 속에서도 별 탈 없이 한 가정을 이루어온 것은 당신의 노력이 있었기 때문입니다. 광부로 일할 때 갱이 무너져 당신이 그 속에 묻혔던 사건은 지금 생각해도 끔찍합니다.

사랑을 받으면서도 가슴으로 느끼지 못한 채 단지 아내라는 의무감으로 당신을 대했던 나는 나쁜 사람입니다. 철없는 당신의 아내를 세상에서 제일인 양 자랑하고 사랑해 주신 당신께 감사드립니다.

"내가 당신을 얼마나 사랑하는지 모를 거야."

당신이 내게 한 말이었지만 이젠 제가 당신께 하고픈 말이 되었습니다. 아울러 사랑을 받으면서 자라야 베풀 줄 안다는 진리를 깨달았습니다. 우리 아이들에게도 사랑을 듬뿍 주어 사랑의 눈과 가슴을 가진 아이로 키워 자신과 이웃과 나라를 사랑할 줄 아는 사람이 되고, 남녀간의 사랑도 멋있게 하는 사람이 되었으면 좋겠습니다.

당신께서 뿌린 '사랑'의 씨앗이 분명 그 결실을 맺게 된 것 같습니다. 지난 세월 어려움도 많았지만 이젠 어떤 어려움이 있어도 더욱 슬기롭게 이겨나갈 자신이 있습니다.

굳은 일 가리지 않고 가족을 위해 일했던 당신이었기에 이 힘든 시국에도 별 어려움 없이 지낼 수 있어요. 그래서 당신이 더욱 존경스럽습니다.

당신 일도 경제한파 때문에 어렵다는 것을 저도 잘 압니다. 그러나 한 번도 내색하지 않고 가족에게 웃는 얼굴로 대하고, 자신의 몸을 아끼지 않고 일하시는 당신이 있기에, 저는 식당에서 부지런히 일하고 큰딸 여울이는 중학생으로 열심히 공부하고 둘째딸 아람이는 전교회장이 되어 맡은 일을 스스로 잘 하는 착한 아이로, 막내 국원이는 유치원에 열심히 다니는 등 행복한 가정을 이룰 수 있었습니다.

야산에 분홍빛으로 피어난 진달래처럼 환하게 웃는 당신의 모습이 떠오릅니다. 전화를 통해 당신의 목소리를 들을 수 있어 행복했는데 웬일인지 전화마저 오지 않아 궁금하고 보고 싶습니다. 전화벨이 울릴 때면 당신인가 기다려지고 건강은 어떤지 걱정이 됩니다.

항상 건강하시기를 빌며 당신을 사랑하는 아내가 대지를 촉촉히 적셔 줄 봄비를 기다리며 글을 맺습니다.

(경북 포항시 북구 토성2동 491)

아직도 유효한 사랑의 맹세

고 명 숙

일찍 퇴근하는 당신에게 "웬일이래요?" 하고 물으니 "이제부터 당분간 잔업이 없대." 하고 대답했지요. 그 의미를 몰라 한참을 쳐다보니 월급이 줄어들 거라고요. 그래서 내가 한 마디 했지요.

"당신 만우절이라 그러는 거지?"

쓴웃음 짓는 당신에게 더 이상 물어볼 수가 없더군요.

결혼한 지 일년여 밖에 안됐는데 정말 다사다난하네요. 결혼하고 6개월은 공부하느라 보내고, 그후 취직이 되어 좋아하였고. 그래서 통장도 만들고, 가계부도 제대로 써보려 했는데 경제한파가 우리에게 닥치고 말았네요.

12월 마지막 토요일이었던가요. 눈치보느라 전화도 제대로 못 하던 당신이 전화를 했길래 얼마나 반가웠던지. 당신은 그때 "회사에서 나왔어." 라고 말했지요. 저는 퇴근했다는 소리로 알아듣고 "빨리 와." 라고 하니 "회사에서 나왔다니까." 하였지요. 그때 저는 웃었어요.

그리고 우리 예쁜 햇살이가 세상에 태어나고 당신과 나의 사랑을 듬뿍 받을 수 있었지요. 1월 한달 밤낮 못 가리는 햇살이를 함께 돌볼 수 있어서 철없는 저는 좋았답니다.

하지만 어느 날인가 초인종 소리에 얼른 보일러실로 숨어들던 당신을 보며 한참을 웃다가 돌아서니 눈물이 나데요. 아주버님, 도련님 모두 집에서 쉬고 있다 보니 당신의 사정까지 얹어줄 수 없어 어머님께 숨기다 보니 낮에 울리는 초인종 소리가 당신을 그렇게 행동하게 했던 거지요.

설날이 지나고 일자리를 알아본다고 다시 며칠을 돌아다니더니 취직이 되었죠. 가구공장이라면서, 어느 정도 생활이 가능할 것 같다고 그러면서 출근을 할 수 있다는 사실에 얼마나 감사했던가요. 컴퓨터 앞에만 앉아 있다 보니 머리도 무겁고 몸도 둔해졌는데 공장에 다니니 운동이 된다고 좋아했지요. 하지만 목에서 쉰소리가 나고, 두드러기가 생기고, 손에 칠을 하고 들어오는 당신을 보면서 저는 괜히 화가 나서 잔소리만 늘어갔지요.

저의 잔소리를 웃음으로 받아넘기는 당신. 월급봉투를 가져다주며 미안해하는 당신. 퇴근하고 들어와 햇살이를 안으며 말하지요. "햇살이와 같이 있으면 시간이 정말 잘 간다니까."

벌써 봄비가 내립니다. 더 이상 석유값 걱정 안해도 된다는 사실이 얼마나 좋아요. 또 아프지 않고 잘 자라주는 햇살이가 얼마나 고마워요.

여보! 내일부터 우리 햇살이랑 더 많이 놀아줄 수 있겠네요. 햇살이가 아빠를 몰라본다고 속상해했는데 이젠 엄마랑 놀기 싫어하면 어쩌지요.

1월의 어느 날이었던가요. 점심을 먹고 이력서를 부친다고 나선 사람이 저녁이 다 되어서야 돌아왔길래 어디 갔다왔느냐고 물으니 도봉산에 가봤다고 그랬지요.

그때 당신의 어깨가 무거워 보여, "당신 많이 힘들어요?" 했더니 "당신하고 햇살이가 있어서 다행이야." 그랬었지요. 여보! 그 말 여전히 유효한 거지요?

끝으로 잠자리에 들 때나 전화통화를 끝낼 때 하던 말이 생각나네요.

"여보 뭐 잊은 거 없수?"

"사랑해."

"나두."

(인천시 남구 숭의3동 109)

사랑으로 그려낸 오색 카드

김 한 나

사랑하는 아빠.

제가 초등학교 때 10년 넘게 다녔던 아빠 회사가 부도가 났었지요. 그전까지 열심히 일하셨던 모습은 엄마의 말씀을 통해 알고 있어요.

회사일 때문에 늦게 퇴근하면서도 한 마디 불평도 하지 않고 즐겁게 하셨어요. 가끔 아빠 회사의 동료 아저씨들이 이렇게 말씀하셨어요. "한나야, 너희 아빠는 너무 일만 열심히 해서 재미가 없단다. 일도 적당히 해야지." 저는 어린 마음에도 아빠를 칭찬하시는 말씀이구나 하고 생각했지요. 부도가 난 뒤에도 아빠는 남은 일들을 마무리해야 된다면서 대가도 없는 일을 오랫동안 하셨지요. 가끔 엄마 아빠가 다투실 때 엄마가 넋두리 삼아 하신 말씀으로 알았어요.

이제 저희도 다 컸어요. 제가 고3이고 동생이 고1이니까요. 알고 있어요, 아빠에게 효도하는 것이 무엇인지를. 제가 중학교 졸업식 때 3년 우등상을 받았지요. 아빠가 뛸 듯이 기뻐하시던 모습 잊지 않았어요. 동생 역시 중학교 졸업식 때 3년 우등상을 탔었지

224

요. 아빠는 주변의 친구들에게 몹시 뽐내셨지요.

그후 아빠는 자영업을 시작하셨지요. 번번히 어려움을 겪고 계시다는 것 잘 알고 있어요, 아빠. 제가 늘 엄마에게 드리는 말씀이 있어요. "우리 엄마는 고3 엄마 같지 않아. 내가 공부는 하는지, 간식은 찾아먹는지 통 관심이 없단 말야." 이렇게 말은 하지만 엄마 아빠의 저와 동생에 대한 사랑은 충분히 알고 있어요. 힘들게 일하고 늦게 들어오셔서 식사를 챙기는 엄마의 모습을 아는데요, 뭘. 너무 걱정하지 마세요. 아직은 어린 티가 남아 있지만 많이 성숙해졌잖아요.

선생님이 반장선거에 억지 추천하시어 당선은 되었지만 하지 않겠다고 끝까지 버텨 다른 친구가 반장이 되었지요. 아빠는 못내 서운해하셨어요. "왜, 하지 그랬니?" 하시는 아빠의 말씀에 부모님의 사랑을 느꼈지만 반장이 되어 개인시간을 빼앗기는 것보다 혹 경제적으로 엄마 아빠를 힘들게 하지 않을까 걱정이 되어 그랬던 거예요. 아빠, 이해하시지요?

엄마 아빠의 결혼 19주년을 기념해서 만든 초대형 카드가 6개월이 지난 지금도 창문에 그대로 붙어 있네요. 20주년이 되는 올해에는 어떤 멋있는 것을 보여드릴까 구상중에 있어요. 기대하셔도 좋습니다!

아빠, 9시 뉴스 이외에는 TV 소리를 좀 줄여 주세요. 저도 성경이도 공부를 하고 있으니까요. 아셨지요?

아빠 엄마, 힘내세요. 사랑해요!

(서울시 관악구 봉천6동 100)

5남매의 아버지 찬가

아버지, 너무나도 사랑하는 나의 아버지.

겨울이 지나고 이제는 완연한 봄임을 느낄 수 있습니다. 시장에는 봄나물을 팔려는 상인들이 많아졌고, 예쁜 꽃들도 나비도 날아다니는 따뜻한 봄입니다.

나의 아버지, 우리 가족의 희망이신 나의 아버지. 어려서부터 항상 나의 아버지가 세상에서 최고로 멋있고 최고로 좋은 분이라고 자랑하며 믿고 살아온 지도 27년이 흘렀습니다.

어느새 저도 결혼을 하여 아버지 밑에서 항상 어리광만 피우던 딸이 아닌 이제는 제 얼굴을 스스로 책임져야 하고 스스로 모든 것들을 판단해 처리해야 하는 주부가 되었습니다. 결혼을 해 살아보니 그 동안 얼마나 편하게 살았는지, 부모님의 사랑이 얼마만큼 컸는지 절감하고 있습니다. 그래서 더더욱 아버지 엄마의 사랑이 그리울 때가 많습니다.

옛날 생각이 납니다. 5남매 옹기종기 모여 앉아 밥을 먹을 때면 큰 김치를 손으로, 젓가락으로 찢어 우리들 숟가락 위에 올려주시곤 했었지요. 생선도 발라주시고. 친구들이 놀러와서 함께 밥을 먹을 때도 마찬가지로 그들의 밥 위에도 똑같이 반찬을 올려주시던 자상하신 나의 아버지. 친구들의 아버지는 속이 상하거나 술을 드시면 잔소리를 하거나 쓸데없이 친구들을 야단치곤 하시는데, 나의 아버지께선 술을 드시면 평소보다 더 재미있고 더 좋았었죠.

우리들이 잘못을 했을 때는 식사를 마친 후 조용히 꿇어 앉히신 후 아주 부드러우면서도 조용한 목소리로 우리의 잘못을 아느냐고 물어 보셨지요. 모른다면 하나하나 설명해 주셨지요. 우리들이 뉘우치면 용서해 주셨지만 끝까지 고집을 피우면 반성할 때까지 한쪽에 가서 나란히 앉아 손을 들고 있으라던 그때. 참 그립습니다.

이런저런 호기심에 가보고 싶은 곳도 해보고 싶은 것도 많았지만 너무나 좋으신 부모님이 눈앞에 어른거려 저는 이렇게 지금처럼 얌전하고 착한 딸로 성장했습니다. 사랑하는 부모님이 나 때문에 욕을 듣는 것이 제일 싫었습니다.

예전에 친구들은, "아버지가 없으면 좋겠어. 지긋지긋해."라고 말을 하기도 했는데 전 이해를 할 수가 없었어요. 세상에 이렇게 좋은 아버지가 안 계신다면 어떻게 세상을 살 것인가 싶었습니다. 차츰 성장하면서 "세상의 모든 아버지들이 나의 아버지와 같은 인품을 가진 것이 아니로구나."라는 것을 깨달았고, 아버지의 사랑을 더 많이 느끼고 이해하게 되었습니다.

지금 와서 생각해 보면 부유한 가정이 아니었음에도 불구하고 학교에 내야 하는 모든 돈을 제일 먼저 낼 수 있었습니다. 별 불만 없이 우리의 욕구를 충족시켜 주신 아버지가 얼마나 힘이 들었을까 싶습니다. 저는 아버지 엄마처럼 모두에게 희생하고 양보하고, 자식도 아끼고, 주위 사람을 배려하는 부모님에게서 태어났음을 자랑스럽게 생각합니다.

이제 아버지도 쉰이 훨씬 넘어 예전 같지 않게 피곤도 느끼시나 봅니다. 세월을 잡을 수만 있다면 이제 더 이상은 아버지께서 늙지 않았으면 좋겠습니다. 딸 넷을 시집 보내고 이제 광연이가 뒤늦게나마 전문대학에 들어가 아버지께서 원하시던 대로 공부를 하게 되어 기쁘지만 학비 때문에 걱정이 많으시지요. 그걸 잘 알면서도 도움이 되어드리지 못해 저 또한 속이 상합니다.

사실 아버지! 제 힘으로 결혼을 하려고 했는데 결혼비용을 꿔준 사람에게 돌려받지 못하고 있어요. 당시 몸담고 있던 회사가 어려워 보다 못해 필요할 때 돌려받기로 약속을 하고 빌려드렸는데 결혼날짜가 다가와 돌려달라고 하니 없다는 핑계를 대며 푼돈으로 5십만 원씩 몇 번 주고 아직도 1천5백3십만 원을 주지 않고 있어요. 엎친 데 덮친다고 나라에 경제위기가 닥쳐와 더욱 받기가 힘들어져 아버지께 아직까지 도움이 되지 못하고 있습니다. 아버지! 저는 언제까지나 아버지를 사랑합니다. 그래서 아버지께서 돈이 없어 걱정하실 때면 전 그 사장님이 미워집니다.

결혼 후 시아버지를 모시고 일을 해 피곤하다는 핑계로 아버지께 신경을 쓰지 못한 점, 아버지는 이해해 주시죠? 엄마 아버지께서 항상 그렇게 말씀하셨죠? 집에는 신경 쓰지 말고 시아버지를 정성껏 잘 모시라고. 술을 드시고 말씀을 좀 많이 하시더라도 술을 드시고 하는 말씀이니 한 귀로 듣고 한 귀로 흘려보내고 그럴수록 더욱더 가까이 가서 말벗도 되어드리라고. 외로워서 그러시는 것이니 네가 이해해야 한다고. 살면 얼마나 사시겠느냐고. 저희 시아버지께서 갑자기 응급실로 실려가실 때면 당황한 나머지 아버지께 전화를 드리게 되고, 아버지는 그 새벽에 병원으로 오셔서 시아버지 간호를 하시고. 어떤 사돈이 그렇게 할 수 있을까요.

저는 아버지 이야기만 나오면 너무나 자랑스러워 말이 끊기지 않습니다. 더 자랑하고 싶어서. 지금도 마찬가지구요. 우리 가족 이야기를 할 때가 제일 즐겁습니다. 항상 행복하니까요. 항상 당신을 희생하는 모습이 저에게는 산교육이며 아버지를 존경할 수 있는 이유 중의 한 가지입니다.

임서방도 항상 이렇게 말합니다. "내가 구정물에 손을 담그지 않게는 못할지 몰라도 장인어른의 반만큼이라도 사랑해 주고 아껴줄 거야."라고 말입니다. 정말이지 좋은 부모님에게서 행복하게 자란 것만으로도 과분한데 임서방이 말은 안해도 엄마 아버지처럼 인자하신 분들이 고이 기른 딸이라 더더욱 저를 귀하게 여기며 아껴줍니다. 그것은 모두 부모님의 은덕입니다.

아버지, 정말 고맙습니다. 평화로운 가정이었기에 26년을 살면서 좋은 생각, 좋은 일을 할 수 있었고 바르게 자랄 수 있었습니다.

경제한파로 모두가 어려운 이때 공무원도 예외가 아니어서 월급도 깎이고 감원대상이 된다지요. 아버지, 걱정마세요. 건강한 아들딸이 다섯 명이나 있고 사위도 넷이나 있는데 무엇이 걱정이십니까? 제가 광연이의 공납금도 내주고 싶었고 아버지의 틀니도, 외할머니의 병원비도 대드리고 싶었는데. 아버지! 지금부터라도 더욱 열심히 살고 열심히 벌어서 언젠가는 아버지 호강시켜 드릴게요.

지금은 어렵더라도 조금만 참으세요. 그리고 힘내세요. 돈이 전부가 아니라는 것은 아버지께서 더 잘 알고 계시지요? 우리 가정에 웃음소리가 끊이지 않고 5남매 지금처럼 우애롭게 사랑하고 서로 도와가면서 살고, 지금처럼 재미있게만 살면 최고 아니겠어요?

어려운 일, 힘든 일이 있으시더라도 아버지 곁에는 건강한 우리 5남매와 사위 넷이 있음을 잊지 마세요. 우리들에게는 엄마 아버지라는 든든한 백이 계시기에 걱정하지 않습니다.

아버지 파이팅! 우리 아버지 최고!

(대구시 수성구 지산동 980)

사랑이라는 보너스

강 윤 정

매일 12시가 넘어서야 들어오던 당신이 6시만 되면 들어와 TV 보다가, 10시만 되면 잠자리에 들어 자는 척하지만. 당신이 잠못 드는 거 다 알아요. 눈빛만 봐도 다 아는데 당신의 고르지 못한 숨소리를 내가 모를 줄 아세요? 내일부터는 밤새도록 산책이라도 하든가 아니면 조깅이라도 하자고 하고 싶네요.

새벽 5시만 되면 현관에 나가 쭈그리고 앉아 담배 피우며 신문을 기다리는 당신을 볼 때마다 얼마나 기가 막히는지 모를 거예요. 밤에는 당신이 일부러 자는 척하지만 새벽에는 그런 당신 모습 보기 싫어 제가 일부러 자는 척한답니다.

당신같이 성실하고 유능한 사람을 몰라보는 바보 같은 사람들이 한없이 원망스럽구요. 어딘지 모르지만 당신을 데려가는 곳은 봉 잡은 거나 마찬가지예요. 당신이 고민할 때마다 무능한 나는 얼마나 가슴 아픈지 아세요. 다른 집 여자들은 돈도 잘 버는데 나는 밥 빨래밖에 못하니 당신은 참 손해보면서 살고 있어요. 능력 있는 많고 많은 여자들 가운데 하필 나같이 못난 여잘 만나 소처럼 일만 하고 살잖아요. 성실한 당신 덕에 아무 걱정 없이 8년을 산 것만 해도 전 남들이 평생 누릴 복을 누렸다고 생각해요.

차도 5년만 타면 덜덜거려요. 사람의 몸도 비가 오나 눈이 오나 10여 년을 일했으니 얼마나 고단하겠어요. 요즘을 잠깐의 휴식기간이라고 생각하고 마음 편히 가지세요.

옛날에 지현이 낳고 난 뒤 당신이 나에게 빳빳한 천원짜리로 2만 원 봉투에 넣어준 거 기억하나요. 보너스라고 주었지요. 그러면서 맛있는 거 사 먹고 속옷이라도 하나 사 입으라고 하였지요. 빠는 게 아까워 입는다고는 했지만 당신이 내 속옷 떨어진 거 알아서 얼마나 창피했는지 몰라요. 그때만큼 당신이 눈물나게 고마웠던 적은 없어요. 어머님한테 생활비 타 쓰느라 무척 힘들었거든요. 분가해서 어머니로부터 내게 월급봉투가 넘어왔을 때 얼마나 기뻤는지 당신은 모를 거예요.

그러나 나는 당신에게 줄 보너스가 없네요. 대신 앞으로도 당신만을 열심히 사랑하며 살겠어요.

당신은 무엇이든지 해낼 수 있어요. 우리 식구 모두 다 당신을 고마워하고 있는 거 잊지 마세요. 그리고 늘 당신을 믿고 있어요.

당신 파이팅!

(서울시 성북구 종암2동 3)

파이팅! 119 구조대

황 순 덕

10년 전의 빛바랜 사진을 들여다보고 있노라니 참으로 많이도 달려왔구나 하는 생각이 드는군요. 지금의 당신과 비교하니 옛날의 당신 미소 띤 얼굴이 참으로 정답게 느껴지네요. 10년이란 세월 내내 당신 출근시킬 때마다 뒷모습에 대고 두 손 모아 기도를 했지요. 당신의 하루를 무사히 지켜달라고……. 소방관이란 막중한 임무에 늘 긴장하고 또한 위험에 노출되어 있고, 바쁘게만 달려가는 당신의 하루하루는 늘 걱정됩니다.

사랑하는 당신. 전 알아요. 출동할 때 도로사정으로 인해 조금이라도 지체되면 시민의 생명과 재산을 걱정하며 발 동동 구르고. 좁은 골목, 소화전 가까이에 세워두는 차, 구경하느라 몰려드는 인파, 부족한 장비 이런 여러 가지 어려운 상황들이 진압, 구조, 구급을 지연시킬 수밖에 없는 상황을 만들고. 그 어려움에 당신은 더 많은 땀과 노력이 필요하다는 걸 전 누구보다 잘 알고 있어요.

그렇게 힘들게 일하고 지쳐서 들어왔을 때 나도 직장 다니느라 피곤하다는 핑계로 따뜻한 위로의 말 한 마디 제대로 해주지 못했어요. 당신이 조금 다쳐서 왔을 때도, 당신의 땀냄새나는 제복을 빨면서도 마음 쓰리고 아팠지만 겉으로 그 마음 제대로 표현하지 못했어요. 당신의 어깨라도 말없이 보듬어줄 수 있었을 텐데. 나의 감정을 드러내지 못해 당신께 힘이 되어 주지도 못했네요. 얼마나 야속했을까요? 저의 한 마디, 행동 하나하나가 큰 용기가 될 수 있었을 텐데.

왜 당신의 그을린 얼굴을 한 번도 어루만져주지 못했는지, 왜 이런 편지 한 통 진작 쓰지 못했는지 생각할수록 가슴 아픈 후회로 남네요. 이렇게 못난 자신이 참으로 미워 죽겠네요. 하지만 단 한 번도 당신을 존경하는 마음, 사랑하는 마음 잃어본 적이 없다는 걸 꼭 알아주세요.

용기있는 당신. 제가 이 세상에서 제일 존경하는 사람이 있다면 끝없이 봉사하면서도 기쁨을 아는 당신 한 사람이에요. 소중한 생명 구하러 불속으로 뛰어드는 당신의 14년이란 소방생활. 진정 소중하고 아름다운 시간이에요.

앞으로의 헌신적인 소방일, 보람된 삶으로 남을 거예요. 이 시간에도 한 생명이라도 더 구하려고 거대한 불기둥을 헤치며 최선을 다하고 계실 당신을 생각하면 아낌없는 찬사를 보내지 않을 수 없어요. 이웃의 고통에 귀 기울여주고, 먼저 달려가 줄 당신의 보람 있는 그 일이 더욱 빛나도록 늦지 않았다면 제 마음 숨기지 않고 이제부터라도 당신께 충실하고 싶어요.

몇 달 전 풍요는 혼자 소유하는 것이 아니라며 아이들과 통장 만들어 '불우이웃돕기 통장'이라 써붙이고 좋아할 때 "우리도 먹고 살기 힘든데 남 생각한다."며 화내서 속상하셨지요? 생각해 보니 교만한 제 욕심에서 비롯된 말이었어요. 작지만 나누려는 당신 마음. 이제 정말 이해할 것 같아요.

사랑이 충만한 당신. 당신을 닮아 여리고 사랑스러운 아이들을 보세요. 남을 생각할 줄 알고 친구의 아픔도 가슴으로 느끼려는 예쁜 마음. 또 아빠를 자랑스럽게 여기며 아빠처럼 훌륭한 소방관이 되겠다고 씩씩하게 자라고 있는 아이들. 너무나 가슴 벅차지 않으세요?

그래요, 당신에게는 이렇게 단 하나 소중한 것이 있습니다. 당신을 자랑스러워하는 '가족'. 진정 이보다 더 아름답고 소중한 것이 또 있겠습니까? 우리 가족 당신께 힘과 용기가 되어줄 거예요. 당신도 이웃과 가족을 위한 열정을 잃지 마세요. 남들이 당신을 다 기억해 주지 않아도 당신이 구해 준 생명 어디선가 생명의 귀중함을 깨닫고 당신을 기억해 줄 거예요. 당신 더욱 힘내 주세요!

요즘 들어 많은 사람들이 목숨을 가벼이 여긴다고 안타까워할 때 전 그저 애처롭게 바라보는 것만으로 마음을 대신했는데 이젠 당신을 보듬어줄 용기가 생기네요. 이 글, 구절구절 비록 큰 힘이 못될지언정 당신께 내 마음의 일부를 전했다는 것만으로도 행복해집니다.

자랑스런 대한민국을 위해, 우리 이웃을 위해, 그리고 소중한 우리 가족을 위해 무명의 영웅 문봉수 파이팅!

이 땅의 모든 소방, 구조, 구급대원들 119 파이팅!

(서울시 송파구 문정동 150)

홀로 부르는 노래

이 정 수

J에게!

넌 항상 어려웠지. 고등학교를 졸업하던 그 순간부터 지금에 이르기까지 사는 것이 쉬웠던 적은 단 한 번도 없었어. 대학을 자퇴하면서 전공, 졸업, 취업이란 일반적인 길에서 벗어났던 너는 아무도 그어주지 않는 사회에 대한 출발점을 스스로 긋고 스스로 시작하고 스스로 마무리했었지. 그렇게 열아홉에서 지금 서른세 살까지 삼십 년을 혼자 해결해 왔는데. 잘 해왔는데.

올해 3월. 결국 사무실을 정리하고 넌 집으로 들어왔어. "잠시 상황이 나빠졌을 뿐이야. 당분간은 재택근무를 하지만 난 다시 시작할 거야."라고 넌 말하지만 난 알아. 지금은 많이 어려워져 있다는 것과 네가 지쳐 있다는 것을. 그리고 제일 걱정이 되는 것은 혼자 준비하고, 결정하고, 실행하고, 이 모든 것이 아직까진 크게 어긋나거나 실패하진 않았지만 이 독단적인 생각이 혹 너를 더욱 외롭게 만드는 것은 아닌지.

유독 가족들을 사랑하면서도 큰 문제는 혼자 안고 혼자 해결해 왔던 것이 너를 더 힘들게 하는 것은 아닌지 그게 제일 걱정이 돼.

그러나 예전과 지금은 상황이 틀려. 네 주위에는 많은 가족이 있어. 열아홉! 그때 너의 시작을 봐주거나 도와줄 사람은 없었지만 서른둘! 이젠 너의 옆에서 같은 생각을 하고 같이 손잡고 갈 아내가 있고, 형제들이 있잖아. 예전에 아무 것도 없이 시작할 무렵 그때보다는 사람이 있든 경험이 있든 더 쉽지 않겠니? 지금은 꼭 네가 잘못해서 벌어진 상황만은 아니야. 자책하지마. 넌 다시 일어설 수 있어.

J! 넌 몇 년 전부터 항상 스스로에게 이런 말을 했어. 삼 년만 버티자. 삼 년만. 그것이 벌써 근 십년이 되었는데 언제나 반복되던 삼 년, 삼 년, 삼 년의 시간 동안 넌 많은 것을 이루었지. 다른 이들의 시선에서는 너무도 당연한 일들 그 하나하나를 넌 속으로 다지고 다지면서 해결해 나왔지. 너 혼자서.

지금까지의 너를 보면 난 진심으로 네가 자랑스러워. 지금까지의 너의 선택은 맞았고 너의 생각은 옳았어. 앞으로도 그럴 것이라고 생각해. 세상은 우리에게 풀기 어려운 문제 하나를 던졌고 우리는 그것을 풀어야 해. 피해갈 순 없잖아. 그리고 이젠 좀 쉬는 건 어때. 좀 느긋이.

내가 알기로 넌 12, 3년간 한 번도 쉬지 않았어. 고등학교를 졸업하던 그 순간부터 일이 없어도 몸은 쉬어도 마음은 항상 긴장하고 바빴어. 가족들에 대한 책임감으로. 이젠 그 무거운 책임감을 잠시 내려놓으렴. 그들의 문제는 그들에게 돌려주고 좀 쉬어. 그리고 막상 이야기를 해보면 가족들 개인 개인은 네가 생각하는 것만큼 무력하지 않아. 그들도 역시 그들의 문제는 스스로 해결해낼 수 있어. 꼭 네가 있어야 하지는 않아.

그렇다고 네가 전혀 필요없다는 것은 아니고 단지 가족들에 대

한 너의 강박관념이 더욱 너를 지치고 힘들게 하지 않을까 해서
하는 말이야.

　J, 이건 어때? 우리 다시 한 번 시작해 보자. 그래서 삼 년간 버
텨 보자. 여태까지 네가 입에 달고 다녔던 삼 년! 그 삼 년을 지금
부터 다시 준비하자. 다시 삼 년만 고생을 하자. 그래서 멋진 서른
다섯을 맞이해 보자.

　파이팅, J! 넌 할 수 있어!

(부산시 수영구 광안2동 182)

도시락과 아내

이 호 선

막 점심 도시락을 먹었소.

줄을 그어놓고 담은 것처럼 정갈스럽게 놓인 김치쪽 하나하나에서도 당신의 무던한 성의를 느낄 수 있었소. 가만 생각해 보면 이렇게 당신의 정성스런 도시락을 받아들고 대문을 드나든 지도 8년여! 그런데 염치없게도 보따리 장사라고 부르는 대학 시간강사 딱지는 아직도 떼내지 못하고 있으니. 가끔씩 생각하오. 내가 지금 걷는 이 길이 우리 두 아이와 당신에게 찬란히 펴보일 수 있는 희망일까 하고.

태양이 서산으로 향하는 해질녘이면 빈 도시락 내주기가 미안스러워 집으로 향하는 발걸음이 허둥거려질 때가 있다오. 어디 그뿐인가. 8년 전 도시 처녀인 당신이 산골 읍내로 시집을 온다는 소문이 우리 시골마을에 병풍처럼 둘러쳐졌을 적에는 대한민국의 사내대장부인 나 역시 당신에게 찬란히 빛나는 진주를 캐줄 수 있으리라는 자신감이 있었는데.

겉보기에는 고상한 대학강단의 선생과 학교 밖의 현실은 이렇게 다르니 이 또한 괴롭소. 한 가정의 남편과 아빠라고 하는 가장으로서 토끼 같은 자식과 평생지기 당신에게 먹고 입고 자는 기본적인 생활을 염려하게 하고. 방학중에는 국물도 없는 시간강사 선생을 한다는 사실이 분명 손 여미는 시간임엔 틀림없소. 물론 학생들 앞에 서는 강의시간만큼은 하루 중 가장 편안한 시간이오. 또한 진지한 시간이기도 하오. 하기야 이런 정도의 내 기쁨이 있으니 오늘을 유지하고 살겠지만.

어제는 나와 같은 희망을 쓰는 시간강사들끼리 서로의 푸념도 늘어놓을 겸 저녁을 함께 했었소. 그리고 나서 오래간만에 백화점이라는 곳을 둘러보았소. 무심코 들어선 숙녀복 코너에 당신에게 입혀보면 썩 어울릴 듯한 옷이 한 벌 눈에 들어와 옷값을 물어 보았소.

그런데 그 옷값이 내 한달 강사료를 다해야만 살 수 있는 거였소. 그렇다고 그냥 나오기에는 서운해서 스카프라도 하나 둘러주고 싶어서 값을 알아보니 3만 원이 든 지갑까지 팔아도 내 물건이 못 되겠더구만. 점원 아가씨에게 미안하다 하고 되돌아 나오는데 뒷머리가 곤두설 만큼 혼났소. 또한 그렇게 허둥거리며 백화점 문을 나서는 70kg의 내 몸은 왜 그리도 작게 느껴지고 허탈한지…….

나도 모르게 우리 학교 대학병원 응급실과 마지막 떨이를 하고 있는 노점들을 한 번 둘러보았소. 나는 그 광경에 그래도 휘파람을 불었소. 희망이 없는 사람을 살려 보겠다며 발을 동동 구르는 사람은 그 환자의 가족이라는 것을 알았소. 껍질 벗긴 도라지 한 종지 달랑 놓고는 그것을 팔겠다며 꽃샘바람을 막고 서 있는 내 어머니 또래의 모습에서 '나만' 이라는 소외감을 지울 수 있었소. 그러다 보니 마음은 천하를 얻은 것처럼 평온해졌소.

집에 들어가는 길에 동네 입구 문방구점에 들렀소. 종이접기를 잘 하는 교이에게 색종이라도 사다 주고 싶어서 말이오. 그런데 정작 색종이는 젖혀두고 당신에게 주고 싶은 3천 원짜리 머리핀 한 쌍을 골랐소. 그것을 받는 당신 손은 마냥 떨리고 있었고 눈가에는 살고드름이 돋고 있었소.

고맙고 감사한 일이오. 다만 당신 남편으로서의 내 마음은 그런 당신의 마음을 감쌀 새롭게 펼쳐질 일생에 있음을 적어두고 싶을 뿐이오.

(전북 진안군 진안읍 군상리 911)

당신을 기다리며

신 정 순

　당신은 오늘도 새벽 어둠이 덜 걷힌 이른 아침에 집을 나섭니다. 정류장에서 버스를 기다려 탈 것이고 또 지하철을 바꿔 타겠지요. 그리고 한 10분쯤 걸을 것이고, 8시 30분 출근시간에 맞추느라 못 챙긴 아침식사를 하기 위해 구내식당을 찾겠지요. 10년 넘게 먹어온 찐 밥이라 싫증난다는 그 밥을 먹겠군요.

　나는 당신을 보내놓고 조간신문을 집어듭니다. 오늘도 단골 메뉴로 등장하는 부도, 실업, 고물가, 여야간의 끝이 없는 다툼, 고위급 인사들의 부정, 그리고 실의에 빠진 가장의 자살. 나는 이 부분에서 가슴이 쿵 하고 내려앉는 걸 느낍니다. 고개숙인 남자, 처진 어깨. 가장의 권리보다 가장의 의무를 먼저 생각해야 하는 이 시대의 가장들. 그들에게 실직은 한 집안에서 가장의 역할을 포기해야 함을 의미했기에 막다른 골목에 다다르자 극단의 길을 택한 이 시대의 가엾은 남자들.

　당신도 마찬가지였지요. 서울에서의 집값을 감당하지 못해 먼 출퇴근길을 택해야 했고 아이들이 잠들었을 때 나가고 잠들면 들어와야 했던 슬픈 가장이었지요. 그래도 손에 받아드는 월급봉투

242

는 늘상 얇아 나에게 내밀면서도 늘 면목없어하던 당신.

나 역시 그랬어요. 모피 옆에만 가도 재채기하는 줄 알았고 해외여행을 딴나라 사람 이야기인 줄 알았지요. 그런데 어느날 '아이 엠 에프' 체제를 선언하면서 거품을 빼야 한다고 이야기할 때 당신과 나는 참으로 망연했지요. 거품이라고는 빨래 빨 때 생기는 비누 거품 밖에는 몰랐으니까요.

여보, 당신은 정말 억울하겠지요. 만 달러시대를 살아본 적도 없는데 이렇게 날개도 없이 추락해 버렸으니 말이에요. 요즘 당신이 밤잠을 못 자는 걸 보면 가슴이 아파요. 같은 사무실 동료가 실직당하는 걸 보니 괴롭다고 했지요. 그게 어디 또 강 건너 불인가요?

하지만 여보, 힘내요. 우리 이 힘든 시대를 맞아서 잃은 것만 생각하지 말고 얻은 것을 생각해 봐요. 수입은 줄었지만 당신 퇴근 시간은 빨라졌잖아요.

그러니 아이들과 놀아줄 시간도 있고 당신 건강 돌본다고 이 여우 같은 마누라가 당신 손바닥에 수지뜸도 떠주고요. 우리 가정 분위기가 좋아진 거 그거 어디 돈 주고 살 수 있는 건가요?

우리 아들 한솔이도 얼마나 철이 들었다구요. 요즘엔 늘상 즐겨 먹던 집앞 분식집의 떡볶이도 돈 아껴야 한다면서 안 사 먹는답니다. 돈 주고도 못 시키는 공부지요.

여보, 어둠이 깊어지면 언젠가는 새벽이 온다지요. 어깨 좀 쭉 펴봐요.

올해는 봄이 참 일찍도 오네요. 4월 3일이면 우리의 결혼기념일. 작년 우리의 계획은 10주년이 되는 올해는 신혼여행을 갔던 제주도를 가보자고, 그래서 그때 기분을 좀 내보자고 했지요. 결

국은 포기하게 생겼지만 뭐 어때요? 내년도 있고 후년도 있고 또
그 다음해도 있잖아요. 설마 이런 상황이 끝없이 이어지겠어요?

　당신 월급이 더 줄어도 난 견딜 수 있어요. 고진감래란 말을 나
는 믿어요. 내가 당신에게 바라는 건 당신은 우리 집안의 가장이
라는 사실을 잊지 말아 달라는 거예요. 돈을 벌어온다는 의미의
가장이 아니라 나의 남편, 두 아이의 아버지, 우리 집안의 정신적
지주, 대들보, 주춧돌, 나의 머리. 그런 점에서 당신은 영원한 가
장이에요. 그 점을 항상 잊지 마세요.

　나는 오늘도 당신을 기다리며 사랑이 녹아든 찌개를 정성껏 끓
입니다. 당신은 오늘도 만원 지하철에서 시달리다 단추가 떨어져
나간 줄도 모르고 집으로 오겠지요. 어서 오세요. 당신을 사랑하
는 우리 가족이 기다리고 있답니다.

(경기도 의왕시 내손동 623)

든든한 산이 되겠소

여보! 어제 사표를 냈다는 이야기에 너무 놀라는 것 같아 내심 마음이 몹시 아팠소! 너무나 갑작스런 간부 일괄사표라서 멍하니 따라서 사표를 낼 수밖에 없었소. 하루 아침에 정든 직장을 그만 두어야 한다는 생각도 괴로웠지만 무엇보다도 참기 어려웠던 것은 오로지 평생직장이라고 생각하고 젊음을 바쳐온 직장이 나를 매몰차게 거리로 내쫓는다는 사실이었소. 아무리 '아이 엠 에프'라는 괴물이 무섭다지만 이토록 냉정하게 몰아내는 직장에 대한 배신감이 참기 어려울 정도로 고통스러웠소.

사표를 내고 보니 여러 가지 생각이 떠오르오. 평소 다니던 강변도로가 무척이나 넓게 보이고. 빌딩들은 왜 그리 커보이는지. 그 곁에 외롭게 서 있는 나 자신은 얼마나 작고 초라한 모습인지……

그러나 세상이 나를 이토록 거리로 내몰고 비참하게 만든다 하더라도 나는 쉽사리 좌절하지 않을 거요. 이 세상 모든 직장과 모든 사람들이 나를 쫓아낸다 하더라도 나는 오뚝이처럼 일어나리라 결심했소. 내 뒤에는 사랑하는 당신과 아무 것도 모르는 수현이와 재현이가 있기 때문이오.

사실 나의 아버지도 과거 우리 6남매를 교육시키기 위해 무진 애를 쓰셨소. 대학등록금을 마련해 주려고 좀더 좋은 직장으로 옮기기까지 하셨소. 그때 잠시 실업자로 계셨다는 이야기를 훗날 들은 적도 있소. 그러나 철부지인 나는 아버지가 사표를 내고 실업자가 됐건 말았건 신경 안 쓰고 마냥 즐겁게 지냈던 기억이 나오. 그저 아버지가 곁에 있으면 항상 든든하고 믿음직했기 때문이라오.

여보! 걱정마오. 내 우유배달이든 붕어빵 장사든 무엇을 해서라도 우리 가족을 먹여 살리고 교육시키고 든든히 지켜 주겠소. 가끔 몸이 고달프거나 정신적으로 괴로울 때면 그때 조금 위로를 해주오. 그저 우리 가족밖에는 믿을 것이 없다오.

그러나 분명한 것은 하나님이 우리 가족을 보살펴 주고 있다는 사실이오. 그것에 감사하고 하루하루를 이겨나가기 바라오. 지금의 이 시련이 나중에 분명 큰 도움이 될 거요. 이제 애들 방으로 가보리다.

나의 천사 첫째딸 수현아!

잠자는 모습도 너는 엄마를 닮아 공주처럼 예쁘구나. 이불 밖으로 삐져나온 네 종아리를 보니 처녀(?)티도 물씬 나는구나. 엄마 구두도 신어보고 스타킹도 가끔 신어보는 것을 보니 다 컸다는 생각이 들어 뿌듯한 기분마저 들더라.

수현아. 이렇게 잘 자라는 나의 공주가 실업자 아빠를 보고 실망하면 어떡하지 하고 밤새 고민했단다. 설마 아빠가 실업자 됐다고 무시하지 않을 거지?

혹시 감수성이 예민한 시기의 수현이가 충격받을까봐, 아빠는 그게 제일 걱정된단다. 그러나 우리 수현이는 아빠를 믿을 거라고 확신한단다. 아빠가 아무리 어려운 상황에 처하더라도 우리 수현이를 보호하고 공부시켜주고, 용돈주고, 학용품 사주고……. 내 약속하마. 수현이가 원하는 모든 것을 다 해줄게.

그저 맑고 밝게만 자라다오 수현아!

아직도 옷을 홀랑 벗고 자는 나의 왕자님 재현아!

어제 야구공 던지기 하느라 힘이 많이 들었지? 코를 골고 자는 걸 보면 말이야. 재현이는 그저 씩씩하고 건강하게만 자라기를 아빠는 바란단다. 아무리 험한 세상이라도 재현이가 헤치고 나갈 수 있도록 힘센 사나이가 될 수 있겠지?

놀이터에서 더 이상 형들한테 얻어터지지 않도록 태권도도 더 열심히 배우렴. 아참, 지난번에 사준 야구 글러브가 조금 작아졌다지? 내 약속한 대로 열 번이라도 사줄게. 아무리 아빠가 실업자가 된다 하더라도 말이야. 재현이를 위해서라면 하늘의 별이라도 따다줄게.

재현아, 그런데 아빠가 집에서 쉴지도 모른단다. 재현이가 맨날 아빠한테 이야기했지? 회사 가지 말고 같이 놀자고 말이야. 재현이 소원대로 맨날 같이 놀아줄게.

그런데 재현아, 사실 아빠가 회사를 앞으로 안 다니게 되는 거야. 너는 잘 모르겠지만 회사를 안 다니면 돈을 벌 수가 없어서 재현이 맛있는 것, 장난감, 레고블럭 잘 못 사주게 되면 어떡하지?

재현아, 그래도 열심히 노력해서 아빠가 장난감 사줄 수 있도록 해볼게. 그 대신 재현이는 엄마 말 잘 듣고 공부 열심히 하고 교회

잘 다녀야 된다. 알겠지?

　사랑하는 여보!
　나의 사랑스런 공주님 수현아!
　나의 용맹스런 왕자님 재현아!
　이제 내 마음은 편안하오. 비록 세상이 나를 매몰차게 몰아내도, 아무리 주변환경이 나를 괴롭혀도 우리 가족들이 있는 한, 내 등 뒤에서 말없는 격려를 보내고 있는 한 나는 다시 일어나겠소.
　내 비록 그전처럼 양복에 넥타이는 못 매고 허름한 잠바를 입더라도, 내 비록 그전처럼 두둑한 월급봉투는 못 내밀더라도, 내 비록 그전처럼 매일 밝게 웃고 떠들지는 못하더라도 조금만 참아주오. 오뚝이처럼 재기하리다. 용수철처럼 이 경제한파를 헤치고 튀어올라 정상에 우뚝 서리다. 믿어주오.
　우리 가족들이여. 그저 하나님의 한없는 사랑이 느껴지고 있소.
　우리 가족 파이팅!
　아빠 파이팅!

(서울시 양천구 목동 917)

되로 주는 사랑 말로 받는 사랑

한 란 숙

지금은 새벽 6시. 남들은 아직 꿈나라 속이겠지만 당신은 오늘도 어김없이 차를 몰아 현장으로 가고 있겠군요. 방금 설거지 마치고 출근하기엔 1시간쯤 여유가 생겨서 당신께 글을 씁니다.

미안해요. 새벽부터 짜증부려서. 하지만 나도 화가 났거든요. 착하기만 해서는 이 세상 살기가 얼마나 어려운데. 때론 당찬 말도 해야 돼요. 당신은 남에게 한 마디도 안하고 내가 다하니 나만 맨날 악역이잖아요.

운전하면서 신경쓸까봐 금방 후회할 거면서 내가 왜 짜증을 부렸나 모르겠어요. 당신도 속상하죠? 제주도까지 가서 막노동해 놓고 돈을 못 받아왔을 때 당신은 나를 생각하느라 더 짠했을 거예요. 벌써 두 번에 걸쳐 약속을 어긴 사람들이라 그래서 제가 한 마디 한 거죠.

"일만 성실히 하기만 하면 뭐하냐고, 돈도 잘 받아와야지."

당신은 제가 입안이 다 헐어서 물도 못 마시니까 절 생각해서 "애기나 키우고 집에 있어, 일하지 말고."라고 한 것인데. 되로 주고 말로 받아버렸으니.

250

하지만 제 속이 당신에 대해 불신으로 꽉 차 있는 건 아니에요. 순수하게 때 안 묻은 당신이 절 감싸주고 사랑해줄 때 감격한답니다. 제가 일하는 것은 당신의 그 순수가 상처받지 않게, 나라도 생활비를 벌어보겠다고 두 아이 놀이방에 맡기고 씩씩한 척 뛰는 거예요.

나도 아이들 놀이방에 두고 나올 때 조금이라도 더 안고 있고 싶어 항상 출근시간 달랑달랑 남겨두고 뛰어들어 간답니다. 하루 종일 엉덩이가 아프도록 재봉틀을 밟을 때도 한숨 쉬며 일을 하면 피곤하니까 노래 불러가며 씩씩한 척하지만 라디오에서 조금만 슬픈 사연이 나와도 실이 안 보인답니다. 눈에 안개가 끼여서요. 하지만 우리 힘내요.

저는 남들이 "애나 키우고 남편이 벌어다 주는 대로 죽이든 밥이든 먹지 왜 극성 떠느냐?"고 물으면 자신있게 이야기한답니다. "남의 남편들은 벌어오질 않아 죽이든 밥이든 먹지만 우리 신랑은 열심히 사는데 세상이 받쳐주질 않으니 내가 같이 돕는 거야. 신랑이 속을 썩이나 술 먹고 일을 안 나가나, 정말 착실한데 그놈의 경제한파 때문에. 전부 경제한파 핑계대고 돈을 안 주니 어떡하겠느냐?"고.

나라 경제가 풀리면 우리도 풀리겠지요. 나라에는 IMF지만 우리에게는 HMF가 필요해요. 국제금융구조가 아닌 가정경제구조요. 옛날에 애들 없고 둘이 맞벌이할 때는 월급날이면 외식도 했지만 지금은 맞벌이 차원이 아닌 생계수단 그 자체잖아요.

여보, 힘내세요. 돈 못 준 사장님들 양심이 있으면 풀리자마자 주겠지요. 그때 석 달치 인건비 받으면 인건비가 아닌 보너스로 쓰자구요. 그럼 마음이 행복하잖아요. 쥐뿔도 없는 우리보다 더

불쌍한 사람들이니 우리가 이해해야지요.

　저녁에 당신 집에 오면 식사할 수 있게 오늘은 점심시간에 뛰어와 찌개라도 끓여 놓아야겠어요. 미안해요. 그리고 힘내세요. 나와 두 아이의 기둥 파이팅! 영호 희호가 씩씩하게 크는 한 우리 주저앉을 수 없잖아요.

　여보, 사랑해요.

(서울시 중랑구 면목1동 96)

진주와 상처

이 재 연

아버지!

제가 세 살 되던 해에 친정아버지가 돌아가셨지요. 자라면서 줄곧 아버지가 안 계시다는 사실이 어린 저에게서 당당함을 빼앗아 갔습니다. 또한 가슴 한구석에는 언제나 그리움과 서러움이 자리 잡고 있었습니다. 5년 전 결혼과 더불어 아버지를 제 아버지로 모셨을 때는 기뻤고 행복했고 감사했습니다.

시집올 때 친정어머니가 해주신 말씀처럼 친정아버지께 받지 못한 사랑도 듬뿍 받고 싶었고 저의 사랑도 드리고 싶었는데 마음 뿐이었는가 봅니다. 결혼 후에는 처음이라서 어색하고 어려워서 미루었고 아이를 낳은 후에도, 또 직장생활을 하는 지금까지도 아버지께 좀더 가까이 다가서지 못하고 언제나 시아버지와 며느리라는 평행선만 긋고 있는가 봅니다. 하지만 마음은 언제나 아버지의 딸처럼 지내고 싶었고 그렇게 되기 위해 노력했습니다.

아버지! 2월 28일. 저희 식구들에게 경제한파보다 더 무서운 시련과 좌절이 닥쳐왔던 그날. 늘 조심운전을 하셨고 속도도 잘 내지 않는 아버지셨기에 교통사고 가해자라는 말이 믿어지지가 않았고 믿고 싶지도 않았습니다. 이모님이 아버지 차를 타보고는 이런 말씀을 하셨어요. "손님들 속 터지겠다. 그렇게 천천히 다녀서 하루 손님 몇 명이나 태울까." 하지만 아버지는 그런 말에 아랑곳하지 않고 늘상처럼 조심운전 안전운전하셨는데.

감원바람에 직장을 그만두고 쉬고 있는 도련님이나 아가씨 보시기에 안타깝고 속상하여 더욱 열심히 돈을 벌려다 그러셨나 싶기도 하고, 당뇨 때문에 힘들면서도 아직은 벌 수 있다는 사실에 감사하며 운전을 하다 무리하신 게 아닌가 싶기도 하고. 못난 자식들은 그저 가슴이 아플 뿐입니다.

어려운 경제 현실 속에서 사는 못난 자식들이 아버지를 편히 쉬게 해드리지도 못하고 그런 곳에 내몬 것은 아닌가 하는 죄책감에 저의 가슴은 아프고 목이 메입니다.

평생 소원이고 꿈이었던 개인택시를 예순여덟 연세에 배당받아 겨우 1년 7개월 밖에 몰지 못하셨는데. 대물파손 50만 9,600원과 인사사고 없음이란 내용만으로 너무도 허무하게 개인면허가 취소되고 5년 이내 운전은 할 수 없다는 사형선고 같은 내용이 쪽지 한 장에 적혀 날아왔을 때는 하늘이 무너지고 세상이 노래지는 듯했습니다.

아버지! 구치소에서 당신이 나오기까지는 꼭 한달이 걸렸었지요. 저희들에게는 지옥 같은 시간이었습니다. 하지만 더욱 지옥 같은 사실은 구치소에서 나와 꿈과 희망이던 개인택시 면허취소 사실을 아버지가 어떻게 받아들이실까 하는 것이었어요. 가슴 아파 하고 좌절하지는 않으실지. 또 상처가 너무 커 혹여 시름시름 앓지는 않으실는지. 그러다 돌아가시기라도 하면…….

쓸데없는 상상이 꼬리에 꼬리를 물었습니다. 그러나 아버지는 역시 한 집안의 든든한 가장이셨습니다. 가족들의 걱정이 무색할 정도로 의연하셨고 담담히 사실을 받아들이셨지요. 내색하지 않는 속마음은 많이 상하고 아프셨겠지만.

아버지! 감사합니다. 좌절하지 않고 절망하지 않는 아버지의 모습을 보는 저희들에게도 힘이 생기고 용기가 납니다. 봄은 겨울의 세찬 바람과 눈보라, 강추위를 이겨냈기에 더욱 아름답고 화려한 것이지요.

음지가 있으면 양지도 있듯이 지금 우리 가족에게 일어난 모든 일들은 한낱 겨울 한파에 지나지 않는 것이라 생각합니다. 도련님과 아가씨도 이 한파를 이기고 새 직장을 구할 수 있을 거예요. 우리 가족 모두 이 겨울을 이겨내고 화려한 봄을 맞을 수 있도록 힘도 키우고 더욱 강해지기로 해요.

희망의 끈을 놓지 마세요. 아버지의 좌절과 절망이 곧 자식들의 좌절이며 절망이니까요. 저희들은 잃어버린 개인택시보다는 건강하게 저희들 곁에 계신 아버지, 어머니가 더욱 소중하고 귀합니다. 상처 입은 조개가 진주를 만들 듯이 우리 가족도 진주를 만들기 위해 서로 감싸고 위로하고 격려하며 용기 잃지 않고 열심히 살겠습니다. 늘 계시던 아버지의 그 자리에서 밝은 미소와 넓은 마음으로 지켜봐 주세요.

건강하시고 오래오래 사세요. 아버지의 의연하심에 다시 한 번 감사드립니다.

사랑합니다, 아버지.

(서울시 강남구 삼성동 166)

충청도 각시 경상도 신랑

김 영 미

웬수 같은 여보 당신 보이소.

봄이 왔다고 해가 아를 데리고 나갔드니마 바람이 억수로 불데예. 여우 같은 마누라 떨어져가 억수로 고생 많제. 떨어져 살아보니께 어떻드노. 뭐니뭐니해도 마누라가 최고제. 그라니까 있을 때 잘해라. 알았나?

아빠 니가 내를 만나 팔자를 고친 지도 벌써 8년이란 긴 세월이 흘렀뿐네. 그래도 아빠 니는 문디가 멍청도 참한 색시 데리고 와 딸 낳고 아들 낳고 팔자 폈다 아이가.

니 내 데리고 와서 어떻게 했는지 생각 한번 해봐라. 신혼 초에는 느그 엄마 그 잘난 아들 내줬다고 유세가 등등했제. 내 마음 고생할 때에 위로해 줘도 모자라는 판에 니는 매일 술독에 빠져 있었다 아이가. 그래, 니가 뭐 잘 났노? 머리 껍떼기만 좀 빤빤한 것 믿고 거시기만 달랑 달고 와 내 속을 태우다 못해 숯껌댕이로 만들었다 아이가. 내 니가 술만 안 먹었어도 퍼대기로 둘러가 매일 업고 다녔을끼다.

꼭 제비 오라비같이 생겨가지고시리. 키가 억수로 커서 우러러

256

볼 수가 있노, 본능적으로 한 번 안기고 싶어도 어데 포근히 안길 가슴바닥이 넓길 하노, 그렇다고 보이지 않는 속알맹이가 넓길 하노? 꼭 밴댕이 속같이 생겨가지고시리.

니 술 먹고 다닌다고 내 현관 유리 깼을 때 니 어떻게 했노? 니는 방문유리를 겹쳐놓고 박살냈제. 그래 좋다 이거야. 상습적으로 월급봉투 속이는 건 필수제, 매일 회사 회식한다고 혼자 외식하고 돌아다니제. 난 이런 니를 이렇게 부르고 싶데이. "구제불능이요 개구틈사라." 알겠나? 껍데기만 반반한 니가 알긴 뭘 알겠노?

그리고 매일 지가 뭐 총각인 줄 알고 청자켓 카라 빳빳이 세우고 청바지만 입고 껄렁껄렁 다니면 단 줄 아는데 천만에 말씀이야. 이종환 선생님과 같은 학번 될 날이 멀지 않았데이. 갖은 속다 썩혀 내 얼굴은 쭈그랑 망텡이로 만들어놓고 안심이다 이거겠제. 그래 내는 니 덕분에 이제 서른 살 갓 넘었는데 아 데리고 나가면 "어이구마 늦둥이 잘두셨네예." 그란다.

그렇다고 니 아차하는 순간에 여차하는 수가 있데이. 내 허리가 잘록한 원피스 한 번 입고 나가 봐라. 사람들이 다 죽인다고 난리데이. 포장마차 오뎅 아줌씨도 엄지손가락을 높이 치켜들고 "몸매 끝내주네예." 그라더라. 내가 얼굴까지 반반했으면 니 같은 남자 데리고 살겠나. 내 말 단디 듣거래이. 다 끼리끼리 사는 거데이. 내는 그래도 애교는 끝내준다 아이가. 제발 잘난 체 그만하고 정신 차려라. 알겠나.

어찌됐든가네 미우나 고우나 우리는 한배를 탄 몸 아이가. 한눈 팔지 말고 니는 오른쪽 노를 젓고 내는 왼쪽 노를 젓고 아들은 뒤에서 노래를 부르면서 이제부터라도 순풍에 돛단 듯이 그렇게 살아가 보제이. 알겠나?

지금까지는 바람이 잦아 배가 많이 흔들렸는데 내 니 한 번 믿어볼 거그마. 토요일날 내려올 거제. 그라면 그때 보자. 내 니 좋아하는 삼겹살 꿉어줄 꺼그마. 들어가거래이.

(경남 울산시 중구 태화동 412)

다이아몬드와 빨간 구두

성 하 연

금 모으기 행사에 이어 다이아몬드 모으기 행사가 한창입니다. 저녁상을 물린 뒤 당신과 함께 모처럼 느긋하게 TV를 시청하다가 다이아몬드 모으기 운운에 귀가 솔깃해졌습니다.

"여보, 이 기회에 다이아몬드도 팔아버릴까?"

"그냥 둬! 달랑 남은 게 그건데 그것마저 팔면 어떡해."

"누군 팔고 싶어서 그러나? 은지 유치원비도 밀렸고 전화요금이며 각종 공과금도 더 이상 미룰 수 없는데⋯⋯."

"조금만 더 기다려봐. 일했는데 돈 나오겠지 뭐."

슬그머니 자리를 피하는 초라한 당신의 뒷모습에 내가 괜한 소리를 했나 후회도 하지만 하루하루 조여드는 경제적 빈곤은 도저히 비껴갈 수 없는데 어떡해요. 경제한파로 나라 전체가 시끄러운데 다행히도 실직의 늪에서 헤쳐나오긴 했지만 30% 감봉에 그것도 들쭉날쭉. 몇 개월째 월급 한푼 못 받고 있으니 생활비가 바닥을 보인 지도 오래잖아요.

그날 밤. 당신이 잠든 사이 장롱 깊숙한 곳에 숨겨 두었던 작은 다이아반지를 꺼냈습니다. 결혼 10여 년 새에 볼품없이 거칠고 두

툼하게 변해 버린 내 손과는 아무리 봐도 조화를 이루지 못했어요.

'여보, 미안해요. 형편 풀리면 생활비 더욱 아껴서 당신이 해준 거랑 똑같은 반지 마련할 테니 이해하세요.'

마음 속으로 자위했지만 고이는 눈물은 어쩔 수가 없더군요.

다음날. 은지가 유치원에서 돌아오는 대로 다이아를 지갑 속에 꼭꼭 넣고 두 번의 전철을 갈아타고 다이아몬드 모으기 행사장에 도착했습니다.

"아주머니, 죄송하지만 3부 이상만 접수합니다. 이건 2부짜리 네요."

행사장을 빠져나오노라니 가슴에는 황량한 바람이 일었습니다.

"엄마, 반지 왜 안 팔아? 반지 팔아서 은지 빨간 구두 사준다고 약속했잖아. 엄마, 발 아파!"

쑥쑥 커가는 딸아이 발에 맞는 신발 한 켤레 사줄 수 없는 형편이 너무나 야속하고 서러웠습니다.

"은지야, 우리 다른 데 가보자. 여기는 큰 것만 산데."

그 길로 금은방에 가서 아주 헐값에 반지를 팔고 말았습니다. 10여 년 전. 당신과 내가 주고 받았던 우리들의 사랑이, 기대했던 미래가 함께 싸구려로 날아가 버린 것 같아 목구멍에서 뜨거운 것이 울컥 치솟았습니다.

당신이 섭섭해하실까봐 딸아이에게 그토록 주의를 줬건만 엄마가 반지 팔아 빨간 구두 사줬다는 자랑에 당신은 한 마디 대꾸도 없이 모른 척 신문만 뒤적이시더군요.

"여보, 여자지만 내 손은 정말 다이아와는 안 어울려 그치?"

"미안해. 당신 손에 반지 하나 안 남기게 하다니……."

"너무 그러지 말아요. 우리라고 맨날 이러고 살라는 법 없잖아요. 당신이 버릇처럼 하는 말, 우리에게는 백지수표 같은 은지가 있잖아요. 우리 은지 그늘 없이 반듯하게 자라주는 것, 내게는 다이아보다 더 값지단 말예요."

그날 저녁. 조촐한 삼겹살 파티에도 우리는 마냥 행복했잖아요. 너무 큰 것만 쫓지 말고 작은 것에 감사하면서 새 봄을 기다리기로 해요.

여보! 사랑해요.

(경기도 성남시 수정구 태평2동 3416)

장미꽃 한 송이

이 재 성

지면에다 이런 것을 다 쓸 줄이야. 글쓰는 것, 사랑한다는 말, 난 희와 너무 차원이 다르잖아. 고놈의 자존심이 뭔지.

어느새 우리의 결혼생활도 10년이 넘었군. 강산이 한 번 바뀌는 가운데 우리는 늘 노력하며 성실하게 살아왔지. 이제 한 고비 넘겼으니 웃고 살 수 있겠지 하는 우리에게 경제한파라는 큰 절망이 닥치고 말았지.

내가 희에게 준 것이라고는 눈물뿐. 그다지도 욕심 없이 살아온 희에게 따뜻한 말 한 마디면 감동하는 것 잘 알면서도 눈물이 유일한 선물. 결혼하기 위해 별소리 다해 놓고서. 지금 생각해 보면 내가 분에 넘치게 행동한 것 같아.

단칸방에 살면서 지금까지 잘 생활해온 것도 다 희 덕분이지. 경제한파가 닥친 지금 예전의 힘든 순간을 떠올리며 위로하며 살아가는 우리가 아닌가. 가게를 하면서 정말 본의 아니게 마음 아프게 했지? 모두 힘들어도 다들 참고 살아가는 건 마찬가지인데. 난 당신이 웃고 다니며 즐겁게 일할 때면 왠지 속이 끓어.

"이 사람이 뭐 잘못 먹었나. 이 미련 곰탱아."

늘 그런 식으로 몰아붙여도 금새 호호 웃는 당신.

이 좁은 마음 다 헤아리면서 살아주는 희이기에 장미꽃 한 송이에도 너무 행복해하는 모습. 어느 날 술 한잔 걸치고 돌아오는 길에 발밑에 뭔가 있어 보니 장미꽃 한 송이. 그날 밤 시든 장미꽃 한 송이에 취해 있던 당신 모습 잊을 수가 없어.

어느 날엔가는 예쁘게 머리 손질하고 깨끗이 차려 입고는 나를 기다리고 있었지. 예쁘다는 그 말 한 마디 듣고 싶어 눈이 빠지게 기다렸을 텐데 내 입에서는 사랑한다는 소리 대신 왜 독을 품은 말이 나왔는지 참 이상하단 말이야. 빨간 립스틱, 라면처럼 꼬불거리는 머리가 보기 싫어 "너 입술이 왜 그래? 머리는 또 그게 뭐야?" 하고 소리를 질렀지. 마누라에게 잘해 주라는 동료의 말도 생각났으면서 어쩜 그리 냉정하기만 했을까? 나 때문에 이후로 파마는 더이상 하지 않았지. 그런데 생머리로 있으니 더 야위어 보여.

나 때문에 행복해하는 희의 모습. 지금까지 내가 뱉은 쓴소리 한 번도 마다 않고 언제나 내 방식에 끼워 맞추며 살아온 희! 글 쓰고 노래하며 나한테 수다떠는 예쁜 여우. 결혼 10년째인 지금 멋진 여행은 고사하고 경제한파 이기는 방법 또한 희가 갖고 있기에 또 한 번 면목이 없어.

그런데 사랑하는 사람과 떨어져 있자니 정말 못살 것 같았어. 일자리가 문제 아니고 못 보면 병이 날 것 같았어. 술값 아껴 제일 빠른 새마을호 타고 내려왔다는 거 아냐. 평소에는 당신보다 술이 더 좋은 줄 알았는데 참말로 이상하더군. 여우짓하는 희 모습 못 봐서 그런지 밥맛도 기운도 다 잃고. 당신과 함께 있을 때보다 아까운 살 다 빠졌어. 하루 종일 보고픈 얼굴 보고 나니 다시 엔돌핀

이 펄펄 끓지 뭐야. 늘 즐겁게 지내는 사람이라도 희야를 보면 더 즐겁지 않을 사람 없을 거야.

힘들고 어려워도 밝게 보이는 희. 콧노래 부르며 나를 위해 웃고 있을 때도 "니는 뭐가 그리 좋아 웃고 있노. 손님 없어 신경질 나 죽겠구만." 하고 속을 긁는 나. 정이 뚝뚝 떨어질 때가 한두 번이 아닐 거야. 이상하게도 항상 마음으로는 희를 사랑하면서도 정 떨어지는 소리로 상처만 남겼지?

늘 나에게 위안이 되어주고, 다른 것 필요없고 나와 아이들 건강하고 함께 있는 것이 큰 행복이며, 살아 있음에 감사하며 열심히 살아가는 것이 참다운 인생이 아니냐고 말하던 희야. 그래 난 지금까지 마음에도 없는 소리 많이 했지. 표현은 무뚝뚝하긴 해도 나 희야 정말 사랑하는 것 알지?

늘 연애하던 그 시절 떠올려 서로의 이름 한 번 불러 보자고, 아름답고 고귀한 이름 한 번 들어보겠다고 온갖 애교 다 떠는 희. 지금까지 제대로 호강 한 번 못 시켜줬어. 더 많이 사랑하며 못다한 호강 꼭 시켜줘야지. 남의 귀한 딸 고생만 시키면 어디 사낸가? 지나칠 수 없는 어려운 이 시대, 우리 사랑의 힘으로 꼭 극복해 더 큰 행복 만들기로 해. 희 파이팅!

(천안시 쌍용동 주공 9단지 아파트)

우리 사랑하며 용서하며

방 태 욱

남들에게만 닥친 듯한 경제한파가 생각도 하지 않았던 우리에 게도 다가와 뼈 아픈 날들이 시작된 지도 벌써 4개월이나 되었군요. 지난 11월 월급을 제 날짜보다 늦게 받은 후 12월 월급은 타지도 못하고 1월 8일날 회사가 부도나고 말았지요. 어떻게든 직원들 힘으로 회사를 살려 보려고 은행과 채권자들을 설득해 딱지 붙은 기계로 운영을 해보았지요.

그러나 모기업의 말장난에 우리는 돈 한푼도 못 받고 한달 가까이 밤낮으로 뼈 빠지게 고생만 했지요. 그 기업에서는 회사가 부도났으니 자기들 생산라인이 멈추게 됐다면서 부품가공을 해주면 1월 28일 설날쯤에 맞춰서 월급을 주겠다고 일을 시키고 난 후 정작 자기들 실속만 챙겨 물건만 가져갔지요. 돈 한푼 못 받았을 때 부도의 아픔이 아물지 않은 우리들은 더욱 쓰라림을 느꼈었지요.

매년 명절 때면 조금이나마 우리가 차례비용을 보태 차례상을 차리곤 했는데 고향에 내려갈 여비조차 없었으니 지난 설에는 나보다 당신이 더 마음 아팠을 것 같구려.

노동부에 고용보험을 신청하기는 했지만 월지급액이 50여만 원인 실업급여는 턱없이 모자라기만 한데. 매일 구인광고와 노동 부 인력 게시판을 찾아보지만 뚜렷한 일자리가 없는 것 같소. 지난 3월 12일 실직한 지 2개월 만에 받은 실직급여 14일분 25만 원은 정말 금쪽 같은 돈이었지요.

우리는 전세 살면서 이사다니기 힘들어 조그만 빌라 하나 사서 서울에서 인천으로 내려왔지요. 한달 내내 고생해서 받은 돈으로 주택융자금 내고 큰딸 유치원 보내면 남는 빠듯한 생활비 때문에 결혼 6년된 지금까지 당신에게 맘에 드는 옷 한 벌 사주지 못했는 데. 이제는 더욱 힘들 것 같군요.

그래도 당신 생일 때 가끔 방송국에 편지보내 화장품도 선물로 받아주었고 딸 옷도 받고는 했었지. 지난 10월 방송국에서 의류 상품권이 왔을 때 당신 옷 해주려고 백화점 가보니 남성복이어서 마음이 아팠다오.

여보, 조금만 더 힘내서 어려운 시기를 잘 넘깁시다. 그리고 유 치원 다니던 우리 큰딸에게도 아빠는 미안하기만 하구려. 유치원 비가 없어 유치원이 방학이라고 거짓말하고 못 보내는 내 마음은 아프기만 하오. 철없는 것이 매일밤 "아빠, 유치원 방학 언제 끝 나?" 하면서 내일 아침에는 유치원에 구두 신고 가야지 하는 걸 보노라면 답답한 마음 감출 수 없다오. 아이가 "유치원, 우리 유 치원……" 하고 노래를 부를 때면 가슴 한구석이 무너지곤 한다 오. 부자로 살지는 못하더라도 좋은 날이 와서 생활비 걱정없이 살 수 있는 때가 반드시 오리라 믿어요. 우리 경제대통령께서 고 생하시는 한.

여보, 요즘 내 신경이 많이 예민해진 것 같지요? 당신에게도 화

를 자주 내어 미안해요. 돈 없고 쪼들린다고 우리 딸들에게 쉽게
회초리 들지 맙시다.
이제 취직도 하였으니 앞으로는 좀 나아질 거요. 우리 사랑하면
서 살아갑시다. 우리 가족 파이팅!

(인천시 남동구 구월4동 349)

이제는 제가 짐을 질게요

하 경 자

당신과 결혼한 지도 벌써 20년이 되었네요. 지금까지 당신이 매달 가져다주는 월급으로 우리 네 식구가 아무 걱정없이 살아온 것이 정말 고마워요. 그 동안 저는 전업주부로서 아이들과 당신 뒷바라지만 해왔어요. 지난 여름에는 우리 가족 인천 송도해수욕장에 가서 재미있게 해수욕을 즐겼지요.

우리 가정을 위해 근검 절약하며 술 담배도 입에 대지 않고 일만 하던 당신. 다 떨어진 작업복을 기워 입고서 공장에서 열심히 일만 하던 당신. 그러나 20년 넘게 다니던 직장이 하루 아침에 경제한파 속에서 부도를 내 끝내 당신은 실직자가 되었지요.

그날 저녁 당신과 저는 부둥켜 안고 소리내어 울었지요. 퇴직금은커녕 월급도 몇 달치를 받지 못하여 당장 생활에 위협을 받아 선영이는 대학을 일년간 휴학하고 경일이는 학원수강증을 끊었지요. 그후 당신은 매일 긴 한숨만 내쉬고 몇 달째 두문불출하고 계시지요. 그 모습이 저는 너무 처량하고 답답해 보였어요.

그렇지만 그 동안 고생 많이 하셨어요. 이제 제가 직접 생활전선으로 나갈 테니 당분간 조용히 쉬면서 내일을 설계해 보세요.

저는 며칠 전부터 동네 어느 지하에 있는 봉제공장에서 수출품에 단추를 달아주면서 월 60만 원을 받기로 하고 취직했어요. 당신은 건강과 근면이 밑천이니 반드시 재기하실 거예요.

여보! 실망하지 마세요. 당신 같은 실직자가 어디 우리뿐인가요. 옆집 아저씨도 감원으로 회사를 그만두고 몇 달째 쉬고 있잖아요. 요즈음 실직과 감원은 창피하고 무능한 일이 아니에요.

제가 열심히 공장에 다녀 내년에는 선영이도 대학에 복학시키고 경일이도 학원에 다시 보낼게요. 여보! 힘내세요. 우리는 어떤 난관이 와도 극복할 수 있어요. 저와 사랑하는 딸 선영이와 경일이가 있잖아요. 언젠가 당신이 말씀하셨지요 "내가 지금 찬밥 더운 밥 가릴 때야. 아무 데라도 들어가야겠어."라고요. 끝까지 용기 잃지 마세요. 조금만 참고 견디면 머지않아 좋은 날이 올 거예요.

여보! 예전에는 당신이 가져다주는 월급이 그렇게 고마운지 몰랐어요. 그저 당연한 줄 알았어요. 그러나 막상 당신이 실직하고 나서 당장 월급이 끊기니까 이제서야 당신이 우리 가정에 얼마나 소중한 분인가를 절실히 느꼈어요. 그것도 모르고 가끔씩 당신한테 짜증을 부렸지요. 정말 죄송해요. 다시는 짜증 안 부릴게요.

부부 사이는 어려울수록 더욱 힘을 합치고 한마음 한뜻이 되어야지요. 당신이 실직하고 나서 우리 부부는 오히려 더 정다워졌잖아요. 그렇지요?

여보! 사랑해요. 제발 용기 잃지 마세요. 힘내세요. 우리는 할 수 있어요. 제가 힘껏 밀어 드릴게요.

(서울시 용산구 남영동 114)

하얀 목련이 필 때

최 홍 준

나의 고운 사람 Rama.

한국은 이제 봄입니다. 나는 스리랑카 여름 한복판에서 출발하여 겨울, 흰 눈 내린 아침에 김포공항에 닿았고, 이제는 필 꽃 다 피어난 봄입니다. 당신도 기억하겠지요, 이곳의 봄을? 내가 목련을 좋아하는 것도 기억하겠지요. 공장 가는 길목, 어느 집 담 너머로 핀 목련은 바쁜 아침 걸음에도 내 시선을 묶어놓습니다.

몇 해 전 당신과 함께 시골에서 보낸 그 봄, 피어나는 목련을 지켜보며 느낀 마음을 오늘 당신에게 전하고 싶습니다. 겨우내 빈 가지로 서 있던 그 어린 나무에 움이 트는 게 보였습니다. 이내 봉오리가 맺혔고 천천히 천천히 꽃이 피기 시작하였습니다. 순백의 목련이었지요. 처음, 그 피는 모양새는 마치 안의 잎들이 겉잎을 힘차게 뚫고 나오는 듯하였습니다.

그러던 어느 날, 문득, 참으로 문득 느껴지던 것은 속잎이 나올 수 있도록 겉의 것들이 조용히 자리를 비켜준다는 생각이 들었습니다. 참 순하게도 겉잎이 입술을 벌려주는구나 하는 느낌에 내 마음은 하! 그만 서늘해졌습니다. 연하디 연한 잎사귀 같은 당신

270

에게 나는 참 억지도 많이 부렸고, 사소한 말로 당신 가슴 내려앉게 한 적도 많았는데 그때마다 당신은 목련 겉꽃잎처럼 살포시 자리를 비켜앉아 주곤 하였지요.

한없이 소중하고 사랑스런 나의 사랑 여보. 하루 열두 시간의 내 공장일은 사실 고달프답니다. 그러나 정작 더 애달픈 일은 당신과 이렇듯 헤어져 있는 일입니다. 입국절차가 순조롭게 이루어져 당신이 이곳으로 올 수 있기를 내내 기원하고 있습니다.

그렇게 생각하는 건 어떨까요. 어쩌면 우리는 또 한 번 삶의 모퉁이를 돌고 있는 것인지도 모른다고. 며칠 전 아침에 든 생각입니다. 저 모퉁이를 돌면 더 찬바람이 불고 있겠거니 하는 생각이 들어 점퍼 지퍼를 올리며 몸을 한껏 추스리며 종종걸음을 쳤습니다. 숨 한 번 크게 쉬고 그 모퉁이를 돌아서는 찰나! 그러나 바람은 없었고 오히려 아까보다 조금은 눅은 바람과 햇살의 따스함이 있었습니다. 기분이 좋아져 혼자 웃었습니다.

살아가면서 모퉁이를 돌 차례라는 생각이 들 때면 가슴이 시리곤 하였는데 그날 아침에 느꼈던 따뜻한 마음은 두고 두고 좋은 위안이 될 듯합니다. 당신과 함께 그 위안을 나눠 가지고 싶습니다.

이제 우리가 다시 만나면 그곳이 한국이든 혹은 스리랑카든 나는 당신에게 목련 겉꽃잎처럼 연하게 길 터주는 사람이고 싶고 또 한껏 움츠린 몸을 펴주고 녹여주는 따스한 햇발이고도 싶습니다.

너무 가난하여 아무 것도 줄 게 없다며 작은 알사탕 하나 내 손에 쥐어주며 돌아서던 당신. 그 고운 당신의 사랑을 오늘도 나는 느낍니다. 여전히 가난하여 힘겨운 한 걸음 한 걸음을 떼어놓는 우리들이지만 나는 당신이 나를 가장 자랑스러워하며 신뢰하고 있음을 압니다. 나 또한 당신이 믿음직스럽고 자랑스럽습니다. 우리는 가슴 한켠에 큰 사랑 하나씩 안고 있어 이렇듯 따뜻합니다.

내 큰 사랑 Rama. 가슴이 먹먹하도록 사랑합니다. 내 마음 가득 당신을 안고, 그 사랑을 보내며 이만 글을 맺을까 합니다. 건강 빠뜨리지 말고, 나에 대한 생각도 빠뜨리지 말고.

그럼 여보 안뇽!

(서울시 양천구 목4동 772)

무등산과 아버지

구 제 웅

아버지.

종일 내린 비로 온 세상이 흠뻑 젖었습니다.

지금쯤 아버지는 피곤에 젖어 누워 계시겠지요. 하루 종일 서서 일하도록 몸을 지탱해 준 다리를 누이고 잠을 청하고 계실 모습이 눈에 선하군요.

이제 내일 하루 더 수고하시면 이용실 정기 휴일이 오네요. 아침 일찍 병원에 다녀오시고 식사하신 후 어머니와 함께 무등산에 오르시겠지요. 십년 이상 화요일이면 두 분이 함께 산에 오르시는 모습은 너무나 아름다웠습니다. 저희는 봄 여름 가을 겨울 무등산의 사계절을 두 분이 찍으신 사진을 통해 볼 수 있어 좋았습니다.

더 보기 좋았던 것은 뒷배경도 배경이지만 그 누구보다 행복해 보이시는 두 분의 모습이었습니다. 단 1센티미터도 떨어지지 않은 두 분의 포즈, 거기에 더해 가끔 보여주시는 아버지의 익살스러운 표정은 좋은 영화 한 장면을 보는 듯한 착각에 빠지게 하곤 했지요. 항상 변하지 않는 두 분의 사랑과 행복이 저에게는 최상의 기쁨이었습니다.

아버지는 참으로 훌륭한 분이십니다. 40년 동안 내내 매일 아침 6시에 일어나 늦어도 6시 30분에 출근하셨지요. 저녁 8시 30분경 퇴근해 들어오실 때는 피곤하지만 항상 즐거워하셨지요. 당뇨병에 좋지 않다는 의사의 지시에 좋아하던 커피도 거의 드시지 않고 한 갑 이상 피우던 담배도 끊으시던 모습은 제게 깊은 인상을 주었습니다. 수십년을 김치 하나만 있어도 그 어떤 성찬으로 준비된 도시락보다 맛있게 드시는 아버지.

이용실에 일찍 오실지 모르는 손님을 위해 아침에는 택시를 타시지만 기본요금 조금 넘는 돈을 아끼기 위해 저녁에는 배고픔과 피곤을 뒤로 하고 버스 타고 때로는 걸어서 집에 오시는 아버지. 정직하게 살아오신 59년, 남들이 보기에 어떨지 모르지만 아버지는 한 개인으로서 성공의 길을 걷고 계시며 한 가정의 가장으로서 행복한 가정을 만드신 주역이십니다. 저는 아버지께 박수를 쳐드리고 싶습니다.

저도 아버지처럼 살고 싶습니다. 물론 현재 제 자신이 아버지가 뜻하시는 것과는 조금 다르게 살고 있지만 저도 열심히 생활하고 있습니다. 정말 많이 노력하고 있습니다. 걱정하지 않아도 되십니다. 아버지의 삶의 절반을 보아온 자식으로서 조만간 저도 아버지의 닮은 꼴이 될 것이기 때문입니다.

제 앞에는 지금 진달래가 만발한 산이 찍힌 달력이 걸려 있습니다. 이번 화요일날 올라가실 무등산은 어떤 모습일지 궁금하네요. 내일 아침 이 비가 갠다면 사진찍기가 아주 좋을 것 같은데 오랜만에 멋진 포즈 취해 보시는 것은 어떨지요.

아버지, 지금까지 아버지의 근면한 인생관과 끊임없는 노력이 우리 행복한 가정을 만들어 주셨습니다.

앞으로는 아버지의 건강이 우리 가정의 기쁨이요 기둥일 것입니다. 항상 건강하세요.

(광주시 남구 서2동 135)

모진 겨울 뒤에도 봄은 오리니

정 숙 현

여보! 진해군항제가 오늘부터 열린다는 소식입니다. 모질게 추운 겨울 동안에도 꽃은 봄을 맞이하기 위한 노력을 끊임없이 했던가 봅니다. TV 화면에서 보는 벚꽃이 화사하고 아름답습니다. 당신은 이른 새벽에 출근했다 밤늦게야 귀가하시니 꽃망울이 움트는 소리도 아이들의 밝은 웃음소리도 듣지 못했지요?

"지호야, 아빠 몇 시에 퇴근하시는지 전화해 볼래?"

"싫어 엄마! 내가 회사에 전화해서 아빠 회사에 못 나가면 어떻게 해."

참 슬픈 현실이네요. 예전에는 아니 얼마 전까지 아이는 좋은 일이 생기면 아빠에게 전화해 알리기를 좋아했거든요. 그런데 지금은 전화해 혹시라도 아빠에게 피해가 있을까봐 염려하는군요.

어떨 때는 아빠가 보고 싶다며 졸린 눈을 비비고 앉아 기다리다 소파에서 잠이 든 때도 있어요. 항상 무언가를 사달라 조르던 아이가 '아이 엠 에프'니까 절약해야 한다며 슈퍼마켓에 가는 것도 막는답니다. 어제는 '자랑스런 아빠'라는 제목으로 글을 쓴다던 아이가 제 방에서 울며 나왔습니다.

"왜 울어?"

"아빠가 불쌍해. 그렇지만 회사에 나가는 것만도 다행한 일이지. 혹시 우리 아빠도 회사 그만두면 어떻게 하지? 엄마, 나 피아노 안 배울래."

어제도 새벽에 들어온 당신이기에 오늘은 좀 일찍 오실까 해서 아욱국을 끓여놓고 당신을 기다렸습니다. 아빠를 기다리다 지친 아이들은 잠이 들었고 건너편 아파트의 등불도 하나 둘 꺼져 갑니다. 벽을 통해 들려오던 소음도 멈춰지고 이제는 적막만이 주위를 감싸고 있습니다.

1시가 지나 2시가 지났습니다. 가슴이 떨려오고 어두운 그 무엇이 내 몸을 감쌉니다. 이제 기도하는 마음이 되어 제발 무사히 귀가하기만을 바라며 어둠을 지켜봅니다.

피곤하고 지쳐서 귀가할 당신. 그런데 요즘 당신의 방황은 꼭 일 때문만은 아닌 것 같습니다. 이제까지 전업주부로 있으면서 아이들 지도하고 살림하며 자기 개발하는 것을 자랑스럽게 생각했는데. 지금은 당신의 지친 눈을 바라보기조차 민망해 자주 눈길을 피합니다. 이럴 때 내가 능력이 있다면 남편 눈치 안 보고 소신껏 살 수 있을 텐데. 저렇게 괴로워하지도 않을 텐데……

아래층에 방해될까봐 뒤꿈치를 들고 좁은 아파트 거실을 왔다 갔다하며 한 시간은 보낸 것 같습니다. 안되겠다 싶어 아이방에 들어가 잠든 아이에게 팔베개를 해주고 누워 있는데 벨소리가 나더군요. 반가운 마음과 달리 왜 그리 화가 나던지요. 한 마디 말도 건네지 않고 방에 들어가 누우니 눈물이 볼을 타고 흘러내립니다. 집에서 기다리는 줄 뻔히 알면서 어떻게 이럴 수가.

당신이 들어와도 모른 척하며 벽 쪽으로 돌아누우며 잠을 청했습니다. 금방 잠드는 당신과 달리 난 신경이 곤두서며 온갖 망상이 머리를 채우더군요. 어떻게 하나? 무엇을 하나? 여자는 약하지만 어머니는 강하다고 하는데. 아이를 위해 남편을 위해 일거리를 찾아야겠다. 그러면 살림은? 아이들 이만큼 자랐는데 별일 있을라구. 구조조정으로 일자리를 잃는 사람이 많아 사회문제가 되고 있는데 나를 받아줄 곳이 있을랑가 몰라. 그렇게 날이 샜습니다.

지금 나는 미운 마음과 달리 술 마신 당신을 위해 콩나물국을 끓이고 있습니다.

"아빠, 몇 시에 오셨어요? 난 아빠가 술 마시고 오실 줄 알았어요. 나 어제 아빠에 대해서 글 썼어요. 아빠 힘들지요? 내가 상 타면 아빠 맛있는 거 사드릴게요."

엄마 기분을 아는지 아이가 당신 기분 맞추려고 애쓰더군요. 다 떨쳐내고 기차 타고 부산이나 다녀왔으면. 아는 이 없지만 그냥 창밖에 스치는 풍경에 취해 봄을 느끼고 싶고 나 자신을 추스리고 싶네요. 출근하는 당신에게 열쇠를 주니 깜짝 놀라셨지요.

"어디 가나?"

"집에 아이들만 있으니 일찍 오세요. 나 기다리지 말구요."

"그래, 나가서 세상이 어떻게 돌아가는지, 길을 방황하는 사람이 얼마나 많은지 냉정히 살펴보라구."

당신 그늘에서 사는 동안 난 온실의 화초가 되어버렸어요. 당신이 언제나 곁에서 든든한 바람벽이 되어주니 전 자리만 지키면 되었지요. 조금씩 불던 바람이 점차 거세지는군요. 어쩌면 온실이 무너질지도 모르겠어요. 벽이 쓰러질지도 모르고. 바람에도 익숙해져야 하는데 물을 안 주어도 비올 때까지 견디어야 하는데. 제가 스스로 일어서려면 얼마나 더 견뎌내야 할까요.

　여보, 힘든 일 있으면 혼자 고민하지 말고 가슴을 열어요. 그리고 함께 아파해요. 오늘은 일찍 오실 거지요? 오랜만에 당신과 걷고 싶어요. 당신이 있고 아이들이 있는데 제가 가기는 어디를 가겠어요. 언제나 철이 들어 듬직한 아내가 되려는지. 힘든 것 알아요. 그래서 많이 미안해요.

　사랑하는 당신, 언제나 건강하세요.

(경기도 고양시 일산3동 1087)

'파이팅 우리 가족'

전국에서 쏟아져 들어온 4천여 통의 편지 — 신문이나 방송 뉴스보다 훨씬 빠르고 생생한 이야기들로 가득했다. 절망과 분노로 흥분한 내용도 있었다. 그러나 우리 국민들이 어떤 사람들인가. 착하디착한 우리 이웃들은 편지를 통해 서로 격려하고 용기를 북돋아주고 있었다.

방송으로 나갈 편지를 고르고 있는 스크립터 — 이건 재미있고, 이건 감동적이고, 이건 한 줄의 시 같고, "오늘 제작진들 하루 종일 방송하시게 스무 통쯤 들이밀어 볼까?" 참고로 말씀드리면 편지는 하루에 네 통쯤 읽는다.

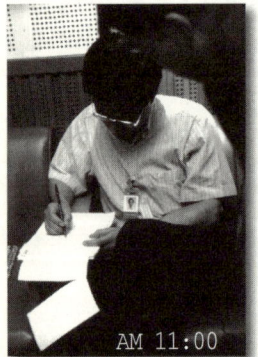

원고를 손질하고 있는 신권철 PD — 폭넓은 시각, 냉철한 프로 정신으로 「지금은 라디오시대」를 우뚝 세워놓은 그는 가슴만은 누구보다 절절 끓는 열정의 소유자이다. 원고의 문맥을 매끄럽게 다듬거나 강조할 곳에 키 포인트를 표시하고 있다.

방송 전 제작방향을 정하고 있는 제작팀 — "최유라 씨, 오늘은 너무 울지 말아요. 우리가 진행을 할 수 없잖아요." "아니, 나만 울었어요. 왜 나만 갖고 그래요. 이렇게 감동적인 내용 앞에 목 메이지 않을 장사 있으면 나와 보라고 해요!"

이렇게 만들어졌습니다

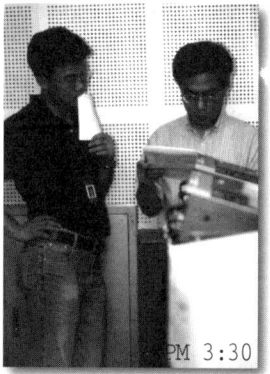

PM 3:30

편지를 검토하고 있는 PD와 AD — "우리가 상처 받고 절망하는 이웃들에게 힘이 불끈불끈 솟을 방송을 해드리자구요." 이런 진지함이 라디오 청취율 1위를 고수하는 원동력이다.

PM 4:10

사연을 읽는 이종환·최유라 씨 — 평범한 사람들의 재미있는 사연 뒤에 이어질 최유라 씨의 폭포수 같은 웃음은 누구도 예측하지 못한다.

© 김승진

PM 5:50

방송종료를 앞둔 제작팀 — "하하하! 하여튼 두 분의 넉넉한 멘트엔 웃지 않을 수가 없군." 이젠 눈빛만 보아도 서로의 마음을 읽을 수 있다. 오늘 방송은 쾌속 항진이었다!

PM 5:20

청취자와 전화를 연결하고 있는 스크립터 — "연결됐어요, 연결됐어!" 분초를 다투어가며 청취자를 숨가쁘게 연결해 준다. 정말 두 손 두 발에 땀나는 순간이다.

우리 함께 사랑한다면
···

엮은이/이종환 · 최유라
펴낸이/양계봉
만든이/김진홍
펴낸곳/도서출판 전예원
주소/서울 서초구 우면동 476-2 · 우편번호/137-140
대표전화/571-1929
팩스/571-1928
등록/1977. 5. 7 제16-37호

제1판 제1쇄 인쇄/ 1998년 7월 20일
제1판 제1쇄 발행/ 1998년 7월 25일

값 7,200원